王石◎著

隆重纪念一个无用的人

群众出版社·北京·

图书在版编目（CIP）数据

隆重纪念一个无用的人／王石著．—北京：群众出版社，2014.3

ISBN 978-7-5014-5218-7

Ⅰ.①隆…　Ⅱ.①王…　Ⅲ.①长篇小说—中国—当代　Ⅳ.①I247.5

中国版本图书馆CIP数据核字（2014）第036797号

隆重纪念一个无用的人

王　石　著

出版发行：群众出版社
地　　址：北京市西城区木樨地南里
邮政编码：100038
经　　销：新华书店
印　　刷：北京通天印刷有限责任公司

版　　次：2014年3月第1版
印　　次：2014年3月第1次
印　　张：14.375
开　　本：880毫米×1230毫米　1/32
字　　数：280千字

书　　号：ISBN 978-7-5014-5218-7
定　　价：29.00元

网　　址：www.qzcbs.com
电子邮箱：qzcbs@sohu.com

营销中心电话：010-83903254
读者服务部电话（门市）：010-83903257
警官读者俱乐部电话（网购、邮购）：010-83903253
文艺分社电话：010-83901330　　010-83903973

目录

序　长篇小说不缺数量 / 1

第一章 / 1

一栋三十二层的高楼，孤立地站在丁字形大街的尽头

第二章 / 4

林青萍忘不了，她随身坤包掉了，那天气得连死的心都有了

第三章 / 21

丁零一气之下，贸然辞去了大学的教职

第四章 / 41

丁零的新去处，在厚湖新城

第五章 / 49

丁零把所有欠款的来龙去脉，进行了清理与查证

第六章 / 57

丁零掏出手机拨通了晚报的新闻热线

第七章 / 72

耿小壮记住的后三个尾数管了用

第八章 / 84

岳会计拎着一满袋热腾腾的鲜肉包子，匆匆闯进了门

第九章 / 98

云层像一个阴谋，裹挟着雨水，偷袭了这座城市

第十章 / 117

丁零经常面对的难题与困扰，是张扬没完没了的吃喝报销单

第十一章 / 140

殷雪红是那种注定要吸引男人目光的女子

第十二章 / 158

郑大滨看到丁零递给他的退款支票，不相信是真的

第十三章 / 175

陈红霞从香港进货回来，约林青萍到思念咖啡屋谈事

第十四章 / 186

张扬的儿子高考发挥出色，考了高分

第十五章 / 200

丁零虽然在这个城市生活了三十八年，却是第一次走进市府大门

第十六章 / 213

过了两周，市政府的开会通知又来了

第十七章 / 225

在团购日渐冷落的当口，林青萍又无可挽回地把陈红霞给得罪了

第十八章 / 244

林青萍准备贷款，对新南方作些改造

第十九章 / 253

丁零很快就到新天地实验中学上班了

第二十章 / 260

丁零走后，新南方似乎比过去顺利一些了

第二十一章 / 269

廖伟的母亲王芳，很早从国企买断回家了

第二十二章 / 281

新南方新开的菜市场红红火火

第二十三章 / 293

廖伟捡到一包密件

第二十四章 / 305

丁零上午接到李洪川打来的电话

第二十五章 / 320

冬季的阳光，绵软无力，像是刚出炉的南瓜饼

第二十六章 / 339

林青萍放下新南方的烦恼，跟着儿子去品位量贩

第二十七章 / 351

丁零找范校长，是想知道自己被留下，还是被撵走

第二十八章 / 365

丁零从棋校出来，无论怎么拧钥匙，车子就是启动不了

第二十九章 / 376

丁零一走，廖伟的成绩有下滑

第三十章 / 393

丛小林回到报社，汴副总编兴奋地拍着她的肩

第三十一章 / 405

王芳的大姐在作了最后检查之后，医生说可以出院了

第三十二章 / 419

餐桌的窗外，人来人往

第三十三章 / 434

座谈会后，林青萍专门跟丛小林通了电话

序
长篇小说不缺数量

王石

实话说，长篇小说早就不缺数量了。

2011年这一年，中国仅长篇小说的出版量，就高达四千三百部。绝大多数人一生读过的长篇小说，应该不到这个数字的十分之一。

这仅仅是出版印行的长篇小说，还不算网络。在纵横交错的网络之上，那些庞大到难以统计且方兴未艾的小说产量，更是一个骇人听闻的让人痛不欲生的数字。

当看到有作家称，一生至少要写十部长篇小说才算合格。我哑然失笑了。文学的创作标高，什么时候置换成码字的数量堆砌？

也许，我落伍了。从开始构思起，我想到的只是，尽自己的力，认真写好这部长篇小说。

一个无用的人，还需要纪念吗？因为从来，被纪念或被隆重纪念的，不是英雄模范，就是名人伟人。

这个悬置的疑问，当你读至小说的最后一页时，就不用我再说什么了。

本书的男一号丁零，是一个普通的人，或者说，是一个普通的先行者。就像鲁迅说的“能做事的做事，能发声的发声。有一分热，发一分光。就令萤火一般，也可以在黑暗里发一点光，不必等候炬火。”是的，他的难得，就在于践行了“不必等候”。即使孤立无援或四面楚歌，他也坚信，文明或进步的理念，就像撒下的种子，一旦遇到合适的时节，就会发芽。

他倾心于观念传播，同时也身体力行。他虽然一路失败，却从不气馁，直到最后，因为一次文明礼让而丧生。从这个意义上说，他是一个硬汉。这个被人一拳就打倒在地而无力还手的丁零，是更应该大写的硬汉。我们写过且赞美过太多行动强悍的硬汉，而少有涉及执守精神或理念传播的硬汉。

写到小说最后，我已是眼含泪水，双臂的肌肤，一阵阵发紧。我知道，离去是他能有的最好结局。

我想到易卜生的《人民公敌》。主角斯多克芒医生在孤立无援时发问："一个人有了一点新思想，把它贡献给公众，这难道不是公民的责任吗？"可是，被利欲蛊惑的人们不需要他这样的公民，在群情鼎沸的会场，他被全体民众一致宣布为"人民公敌"。比较起来。本书的男一号丁零算是幸运的。虽然缺少变通和急功近利，他不被喜欢、不被接受，但，事过之后，人们还知道他的价值，知道他是我们生活时代非常需要的一种人。

中国具有根深蒂固的实用理性的传统。实用和实惠，是衡量一切言行是否值得的进退标尺。不会变通的人，与傻子同义；较真或严守规则，会被讥笑为"认死理"或者"二"。不喜追根究底，得意于模糊与变通。医疗秘籍，工匠绝活，都只概而言之，或密室授受，或心口相传。传人出了意外，技艺也随之湮灭。

中国传统缺少对纯粹思辨的兴趣。学者周国平在北大的演讲《中国人缺少什么》中指出："中国曾经有过许多为某种社会理想献身的革命烈士，但不容易出像苏格拉底这样为一个人生真理牺牲的哲学烈士，或像布鲁诺这样为一个宇宙真理牺牲的科学烈士。""总起来说，我们缺少头脑的认真和灵魂的认真，或者说，缺少广义的科学精神和广义的宗教精神。"在演讲的最后，他寄希望于未来的中国会有一些"纯粹精神性追求的人"。

不巧，我们正恭迎一个物质主义和商业主义的时代，对实用和实惠的利益攫取，似乎比过去更加直露与肆无忌惮。清华大学的中年教师刘瑜曾如此描述课堂上学生的质问：老师你说我们学这些有什么用呢？能不能教点对我们找工作有帮助的东西？

刘瑜老师不乏天真与焦虑地在文章中反诘，“难道仅仅满足我们的好奇心还不够吗?”刘瑜老师讥诮地写道：“如果牛顿出生在中国，二十岁的他，冥思苦想为什么苹果往地上掉而不是往空中飞并把这个困惑告诉他人时，他爸爸会不会一巴掌扇过去，说：你吃饱了撑的是吧，不孝有三，无后为大，还不赶紧讨个老婆去!”

还是回到这部长篇上来吧。

需要说明的是，我并没有在小说中讨论无用和有用的前世今生。甚至文本之内，都没有出现“无用”二字。我只是讲了现实中我们并不陌生的生活故事。用上述标准来测评，丁零自然是一个无用的人。在这里，读者会看到他在生活中的失意与失败。比较特别的是，他似乎并不因之沮丧或介意。

写小说，有些年头了。我比较排斥把小说写成谜语，正如我排斥把小说写成“故事会”一样。我也比较排斥只有思想而没有故事的小说，正如我排斥只有故事而没有思想的小说一样。我理解的好小说，应该是，在情绪化的阅读中能感受到思想的浸润。读毕之后，会感到某种不安，或思索。

北大中文系硕士、“70后”小说家徐则臣在关于小说创作的专访中说，最糟糕和最优秀的作家，都会主题先行。

我也必须坦率地说，本部长篇小说，也是主题先行的产物。最早写下的，是篇名，此后，改写过多次，唯一没改的，只有篇名。

至于是最糟糕还是最优秀，还是交给读者或时间吧。

2013年12月于汉口

第一章

一栋三十二层的高楼，孤立地站在丁字形大街的尽头

1

一栋三十二层的高楼，孤立地站在丁字形大街的尽头。

霓虹倒映的五彩夜空下，独有这栋高楼，所有窗口一片漆黑，在一派绚烂与喧哗中，与世无争，静默不语。

怪怪的，像要发生什么的样子……

2

果然，高楼的灯忽地一闪，亮了。不是全亮，只亮了一部分。

大楼最顶部的一横排窗口和大楼正中的一竖排窗口的灯光亮了。

细看，高楼顶部的一横加上正中的一竖，竖的末端，有个小勾，构成一个巨大而明亮的汉字：丁。

亮了十几秒钟，灯光齐齐熄灭。熄灭几秒钟，又齐齐亮起。

大道尽头，灯光组成巨大的“丁”字，宛如高楼上的浮雕一般，立体而又鲜活。

渐渐有路人驻足，仰头观望。

要是两年前，好猜，一定是迎接2008年北京奥运的什么活动。可是现在，2010年年初的冬夜，元旦已过，春节未至。不过年不过节的，这干吗哩？

“什么意思嘛！”一个穿深蓝色羽绒服的中年男人，停下脚步看了一眼没看出名堂，走自己的路去了。

一个胖头胖脑还戴眼镜的三十多岁男子，从一辆的士里走出来，问旁边一个看热闹的人：“这是看什么？有人跳楼吗？”

看热闹的人笑笑，茫然地摇摇头：“看吧，看一会儿就知道了。”

“眼镜”哼哼鼻子：“中国人就这德性，就喜欢站在路边看热闹，真是要命!”

他看看没人理会，很夸张地晃晃脑袋，走了。

3

谁都不知道，这是在纪念一个姓丁的男子。

别出心裁地策划和制造这个奇观的，是一个女人。

像所有的幕后指挥一样，她不在事发现场。

她孤身一人，静坐在长江边的思念咖啡屋里，坐在幽暗的落地窗前，望着远处闪烁的灯光发呆。

三十二层的高楼，笔直挺立着。

林青萍想，他就是这样的，没这么壮，也挺得直直的。他其实就中等个儿，因为瘦，看上去，像是高个子。

第二章

林青萍忘不了，

她随身坤包掉了，那天气得连死的心都有了

1

林青萍忘不了，她随身坤包掉了，那天气得连死的心都有了。

那是2009年初春的一天。老公李洪川没等她述说完经过，就轻松地朝她摆了摆手：“算了，算了，吃一堑长一智，掉也

掉了，多少钱，我给，大不了再买一个回来。”

她气得指着他的脸：“钱，你就知道钱，钱，钱，你以为什么都是钱可以买到的吗？”

还有许多要说的话，一下子全涌到狭小的喉头，推推搡搡，堵成一团落不下来。林青萍心想算了，不用说了，在他看来，什么东西掉了都不可惜。跟这种人诉苦，等于鸡同鸭讲。

女人心里有话憋不得，只有释放出来才好受。林青萍下意识地给过去的同学、现在的好友崔仁杰打了电话。

崔仁杰在另一头，像优秀而忠于职守的接线员一样，很绅士地开了腔。

“你好我是崔仁杰请问是找我吗？”

一如既往，他优雅地一口气说出长句，再停下来，静候回音。记得第一次与归国的崔仁杰通电话，林青萍虽然捂着嘴但还是忍不住笑出了声音。

崔仁杰在电话那头耐心地询问：“笑什么呢？很好笑吗？我在美国，天天都这样，习惯了，改不了了，也许会伴随终生。”

通话时，他要等她没话说的时候，才说挂电话吧，祝你今天好心情，或说拜拜，晚安，然后，等她收线了，他再挂机。海归快一年了，依然这么绅士，这么优雅。跟这样的男士说话，一个字，爽。

林青萍今天心情不好，一点儿都笑不出来。

在临近三十三岁生日的时候，在需要一个好心情抚慰自己的时刻，她把最心爱的贴身坤包弄丢了。

那是一款爱马仕铂金手袋。凡外出，形影不离，相伴一年。昨天，就昨天，不知怎么就弄丢了，遍寻不着，也想不起是在何时何地弄丢了，那个心急火燎，那个烦透了的感觉，她真是连死的心都有了。

事后，她在记忆中反复检索掉包前后的全过程，还是无法确定在哪个环节出的错。

她记得从世贸广场购物出来时包还在，此后在大街的报亭上挑着买了几样杂志，在人行道边一排擦鞋小靠椅的第二个位置坐着擦过皮鞋，在走到地下停车场时就发现包没了。记忆检索了无数次，仍不能厘清爱马仕是在哪个环节弃她而去的。

崔仁杰很耐心地坐在她对面，一只手端着咖啡托盘，双目专注地望着她，静静地听她长时间的细细倾诉，边听边得体地发出“嗯嗯”的回应。

她说话的时候，不管怎么啰唆反复，他从不打断。这是最让她欣赏的地方。如此善解女人之意的男人，如今真真是太少太少了啊！

直到她讲完，他才不失时机地，商量着给她出主意。

他的主意，散发着来自发达国家的天真傻气。出于礼貌，她才没反唇相讥。

虽然感受到她的不屑和不以为然，他仍不失优雅地劝说。

他放下托盘，扶了扶宽边眼镜架：“你不觉得这是好主意，可是，这是唯一可想的没有办法的办法。你按我说的，多贴一些寻物启事，在可能的地方，再扩大范围，多贴一些，说不定，就有用。真的，很多时候都是，最简单朴实的方法最管用，最常识的做法最有效，你不妨试试看。”

她点点头。确实是没有办法的办法，也确实没有更好的办法。

抱着一丝侥幸，她在家里打印了一叠寻物招贴。

2

还真让崔仁杰说着了。

去年年初的事情，林青萍还记得，那天上午，地点就是在长江边的思念咖啡屋里。她接到一个陌生的来电。一个素不相识的男人。嗓音却是她最喜欢的那种。宽厚，有磁性，还略带一点沙哑，是那种智性的声音。

她老公李洪川很不理解，难道声音还有智性和不智性？

是的，就有。她觉得就是有。她不想争。一争准变成吵架，无聊透顶。

正是这个有着智性声音的男人，一扫困扰她的焦虑和烦恼。

思念咖啡屋是家连锁店，只有靠近长江的这家分店最为幽静。林青萍喜欢这家店的情调。典雅富丽，有些贵族气息。少女时代，她就迷恋做一个气质不凡的白领女人，做一个走到哪儿都不会为缺钱而忍气吞声的有尊严的女人。嫁给李洪川以后，她才拥有了这样的地位和生活。

手机响的时候，林青萍正陷在陈红霞的絮叨中无法脱身。

陈红霞是新世纪珠宝店的老板。她与林青萍在思念咖啡屋相识。自此，林青萍就成了她的倾听者。

陈红霞在这里包了一个男服务生。一个英气逼人的小帅哥。陈红霞把对负心而去的老公的所有怨恨，都发泄到这个小帅哥身上。在赤裸着身子以后，她让那小帅哥像狗一样跪在她面前，她用红带拴着他，拿枕巾当鞭子，驱赶着他在宽敞的客厅里爬行。累了，她就躺着，让小帅哥用舌头来舔她。她呻吟着，用手揪着他的头发，享受着快感与报复。

她絮絮叨叨得很细腻，林青萍听得都有点不好意思。

她忽然想，自己要是找个小帅哥会不会也这样疯狂或兴奋。这么想着的时候，她的身子变得温热而润湿。

在她，心里这么想想就可以了，并不会真的去做。

陈红霞望着有几分着迷的她一笑："你是不是也来玩玩，只要不嫌弃，我可以把这个小帅哥借给你试用。"

说完她有点放肆地笑起来，就像古代的显贵男人，把自己宠爱的女人送给朋友一样的豪迈和慷慨。

林青萍摇头笑笑。

"那怎么行，我总不能夺人之美嘛。"

"什么美不美的，你我是好姐妹，还讲什么客气，你看他，一点儿看不出是乡下来的孩子，不仅人帅，还听话着呢，特懂风情，你玩一次肯定会喜欢。"

"谢谢了，谢谢你的信任，听上去很好玩，我就是听听而已。”

“听听而已，而已个什么呀，你别转文好不好，我没文化，听不懂!”

“不是转文，是真的。”

“好好，真的就真的，随你，床上的事，一点儿都不好勉强，我也转文，这叫人各有志。”

这不叫人各有志，这叫堕落！她本来想用开玩笑的方式把话说出来，可担心陈红霞会受不了，也就无声地笑了笑。

陈红霞二十多岁就顶替病故的父亲在商界闯荡。她干练泼辣，十多年的搏杀，将新世纪珠宝做成了本市第一品牌。林青萍知道她骨子里的粗俗，不必计较。

更为重要的，林青萍开张不久的新南方店，里面的珠宝柜，是最为流光溢彩的部分，全靠陈红霞提供最优惠的折扣，坚挺地维持着零售的收支平衡。

她得罪谁也不会去得罪陈红霞啊。她压住了已在舌尖盘旋的刻薄反讥，盘算着如何从陈红霞的絮叨中抽身而出。

就在这当口，林青萍的手机响了。

3

号码是陌生的，她下意识地觉得这个电话与寻物招贴有关。

接听手机前，她向陈红霞很亲切地做了个“就这样”的手势，顺理成章地把她打发了。

她看着显示屏上的陌生号码，带着几分莫名的期盼与欣喜，推开了手机的滑盖。

“我是 dinglian，你是林青萍女士吗？”

她只听到很好听的男中音，略带沙哑且有磁性，有点像她喜欢的演员王刚的嗓音，又不像王刚那样老成，有一种吸引力。

她闪了一下神，并没能记住电话那头的自报姓名，两个近音，是金龄，还是丁定，还是金铃，或丁零？像每个人说自己的名字一样，随口就飙出来了，稍纵即逝，你还没听仔细就没了。

这人在电话那头先报自己的名字，给她增加了几分好感，和海归崔仁杰一样知书达礼，她急忙收住胡思乱想，赶紧回答：“我就是，我是林青萍。”

“你的包包我捡到了，你在哪儿，我给你送去。”

还真寻到了，失落的爱马仕，真的有了下落，喜从天降啊。

这个拾者，要亲自送来，当面奉还。为什么要当面？

可能要谈谈酬谢的价位。那就，谈吧。

她在寻物招贴上说了，她是要当面重谢的。如果在两千至六千元，她会毫不犹豫地掏钱。

她暗自拟定的酬谢标准上限是一万元。

4

林青萍常丢东西，但是，没丢过大的东西。过去丢的，不过是些伞啊，丝巾啊什么的，丢得最大的，就是前些年曾风靡一时的汉显 BP 机，当时是五千元买的。这次不同，她是第一次弄丢了最心爱的坤包。

最新款的手机，最精致的随身补妆小套件，几大银行的信用卡，全在里面。化妆套件是消耗品，丢了也就丢了。银行卡也好办，挂个失就没事了。手机如今也是消耗品，也可换。关键是，手机里面有她所有朋友和客户的通讯录。还有，这款爱马仕，在《福布斯》全球十大贵包排行榜位居第二，还是去年欧洲游时在巴黎买的，是她最为心爱的随身须臾不离的宝贝。

这个宝贝，既是实用品，又是显示身份的随身美饰。

女人的时装总是不上口袋的，即使有口袋也只是一个装饰，不可能像男人一样把口袋揣得鼓鼓囊囊。于是，随身坤包的地位就凸显出来。

女人和包的关系，就像餐桌和配套的座椅，就像高楼和临街的窗户，就像名牌和炫目的标志，是相得益彰、相映生辉的。林青萍丢的这款爱马仕，从样式到里面装的东西，全是她随身必备的、用得顺手的爱物。

她在家里打印寻物招贴的时候，李洪川跷着一条腿半躺在长沙发上，边不停地按着电视遥控器，边偏头看着她笑。

“丢了包是一错，你倒垃圾一样把这一切忘了，这错就没了。你做这种傻瓜蛋才做的寻找，这就错上加错了。”

李洪川当上老板后到大学混了个文凭，追到一个名校硕士生做太太，他心满意足。等到结了婚，他才觉出硕士女人的味道和其他女人也没什么不同，一样爱打扮，一样小心眼儿，一样喜欢逛商场，一样说哭就哭、说笑就笑。

林青萍看他暗含嘲笑的样子，憋在心里的怨气、怒气全找到了突破口。

她用右手食指，抖抖地指着李洪川，一直走到他跟前。

“你没掉过东西是吧？我的东西跟你没什么关系是吧？你觉得很可笑是吧？那好，你说我的办法不好，你给想一个好的！我说了，我不要钱，我要我的东西，你能给我找回来吗？你给我找回来啊？你找、你找啊！”

李洪川“啪”地关了电视，仰头望着她讨好地笑了笑。

“我是叫你莫生气，我没说我能找回来。”

“你找不回来，你就给我闭嘴！你以为全世界的人都是捡到东西就据为己有？你以为全世界就没一个做好事的人？算了，你既然不管我，我想怎么做就是我的事，你就不要乱打横炮。我掉了东西，你没帮上忙也就算了，难道连一句好话都不会说?!”

李洪川起身穿上西服走到门口：“我没说要管你，我是不会说话，行了吧。不说了，不说了，公司有人等我，我去公司了。”说完关上门走了。

林青萍没有亲自去贴这些寻物招贴。她让手下的小青年们在可能失物的那几条街，在建筑上，在公汽站牌上，在路灯铁杆上，在街道拐角的墙壁上，全贴上了。

那帮小青年做事麻利，不一会儿就从街头现场用手机向她汇报，印的一百张全贴了，没留一个死角，凡是往那一带走的人，只要不是瞎子绝对会看到。

她内心的想法，其实和李洪川差不多，这是崔仁杰想的傻瓜蛋主意，她对结果同样没抱多大希望。

她没有想到，这傻瓜蛋的一招，竟然管了用，还真的撞上了大义揭榜的人。

她带了两万元现金，匆匆出门赴约。

5

令林青萍感慨和惊讶不已的是，见面交还东西时，这个有着磁性嗓音的男人没要任何酬谢。

他先让她说出包里的东西，再要求看她的身份证。她忍不住笑了。

“身份证在包里面哩。”

男人像做错了事，“哦”了一声，暗笑着点了点头，再请她说出身份证号码。

等她一口气报完号码后，他的暗笑变成了明笑。

他笑起来有点像个孩子，张着嘴很开心地“哈哈”笑了，好像喜从天降的是他。这人偏瘦，嗓音却宽厚而有磁性，难得。她不喜欢肥头大耳的男人。

他在笑声中把爱马仕交到她手上。

“你清点一下，看看里面的东西少了什么没有，我等着。”

这话把她说笑了。还用看吗？遇上这样的好人。

她只扫了一眼打开的爱马仕，里面熟悉和心爱的东西，连排放的顺序都一如既往，像没失去前一样乖巧地依偎在一起，静候主人的检阅与取用。

她赶紧感激地朝他点点头，示意什么也不缺。

她开口要跟他谈酬谢的事情，他却转身走了。

“哎，哎，ding——lian、dinglian——”

她还没弄清这人的名字究竟是哪两个字，就用含混不清的近似音叫着。

她的喊声并没有阻止他一去不返的步伐。她扬起的手臂停在半空，她的嘴也变成了半圆。

她呆呆地、感慨而惊讶地站在路边。来来去去的路人，不解地望着她的停顿神态发笑。

她那时并不知道，还有更大的感慨和惊讶在后面等着她。

6

她兴奋地回到家里，得意地把失而复得的爱马仕甩在沙发上，甩到李洪川的身边。

她两腿架起来，架到沙发前的茶几上。她的脚，压住李洪川放在茶几上的遥控器，不让他的注意力停留在电视上。

李洪川向她拱起双手，赔着笑脸："佩服佩服，真没想到，看来错上加错的是我，好好好，我服了行吗？看来这世上好人真是不少，你这主意好，到底是硕士，知识分子，比我有智慧。"

她哼了哼鼻子，一句话不说，用眼白斜斜地瞟他。

她的得意并没有持续多久。

中午吃完饭，林青萍半靠在沙发上，舒展着身子拿起掉包那天买的时装杂志——这杂志自买回来就一直没心情打开。刚翻到第二页，手机响了，她一看又是陌生电话。

电话是工商所打来的。口气是不容置疑的那种，让她迅速去一趟。

她不知发生了什么事，紧张不安地赶到工商所。

工商所的肖副所长，一个胖胖的戴大檐帽男士，拿着一张寻物招贴："这是你贴的吧？"

她小心翼翼，轻声地"嗯"着点一下头。

"政府三令五申禁止城市牛皮癣，违者必究。有人举报，你损害了城市环境，违反了2001年就下发的市政管理条例第十一条。在公共场所随意张贴各种宣传单者，一张罚款十元。你一共贴了一百张，罚款一千元。"

她有点奇怪："你们怎么知道是一百张？"

她顺着肖副所长的目光看过去，看到的竟是那个还包的男人，坐在门侧靠墙的沙发上。

那男人也像看见熟人似的，望着她笑笑算是打个招呼。还是张着嘴，像孩子似的笑。

“是我举报的。一百张，我一张张全揭下来了，都在这儿，一张不少，你可以点一下。”

揭下的招贴，破碎狼藉地堆在靠墙的桌上。缉查员给她开了一千元的罚单，同时也给那个男人开了两百元的奖金。

他认真地在领款单上签上自己的名字：丁零。

这时，她才明白这个在拾金不昧的同时又举报了她的男人名字：丁零。

她还是有点不相信自己的眼睛。

比起自己要支付的酬谢，两百元根本就不是钱，这是一个连傻子都能算明白的算术题呀。

她出门左转时，回头看见丁零也出门了，他右转。

她站住，喊了他。

“你这人真是的！我承认我乱张贴是违规了，这也是没办法的办法，我贴的我认罚。你做了好事，又来举报我，这是为什么？”

“这是两码事。”

“你不要我给你的酬谢，这好理解。可是，你不要大钱要小钱，我看不懂。”

“拾金不昧，是我应该做的；举报不法，也是我应该做的。前一个应该，你给我再多我也不要；后一个应该，虽然只有两百元，那是应该属于我的。我就是这样看的。”

林青萍忍不住笑起来。她看着丁零转身离去的背影说：

“你这人真的好怪，我还是第一次碰到，把我都弄糊涂了。”

料峭的春风中，丁零突然站住，侧过身子，定住眼眸，看着她。

“你想想，你多想一想，就会明白的。”

7

想什么想！她看着那张罚单，觉得又好气又好笑。

李洪川哼哼鼻子：“我说呢，不是怪人怎么会做这种事。这样的人，不按常理出牌，认死理，不知道与时俱进，不知道一切都可以灵活变通。我最看不起这种人！”

她忽然有些气恼地望着他：“你凭什么看不起别人？我就不这样看。我认为，这种人不是认死理，是认真！认真你知道吗？就是按规则办事，该怎样就怎样。中国就是会变通的人太多了，所以才上有政策，下有对策，什么都搞变了味。不光是中央有好政策好想法的时候到下面就变了味，就是学人家发达国家的好做法，也是一到中国就变了味。为什么都变了味？你说？为什么会变了味？你知不知道？”

李洪川一下子没反应过来，有点口拙地问：“怎么变……变了味？”

“还不明白？就是因为你这样会变通的人太多太多了！”

“你……你怎么把气撒到我头上来了！我说别人，你冲我搞什么搞？”

是的，他说别人，我生什么气？她心里觉得过头了，嘴上并不松口，接着说："我就是生气，我生你的气，你根本不理解这样的境界，这种人遵守的是现代社会的游戏规则，你要是多一些这种东西，生意会做得更大，我就这么认为，人家这么做，没什么不对的！"

李洪川连连摆手："好，好好，人家是对的，那就是我不对了。我不跟你争，你是硕士，我这人没文化，也不懂现代社会的游戏规则。你都对，行了吧？"

又一次无谓的争吵。

吵过之后，林青萍想，我这是干什么，为一个非亲非故的人跟老公吵什么吵，我这是干吗？

想到这里，她笑起来。

李洪川看她笑了，摇摇头："过去只听人说少女的心思多变，我看女人的一生都这样。你看你，刚才还气呼呼的，一下子又笑起来，真是。"

"这只说明你根本就不懂女人！"

林青萍不想跟他吵，把冲到嗓子眼的一箩筐话，全咽回去了。

毕竟，心爱的坤包失而复得。林青萍心里是愉快的。

女人有愉快，绝不能一个人闷着。她需要倾诉，需要在倾诉中分享，需要在分享中体验。女人就是这样。她们仿佛与生俱来地钟情于倾诉。什么事情从她们嘴里说出来就会被悄悄地放大，好像只有被放大的事情，才是发生过的，否则就和没有一样。不懂这一点，就基本上不懂女人。

女人的诉说对象，最好的还是女人。男人往往嫌她们太琐细太啰唆，也不善于或不懂得作出有效的现场回应，使得原本兴奋的说笑变得了无生趣。只有女人和女人在一起，她们互相嬉笑或落泪，她们互相应承与感染，越说越放松，越说越兴奋，越说越有气氛……她们边说边发出轰然的笑声，不多久，倾诉就收到了预期的效果。男人们偶尔偷听到她们的谈话，不明白她们说的那些话有什么好笑的。那是因为他们不懂女人，女人们说着笑着，浑身像被抚慰了似的松快。

林青萍这天，就想找个人说说失而复得的愉快。几个女友都没约上，连陈红霞都约了，她正在香港看货。林青萍想到主意是崔仁杰出的，就约了崔仁杰。

崔仁杰是那种懂女人的男人。跟他倾诉，虽然没有女人间嘻嘻哈哈的应和气氛，但会别有收获。

他很会倾听，而且，他的回应，一开口就能高屋建瓴。

“什么叫素质，这就是素质！中国人都像这样，不说都吧，至少大部分人这样了，才真正具备走向公民社会的可能。我是这么看的，他要你想想，还说多想一想就会明白的，可以确定他是想清楚了才这么做的。他维护和宣扬的是一种文明，一种我们需要或者缺乏的文明。这么说吧，我们身边每一项文明的规则背后，同时也浓缩了你的权利。如果，凡是与你此刻无关的事情，你看见了也不管，实际上你就失去了你的权利。你一天天的失去，总有一天，你会发现这种失去开始危及你的自身利益。因为文明规则在被践踏的时候你从来没有维护过它。你知道吗，全世界纪念第二次世界大战中被纳粹屠杀的犹太人纪念地有多处，但以美国波士顿较为著名，原因是纪念碑上刻着德国新教神父马丁·尼莫拉的一段铭文：起初他们追杀共产主义者，我没有说话，因为我不是共产主义者；接着他们追杀犹太人，我没有说话，因为我不是犹太人；后来他们追杀工会成员，我没有说话，因为我不是工会成员；此后，他们追杀天主教徒，我没有说话，因为我是新教教徒；最后，他们奔我而来，却再也没有人站起来为我说话了。你看，他讲得多好，就是这个理儿，实际上，这个世界所有的不幸和我们都密切关联。当然，我说这些，不是说你乱贴违了规，我是说这个丁零，说他的做法，里面所包含的启示和道理。你冷静下来想想，是这样吧？”

和多数女人相仿，与人聊天说笑，林青萍比较排斥逻辑推演和理性思辨，可崔仁杰例外。

崔仁杰读书时就以博闻强记著称，林青萍经常从他整段背诵的名言中获取旧学新知。他的长篇大论总是让她受益匪浅。她一度甚至有点崇拜他。

她端着咖啡几次送到嘴边又停下了。她眼睛里放着光，望着崔仁杰连连点头。

此前对丁零的哭笑不得和责怪，此时也变成了理解和认可。

林青萍和丁零的初次相遇，就是这样的一波三折，这样的出其不意。

第三章

丁零一气之下，贸然辞去了大学的教职

1

丁零一气之下，贸然辞去了大学的教职。

一个炙手可热的岗位，别说他这样的硕士学历，如今连博士，想在大学找一份教职，也不是件容易的事情。

事后回想，他也觉得这个决定太贸然了。新婚不久，他竟然没有征得爱妻殷雪红的应许，一意孤行地把职给辞了。为这个不可饶恕的罪过，他已经作了N次检讨，仍然没有获得殷雪红的原谅。

在短暂的休整与反省之后，他不再将工作和所学专业挂靠起来。

“就你那专业，谁要？你还能干什么，没人要，我说没人要就没人要！”这句话，从殷雪红嘴里说出来，像是灭顶之灾。

他还包时的表现，称得上从容淡定，像从天而降的智者，给林青萍带去了福音和感慨。可回到家里，他却没有那么幸运和特别了。

他心爱的妻子殷雪红，一连几天都没给他一个好脸色。

她的目光冷如寒剑。偶尔金口一开，除了呵斥与教训，还是呵斥与教训。她把窗帘拉上，低吼着用手指抵着他的头。声音不大，口吻严厉，用居高临下的语言姿态，就像领导批评犯错的下属，就像父母训斥惹是生非的孩子。

“你说你，居然背着我把工作给辞了，还说一辈子都听我的话，你有听吗？你就是这样听我的话吗？我看是反了你了！你一个学哲学的，离开了大学你还有什么用，谁要一个学哲学的？酬金不要你要罚金，哪有你这样的！我把话撂在这儿了，没人要的！”

他从工商局领回两百元奖金的那天，殷雪红用一根指头直指他的脸，用咬牙的低吼声，足足斥责了他一小时零五分钟。

丁零不回嘴，他只是听着。

殷雪红比他小十二岁。让男人心疼的年龄落差。

丁零把她当作心肝宝贝一样疼爱。无比疼爱带来的副产品，就是无比任性。

他最受不了心爱女人殷雪红的鄙薄，却没法让她闭嘴。殷雪红相貌甜美，在公司是有名的微笑天使，金牌销售，外人看不到她的脾气，只有同床共寝的老公，才知道她性情的刁蛮与冷淡。

丁零开始挺自信的。除了专业，他还有两样业余爱好，都还算出类拔萃。

一是唱歌，他在大学就是合唱团的领唱之一。

二是他还下得一手好围棋，是学校代表队的骨干选手。

最不济，他一个大学老师，到中学教教书，总可以吧。怎么会找不到工作呢？

粗粗一算，三条路，可以任选。

看到有歌厅招歌手，收入挺高的，工作时间只有晚上几小时，白天全是自己的，他心血来潮，放下身段去应聘。还没开口唱，人家听说他是唱美声的，就把他给毙了。有句话贴着他离去的背影紧追上来："谁要美声啊，找死！"

听说区青少年宫少儿围棋培训班招辅导员，他去了。人家不问下棋，不问有否从业经历，也不问会不会做辅导，只问他有没有等级证书。一说没有，立马就跟他拜拜。

他再找最不济的事情。他一直以为，中学教育对青少年成长至关重要，他硕士毕业时就想去，亲友们一致反对。到他结婚时还有人质问他，你若不是大学老师殷雪红能嫁你吗？

以为中学教书很卑微，只要肯委屈，大门就洞开。

事实并非如此。

他去中学，人家说，我们去年招五名老师，来报名的博士都有上十个，今年还没招，已经有七八个博士来登记了，我们校长表态，以后要招，最低也得博士。

丁零特意解释："我虽是硕士，可是我是大学教师。"

人家头也不抬地打断说："别解释，一句话，硕士文凭免谈。"

丁零气得说不出话来。中学老师要博士来做，这不是人来疯嘛，科学院院士也没说非博士不取，这也太邪门了。

一周之内，三条路，没一条能走通，全是死道。

丁零站在中学的校门口，才知道什么叫作欲哭无泪。他有点后悔，不该贸然辞职。

还真被殷雪红说着了，他的专业，连同爱好，全派不上用场。

他带着近乎绝望的心情，回到家里。殷雪红给他的，只有无情的打击。

丁零最爱和最怕的人都是殷雪红。他一边给殷雪红洗脚，一边听她的训斥。给她洗脚是他每天的必备功课之一。他用手掌给她轻轻地搓揉脚背，又用手指轻轻插入她的脚趾，轻轻地搓揉。

坐在沙发上的殷雪红，并不因为他的周到细心服务而放弃批判的责任。

“不是我说你，你找的工作呢，你不是说要凭自己的本事在社会上找一份工作吗？你找呀，找呀！你唱歌唱美声，下棋下围棋，专业够不上，业余太高雅。你上不着天，下不着地，你还有什么本事？要是有你就找一个给我看看。把你捡了包又告了别人的故事一讲，我看就是要你的也不会要了！”

他的沉默显然助长了妻子的任性。

殷雪红说到激愤时一跺脚，刚被擦干的脚从盆沿滑落水中，溅起的水花像耳光一样打在丁零的脸上。

2

一个人没工作去找工作的时候，才知道找一份工作是一件多么不容易的事。

凡是人口过度膨胀的国度，就业找工作都是艰难的。有的企业老板，信心百倍地在大门口贴上这样的标语：你今天不认真地工作，明天就要认真地去找工作！

在这样的口号下埋头工作的职员，对老板除了感恩戴德、奴颜婢膝、唯命是从、任凭作践，再没有好活的了。

这样的地方，丁零连眼珠都不会横一下的。

丁零可不是不认真工作，恰恰相反，他是太爱他的工作，太认真于他的工作，才失去了工作。

这些老板懂个狗屁！他们就想招奴才，都什么时代了，有几个臭钱就把自己当救世主，什么东西？呸！到这样的公司门前，丁零心里涌上一顿臭骂。骂过之后，跑了几天的腿才不那么酸疼了。

无奈，他用工商局奖励的两百元，去晚报登了个求职广告。

交钱时，他还询问晚报广告的效果怎样。那个收钱的胖女人从眼镜框上方翻出眼白："开什么玩笑，告诉你，凡是在我们晚报登过广告的客户，都说在这儿登东西反馈是最快的，本报影响力深入人心，你还有什么可怀疑的！"

"怪我怪我，不知道晚报号召力这么强大。"他忙赔笑着为自己的失言表示歉意。

三天过去了，没有收到信息反馈。两百元像是从摩天高楼上往下扔一块小石头，连落地的回音都没听到。

想到收钱胖女人的大夸海口，他再次登了晚报的门。

"你们是不是发行量太小，怎么登的广告一点儿反应也没有？"

广告部大门内是半人高的柜台，柜台下坐着的，仍是那位胖女人。一身的珠光宝气，胖手有两个指头戴着戒指，两枚戒指在手指上挤压出一圈多余的赘肉，脖子上还围着条金项链，差不多有筷子粗。她对劈面而来的问询显然有点不适应，扬着口红涂得过重的嘴唇，再次从眼镜框上方翻出眼白，横了他一眼。

"谁说没反应？和你登在同一天的，一个学家电修理的工程师求职，电话都被打爆了。你看你，学什么不好，学哲学，这能怪谁，这年头谁还学哲学啊？听说好多大学的哲学系历史系的，都改旅游系了，不好找工作嘛！”

他站在那儿，瞪着眼，喉结像血压计的水银一样升降起落。他想说的千言万语，仿佛都被喉结憋住，一句也说出不来。这女人看上去俗不可耐，对大学就业情况倒不陌生。她随口冒出的这句话，一下子击中了丁零心中的伤痛。

校长办公室里，丁零手里拿着提前打出来的寒假后课程新安排，他尽量以平缓冷静的语调来表达愤慨：“我身为哲学系的老师，我反对把哲学系合并到旅游系，我再次表示反对与抗议。当初讨论的时候，提了那么多意见，你身为校长竟然一点儿都听不进去。哲学是干什么的，一所综合大学怎么可以不设哲学系，这就像一个民族没有自己的精神！这怎么可以……”

他的话还没说完，坐在大班桌后忙碌着的校长，把他的话给掐断了。

“对不起，我要马上出去谈个项目，实在没工夫和你讨论一些没什么实际意义的宏大叙事。我只简单地告诉你，学校的高层都认为，哲学系有那些全国的顶尖名牌大学在办着就可以了，我们这样的大学，办哲学有什么用？教育要产业化，我们现在对科目的选择要实用，学生毕业后要找工作，要养家糊口，毕业生的就业率决定我们大学是否有生源，是否有生源决定我们能否办下去，能否办下去决定本校上千号教职员工的饭碗，所以，一切都要从实用出发，所有不必要的专业，通通都要合并或取消。有的专业，这次没被合并或取消，只是时间问题，迟早的事，就这么简单。我没时间陪你了，拜拜。”

说这番话时，校领导的眼神和面前这个珠光宝气的胖女人一样地充满了嘲讽和冷淡。

“什么，你说什么？哲学，哲学是不必要的专业，这可是你一个大学校长说的。”

“是的，我说了又怎么样，说了怎么样？”

“怎么样，我不在你这儿干了行吧？”

丁零一腔热血都涌到脑门上了。他出语冲动冒犯，但语调还是保持了一贯的冷静平缓，并没有声嘶力竭地怒吼咆哮。

饶是如此，他还是得罪了校长大人。

校长被这个敢跟自己叫板的青年教师激怒了，当即就把人事处的处长找来给他办解聘手续。

热爱让他失去了工作。现实就这么吊诡。

一种莫名的轻松感，很快就被生活的压力所驱散。一份工作对成年男人来说，不仅是收入，更是一种人生的依靠，一个让情绪安妥的庇护所在。

看来报社的广告也不是什么救世主。他失望地离开了胖女人的办公桌。

他一转身，才发现有个女人正站在门边看着他。从姿势和眼神都可以看出，她已经在门口关注地站了一会儿。

这个女人，竟然是林青萍。

她拎着那个失而复得的爱马仕，就站在门口，微笑地看着他。

“你？”

3

林青萍是来做广告的。

几天前，她得知陈红霞从香港进货回来，就直奔思念咖啡屋。进门就看见陈红霞正被小帅哥搂着，快四十的陈红霞赖在小帅哥怀里，像小女人一样扭扭捏捏。两个人坐在一个暗角里，以为别人看不见。

林青萍心里骂了句骚婊子，踩着高跟鞋很响地敲着地面走过去。

陈红霞心情很好，很给面子，不等林青萍开口，就主动表示，这次进货价廉物美，她会按全市最低价再降零点五个百分点向新南方供货，让林青萍放心。

林青萍心神甫定，接着收到岳会计的短信。

岳会计是她安插在新南方的心腹。她不在的时候，有什么情况，给她发短信，私密地向她汇报店内出现的新动向。

“林总，出纳张雄是副总张扬的侄子!”

什么？林青萍看到这条短信时大吃一惊。

张扬是老公李洪川力荐给她当副手的。此人跟随李洪川多年，工作特有激情，社交能力超强，跟什么人都可以见面熟。当年跟着李洪川创业打天下的时候，他就凭这一点，在尔虞我诈的生意场上居然旗开得胜。新南方最初的筹办，林青萍交给他全盘负责，开业之初，许多繁难的手续，都是他跑来的。仗着这一点，他对林青萍偶有阳奉阴违。一般的事情，林青萍心知肚明，并不点破。

但重大问题，林青萍绝不姑息迁就。她是坚决反对公司高层在重要岗位安排亲属的。绝不把私营公司变成家族企业。这是她和丈夫李洪川最大的不同之处。

在新南方公司，她一开始就三令五申，绝对不许用哪怕一个亲属。她有数，她哥哥的孩子早就出国了，她也没什么特别紧要的亲戚要安排。她可以毫无顾忌。张扬也信誓旦旦表了态，可暗中却把他的侄子塞进来，还是要职出纳。这怎么行?

林青萍觉得问题不小。这事不好和李洪川商量，她约崔仁杰到咖啡屋坐下了。

新南方的事情，她平时都跟他说过，无须从头讲起。崔仁杰曾建议她尽快物色一个副总，把财务和管理接过来，以分解张扬过大的权力。

这事一出，他就吹嘘他的先见之明。

上哪儿去找这么一个副总呢？必须是既严格按规则办事，又具备现代气质的人选。这样的人才，最不好找。现在的人，头脑灵活的往往投机取巧，忠诚厚道的又多半笨头笨脑。

听她说了一大通，崔仁杰只是看着她点头。

她有些不高兴地拍了他肩膀一巴掌："你说话呀，要不你来试试，或者你帮我找一个?"

他有点口吃地说："我这会儿，律师所开张不久，哪有时间?"

林青萍知道他是谈话高手，要他动手，不可能的。原本就没打他的主意。

她说："你说话呀？我来，是找你要点子的！"

崔仁杰突然想到什么似的说："你这么一说，我倒想到一个人，就是捡你包的那个丁零，挺合适的。"

林青萍"哧"了一声说："你真会开玩笑，我上哪儿找他？"

崔仁杰两眼在镜片后眨了眨："他不是给你打过电话吗？"

林青萍摇摇头："就一次，我也没存，早删了。说正经的吧，你走南闯北交际广，有没有可推荐的？"

互相不着边际地聊到认识的一些人，竟没一个中意的，最后崔仁杰建议去晚报登个招聘广告。

林青萍笑了。

她一向认为他点子挺多的，这不和找包去街上贴启事一个套路嘛。

崔仁杰从林青萍脸上看出没说出的话来。见周围没人，他一下子抓住她放在桌上的手，轻轻抚弄着说："我以为，在一个开放社会，不必找熟人托关系的，民间有高手，社会是个超级人才储备库，里面什么样的高人没有？你要转变观念。"

林青萍"嗯"地点点头。

4

“你?”

一个字，丁零和林青萍异口同声地说了出来。有些意外，两人不约而同地笑了。

林青萍没想到竟然在报社碰到了丁零。

世上竟有这么巧的事情。她来登招聘广告，竟然碰到想招的人。

人与人的见面也靠缘分。有些儿时形影不离的玩伴，长大分开后，竟然永无相逢的机缘。有些人，不过偶然见过一面后就各奔东西，竟然，会在某一个需要对方的日子再度邂逅。

只能用缘分来解释。

林青萍和丁零不期而遇又不约而同地笑过之后，发现站在门口说话碍事，就一同走到门外的走廊，然后都停住了。

两人站立的样子，显露出交谈的暗示与诉求。

林青萍微笑地看着他。

“你，怎么，你还没工作?”

“有的，辞掉了，重新来找。”

“条件别太高了嘛！原来你是学哲学的，怪不得做事情有点与众不同，有点像。”

“千万别这样说，我找工作和学哲学没关系。”

“你想找什么样的工作？”

“都写在上面了。曾想，到一所中学教书，我一直以为，中学教育很关键，中学生正是心智全面成长的阶段，这个时期的吸收，对世界观和素质的形成很关键，我想去人家不要。现在没想法了，干什么都行。比如实业界商界什么的，我也不排斥，这方面的书看了一些，试试自己的能力，也行。”

林青萍心里掠过一丝莫名的意外与期待：“哦，是吗？我那里倒是缺一个人，你想不想去试试？”

丁零接过林青萍的名片。

他没想到面前这个身材娇小的女人，竟是本市新南方公司的老板——董事长兼总经理。

丁零有几分疑惑，又有几分惊喜。他摇摇头，发现不对。又点点头，还是不对。他心里说你又摇头又点头，别人怎么知道你是同意还是不同意？他自嘲地笑了起来。

他笑起来，有点孩子气。张着嘴很开心地“哈哈”笑了，那天把包交给她时，他也是这么笑。

林青萍被他逗笑了，她边笑边说：“名片上面有我的电话。我是开店的，算得上你说的商企，我那儿一直缺个副总，一个严谨的讲规矩的。你想来，随时可以找我。”

“哦，副总，这么大的官，要我去？你就不计前嫌？”

“什么前嫌？”

“我告了你呀，乱张贴。”

“哦，这也叫前嫌，你不是说多想一想就会明白的吗？你是拾金不昧嘛。连酬谢都不要，这年头，上哪儿找得到啊？”

“夸我，还是嘲弄我？”

“嘲弄是小狗。”

林青萍的口吻，有点小女孩的顽皮和认真。

5

捡包捡来一份工作，有点不可思议。在与林青萍谈定之后，丁零急匆匆从报社回到家里。

他投给晚报的广告费，竟然收获了意外的回声。

这个意外的回声使他在殷雪红面前有了一次自炫的机会。

“你不是说，凡听说我捡钱包故事的人都不会要我吗？事实证明，你的说法是错的。邀请我去工作的这个林青萍，正是失主本人，她是故事的亲历者，连故事都不用我讲了。”

他得意地用殷雪红的嘲笑回应了她。他有理由得意。春节刚过，寒假尚未结束，他就找到了工作。

殷雪红无法相信这竟然是事实。

她摇摇头：“这世界真是邪门了，被你告了一状，人家不但不记仇，居然请你去，还副总。我信了邪了。”

“人家说了，你是拾金不昧嘛，连酬谢都不要，这年头，上哪儿找得到啊？”

“算了，别再提你做的破事了，什么人做这种事，二百五！只有二百五才做这种事！弄个二百五当副总，我看不懂！”

“我怎么二百五了？人家要是这样认为，就不会邀请我去了。”

“这个林青萍是不是爱上你了？我怀疑。”

丁零马上摆摆手：“这是绝对不可能的事，人家绝没有这样的意思，绝对没有。”

殷雪红哼一下鼻子：“没关系，我说过，你可以找第三者，我只有两个条件，一是不要把人带回家，二是不要把病带回家，做到这两条就可以了。我不怕外面有人爱你，我就怕你没这本事！”

丁零笑说：“你可真会说话，你知道我只爱你一个人，你要我找第三者，我也不会找。”

殷雪红抿着嘴，得意地红脸一笑。

丁零看呆了。

殷雪红单眼皮，乍一看似乎不是特别漂亮。她的特别之处是耐看，多看几眼，就会看出特别的韵味。

他最爱看殷雪红抿嘴笑的样子，脸上还浮泛几许淡淡的羞怯与红艳。即使婚后，有了成熟的性生活，她仍然像纯朴的少女一样，抿嘴笑，一笑脸上就飞起两朵红晕。没有一丁点儿刻意，仿佛与生俱来，浑然天成。

丁零从第一眼看到她时就死心塌地地爱上她了。

6

三十八岁的丁零把二十六岁的殷雪红追到手，全凭百般呵护与极端容忍。

她在职场上永远像一个含羞的微笑天使，谁也不知道，她在家中是个怎样的女人。

她比较抵制男人进入她的生活，不愿有人知道她的性情底细。

在谈婚论嫁的时候，丁零接到一个匿名电话。

匿名者自鸣得意地给丁零通报殷雪红的种种劣习。

“你知道殷雪红是一个好吃懒做还好撒谎的女人吗?”

丁零对着手机点点头：“知道。”

“你知道殷雪红是一个智力平庸、性格刁蛮和脾气暴躁的女人吗?”

丁零对着手机点点头：“知道。”

“你知道她是一个邋遢透顶的女人吗？大学四年同学没见她叠过被子，床连狗窝还不如，你知不知道?”

丁零对着手机点点头：“你说的我全知道。我还知道她在大四有一天叠过一次被子，同室的女生没看到她，以为出什么事了还报了警，闹成全年级的笑话，是不是？她懒惰爱撒谎，她找熟人借钱借东西从来不还，她外表腼腆实际上在家里脾气暴躁还冷漠，跟她住同一寝室的女生都知道她的劣习，是吧?

我知道的，不比你少吧。”

“这种女人你也要?”

丁零笑笑说：“很简单，爱一个人就应该包容这个人的所有缺点。没这个胆量，我不会娶她。你想想，你多想一想，就会明白。”

“你真是个傻瓜!”

那头猛地挂了机。殷雪红能猜到电话的来由。她在大学寝室的六个女生，每个都曾被她借钱借物至今没还，都曾被她的谎言骗过。她们恨她恨到骨子里了，每到她交男友或要结婚，她们就会将她的斑斑劣迹，以匿名信或匿名电话的方式昭示出来。她前面的几个男友都被吓跑了。只有丁零，用傻瓜一样的方式给予了回击。

丁零脸上露出胜利者的微笑。他要的就是这效果，毕其功于一役，这样的扰人电话从此绝迹，再不会骚扰他们了。

他挂机之后，殷雪红望着他难得地一笑。

殷雪红笑和别人不同，她是抿着嘴笑。

她抿嘴微笑的样子，带几分羞涩，是她最为迷人之处。他像第一次见到她时那样痴痴地望着。

他就喜欢看她抿嘴笑的样子。

女人的羞怯是男人兴奋的助燃剂。面对男人的主动和热情，女人的忸怩和腼腆，有着道不尽的风情万种。

在丁零眼中，殷雪红抿嘴微笑时的样子是天下最美的，是可以让他舍生忘死的。

没有男人不喜欢女人害羞的样子。所有女人似乎只在初恋初吻初夜之时，才有害羞的笑。过了这个时辰，就没了。殷雪红不同，她的抿嘴微笑与几分羞涩，仿佛与生俱来。微笑的同时，两颊随之浮起淡淡的红晕。这样自然，这样迷人，这样不露痕迹，这样无可阻隔地直指丁零的心。

她收住笑说："你要是怕我，后悔还来得及。"

丁零笑说："我不怕，我高兴哩。"

"你高兴?"

"只有老公才配享受这样的待遇，其他人想要也要不到，我怎么会怕，我高兴才对嘛。"

殷雪红冷下脸低声吼道："少跟我贫嘴!"

殷雪红的微笑，平日都献给了那些点头之交的同事和客户。那些男同事和男客户，人前人后都以她为温柔女性的范本。

没人知道，她在家里不苟言笑，甚至冷淡刻薄。更没人相信，她在家里，在丈夫面前，是一个自私邋遢且撒谎任性的老婆，一个冷面刁蛮还不讲道理的女人。

在相互的关爱上，这是一对毫不般配的夫妻，但又是一对愿打愿挨都绝对出于自愿的夫妻。

7

丁零的婚姻选择，饱受亲友们的质疑。质疑的目光紧盯丁零，越过他的头颅，好像他身后就站着悲惨的明天。

在世人眼中，总是那些并不特别出色的男人娶走了美女。这两人，年龄相差十二岁，殷雪红年轻，身材性感迷人。丁零有什么优势呢？如果他是大款，好理解，可他不是；如果他占着一官半职，好理解，可他不是；如果他是名人，好理解，可他不是；如果，丁零阳刚壮硕，性能力空前绝后，这也好理解，可，他是吗？

这几样，除了最后一样无法取证。其他几样，可以肯定，丁零不具备。

后来，亲友们发现，丁零是凭借超一流的服务与伺候，俘获了殷雪红。

亲友们觉得不值，觉得轻率，觉得不可理喻。

他们从常理的角度，以至爱亲朋的名义，对丁零进行了一次舆论围剿。

“你以为这么做，就能套住她？”

“我没想套住，我就是喜欢她，给她做任何事我都快乐。”

“她年轻又好看，除此，你还爱她什么？”

“你说了嘛，年轻又好看，这还不够吗？”

“你一个大学老师，学哲学的，就这么虚荣？”

“我承认我虚荣。”

“你做牛做马似的伺候她，很犯贱，你知道吗？”

“知道。”

“知道你还不改？”

“为什么要改？我不抽烟，不喝酒，不嫖不赌，不偷不抢，不坑不骗，就这一个不良嗜好，我想留着。我知道，这是个很贱的缺点，让我留着行吗？世无完人，人必有缺点，我没这个缺点，就会有别的，与其有别的，我觉得还是这个好。就像抽烟，明知道对身体有害，可就是喜欢抽，不抽还不行。我也是，就是很贱地爱一个我喜欢的女人，不行吗？我妨碍你们了吗？我妨碍世界上任何一个人了吗？没有吧？既然没有，那你们就别再劝说，也别再替我操不该操的心行吗？我都说到这一步了，一个不良嗜好，一个很贱的缺点，我要留着，还要怎样？”

亲友们面面相觑，哑口无言。

第四章

丁零的新去处，在厚湖新城

1

丁零的新去处，在厚湖新城。

厚湖位于城市之北，过去是郊区，随着城市的壮大与拓展，这里升起一片新型社区。整个厚湖新城，将是五十万居民的规模。进入厚湖新城南大门入口，路侧不远处，一栋高楼三层的墙面，在灰底色上标着三个深蓝色的巨型大字：新南方。

林青萍的意思，是要将“新南方”三个字，打造成如同沃尔玛和麦德隆一样的品牌。在取名上，她也只用三个字，舍弃了超市或仓储一类的常用后缀。

第一天上班，是林青萍送丁零去的。

丁零本想搭乘公共汽车去，可林青萍说：“第一次去，我不带你认认门怎么行?”

林青萍的新南方公司，最初在中心城区做服装，效益平平，算是没亏。厚湖新城这个店，是崔仁杰的点子。崔仁杰在这里买了房子，建议她放弃服装，改弦易辙，到这里开个品牌大超市。

林青萍郑重其事，先请大学的专业调查公司进行了全面的数据分析。

这里的居民，以中产阶级人士居多，入住者多为业界高管、成功人士、公司白领、国企员工等，全是收入稳定且品位不俗的消费群体。

身材娇小却心气高傲的林青萍，认定这里是实现她商业梦想的地方。

新城的第一批第二批楼盘入住了二十万户居民，第三批第四批雏形已然显现。林青萍不管这个，她的新南方捷足先登，在厚湖新城雏形乍现之时，就隆重开业了。

店是开了，但是人气一直上不来。

林青萍听从崔仁杰的建议，并不指望新南方立马赚大钱，当下是打底子，把影响力做出来，让厚湖新城的入住者或将要入住者，都知道这里有个叫“新南方”的精品购物去处，就行了。

熬过一两年，待五十万中产居民入住，那时，就是新南方收获的时机。

林青萍目前一方面要关闭城区的服装店，另一方面要与陈红霞保持密切联系，守住新南方珠宝柜的进价优势。日常事务则由常务副总张扬负责。

林青萍熟练地握着方向盘，边开车边跟丁零介绍新南方的情况。

车子拐了一个路口，她说：“新南方的定位，是品牌超市，要有信守不变的经营理念，要制定与经营理念相适应的管理规则。你去了以后，张扬管不了你，你主抓财务和制度管理。这方面的事情，跟你实说，我对他很不放心，你以后直接对我负责。”

从喧哗闹腾的解放大道拐进来，沿一条年久失修的柏油路走到尽头，一片广阔的土地上，许多正在修建的住宅楼群在脚手架的缠绕中拔地而起。厚湖新城大道入口处，是一排排已然成型的楼盘。从 20 世纪 90 年代末至 21 世纪初，中国的很多城市随处可见这样的楼群景观。

林青萍打了方向盘，白色的宝马车从大道往南拐入一条辅路，前行几百米，路边一栋高楼上，赫然入目的，就是足有三层楼高的三个深蓝色巨型粗体字：新南方。

丁零暗暗佩服林青萍超前的眼光。这地方确实选得好。

林青萍缓缓地转着方向盘说："怎么样，这地方选得还可以吧？为这，我跟我老公差点翻脸。我的理想，就是把新南方做成厚湖新城的地标。他就看不懂。常务副总张扬，是他的老部下，做事情有激情，可是水平和境界，我看跟我老公差不多，一个德性，视野不开阔，是他们共同的弱点。"

丁零愣了一下，他看了看林青萍。

2

张扬满脸笑容地站在新南方的大门口。

不等林青萍介绍丁零，他张开手臂，亲切地搂搂丁零的肩，在他手臂上亲切地拍拍："我是张扬，山东人，你好你好，听说你要来，我一直在盼着。我这里，就缺个好帮手哩。听林总说，你是硕士，做过大学教授，了不得，了不得。"

张扬是个自来熟，人高马大，一边打着哈哈，一边搂肩拍臂，亲切得像是老友重逢。丁零有些不适应地笑笑。

来的路上，林青萍就说过，张扬是个大炮性格的人，比较豪爽。亲眼一见，张扬确实热情奔放，声音洪亮。

大概是看他没反应，张扬又拍了拍他的肩："我一看你就是一知识分子，我这人，正宗山东人，大炮性格，有什么话就说什么话，直来直去。习惯我的人，都说我是个好人。你来了，我们一起搭班子，你比我小，算是我兄弟。"

丁零有点慢热。面对张扬一厢情愿的称兄道弟和不加掩饰的热情，他有些不适应，也不愿违心地应和。

他“哦”了一声，没说什么。

张扬有点意外地看着他。

3

三个人在总经理办公室坐下来。

林青萍毫不留情地撵走了张扬的侄子。据岳会计密报，他昨天还对下属乱发脾气。林青萍作了最坏的打算，预谋了对策，看张扬没犯刁，她松了口气。

她故作平淡地看着张扬说：“丁零来了以后，哦，该叫丁总——”

丁零连连摆手：“一定要叫职务吗？那就丁副总吧。”

张扬用一双大手拍拍丁零的手臂：“嗨，我也是副总，对内对外，人家都叫我张总，很正常，哪个要是真叫你丁副总，那不二百五嘛！”

丁零还是摆摆手：“不好不好，要么直呼其名，要么叫丁副总，二选一，都行。”

张扬瞪着眼还要说什么，林青萍用目光制止了他：“算了，他跟你想法不一样，随他，就叫丁副总吧。新南方的财务和管理不够规范，丁副总来了以后，主抓这两块儿。张总嘛，还是主抓经营。经营这一块儿，我看，关键是零售上不来，要发动大家都出出点子，贴个告示，有奖征集零售金点子，要想办法突围才行。”

总经理和副总经理的办公室都是全玻璃的，可以俯视下面店堂全景。丁零看了看店堂，购物者不多，有些稀落。

林青萍接着说：“零售这一块儿，就珠宝柜好一点，其余的，人气都不旺。目前经营，主要靠团购来支撑，不是根本办法。当然，我没说团购不好，而是作为唯一的盈利渠道，是有缺陷的。丁副总，你可能不知道，团购这一块儿，可是全仗着张总的人脉，功不可没啊！”

张扬面露得意之色，嘴里却说：“哪里哪里。”

林青萍说：“张总，你这儿，重中之重，就是把团购给我稳住。”

丁零注意到林青萍的措辞和语调，不是“稳住”，是“给我稳住”，“给我”二字，咬音又狠又重。他以为张扬会有不悦。

张扬一笑：“嗨，林总放心，有我在，团购跑不了，都是一帮兄弟，一帮铁哥们儿，我说了算。”

林青萍沉着脸：“你别吹了，拿货的时候是哥，交款呢？很多款没收回来，都哪儿去啦？你得催呀。”

林青萍看一眼丁零：“丁副总，我希望你来了以后，管理和财务，能走上正轨，制度管人，不是人管制度。这一点，我相信我不说你也会这样做。张总，你一定要全力支持丁副总哦。”

张扬“哈哈”地一笑说：“没问题，我向大伙宣布，听丁副总的话，就是听我的话，丁副总是我，我就是丁副总，行吧?”

林青萍笑了。

4

林青萍把岳会计和所有的主管都叫来了。当着大家的面，宣布了丁零的任职，她说：“今后，丁副总就是财务一支笔。他这支笔，直接对我负责。”

这话够狠，半壁江山都被划走了。张扬脸绷着，见林青萍正盯着他，于是开颜一笑：“好好，丁副总一支笔，行啊，签字报销找他，好好。”

林青萍接着说：“现阶段，财务这一块儿，最现实的，也是最大的任务，就是追团购欠款，越快越好。丁副总要尽快进入角色，张总，你也说两句吧。”

张扬大巴掌搭在丁零的肩上，亲切地往自己身边拢了拢说：“丁副总当过大学老师，斯文人，我丑话说在前头，谁不听指挥，那我就不客气了，你们听丁副总的话，就是听我的话，你们明白了吗?”

除林青萍和丁零外，主管们一律笑着点头。看样子，下属们都很服他。

副总办公室一人一间。碰头会一完，丁零到财务室找岳会计仔细了解情况，回办公室还没来得及坐下，张扬跟着进来了。

“林老板很欣赏你啊，一来就抓管理管财务，重任在肩哦。”

“我刚到，还得靠你多指点。”

“指点？算了算了，我们就别来这些客套了，虚情假意的没意思。我这人，不喜欢绕弯子说话，林老板说了，你是财务一支笔，直接对她负责，没我什么事了，这叫什么，把我给架空了嘛。算了，我这人，权力这些东西，早看淡了！我这人，就是做事的人，我只是做事，把事情做好，不动那些乱七八糟的脑筋。老算计别人，用脑多了，要长瘤子。”

张扬转身离去。他的背影，高大雄阔，步伐稳健踏实，给人一种直率坦荡的夺人气势。

丁零心里像被烙了一下。

第五章

丁零把所有欠款的来龙去脉，进行了清理与查证

1

丁零把所有欠款的来龙去脉，进行了清理与查证。

他以做研究的方式，细细地清查。新南方的盈亏，可以有两种解读。如果把三百万元的拖欠款，从账面数字兑换成钞票，就是盈利；如果不能变现，只是躺在账本上的数字，那就是亏损了。

看来，林青萍没说错，当务之急，是将团购的拖欠款收回。只有收回，这个店才称得上良性运转。

丁零在欠账公司的名单上看到一个熟悉的名字——关山新星围棋职业学校的校长郑大滨。

如果不是同名，他应该是丁零的大学同学。他们一起下过围棋。

郑大滨进的货是一百一十台电脑液晶显示屏，账上欠三十六万元。

张扬“嗯”地点点头：“来团购的，有的是我直接认识的，有的是哥们儿介绍的。这个郑大滨嘛，就是一个哥们儿介绍的，东北人，看着个儿不高，挺豪爽的，很能喝酒。那次生意就是酒桌上谈成的，他比我少喝一杯，加收了一万元。”

这就对了。郑大滨来自辽宁，虽然世代都是东北人，却个子瘦小，看上去像南方汉子。年龄比丁零小，口气却像是老大哥，说话大大咧咧，实则鬼怪机灵。

第一次和丁零下完棋，他就拍着胸说：“我东北人，出雷锋的地方，告诉你，东北人都是活雷锋，有事儿，尽管找我。”

他们不是一个系的，宿舍也一南一北很远。丁零比较慢热，不喜欢见面就称兄道弟的做派，没去找他。倒是郑大滨，偶尔会两手抓着棋盒，手臂夹着棋盘，由南而北地穿过校园来找他对弈。

那时郑大滨就说过，他毕业后想办个围棋学校。

丁零想，只要是这个郑大滨，只要他的围棋学校不亏损有盈利，让他还欠款，天经地义，加上同学和棋友这点面子，应该不成问题。

张扬说："好哇，我支持你，把三十六万元讨回来，你看什么时候去？"

江南关山挺远。丁零打算选一天上午去。

每天下午，他下班后赶回家，要迅速弄好饭菜，等殷雪红回家共进晚餐。殷雪红一回家就喊累。她什么也不做。最近多了一件事，殷雪红刚结识了几个新客户，说话太多，嘴唇干裂脱皮得有点厉害。丁零找到一个最环保的防治方法：将蜂蜜涂在唇上，用保鲜膜盖住双唇，再拿块热毛巾敷十几分钟。这几天已有所缓解，再坚持一段时间，就没事了。恋爱结婚至今，殷雪红的美容，就由丁零包了。丁零自创的美容法所用美容品取自原生果品，绝不用各种化学美容制剂。既不伤身，效果还特好。

2

郑大滨的围棋学校在长江对面的关山。

丁零没要车。林青萍说过，等条件好了，新南方有盈利了，副总每人配辆车。丁零打算自己买一辆车。现在他和殷雪红都挤公共汽车。他这边不怎么堵车，还好一点，殷雪红在闹市中心，路上挤公共汽车得占去一个多小时。

他打算专门抽时间去把驾照拿了，再去买辆车。他跟殷雪红说："我们家买了车，我就是你的专职司机，你想去哪儿我送到哪儿。"

从家里直接到郑大滨那儿，比从新南方去，近七八站路。

关山在长江南边。丁零坐专线车过大桥，打算到街道口站下车后再打的。不料桥上堵得厉害，车子走走停停，像蜗牛蠕动。有人叫嚷着要下车，售票员和司机都说不到站绝对不能开车门，这桥上不仅有交警还有电子眼摄像，到处是陷阱，一旦受罚，一天就白跑了。

车子下桥靠站，都快十一点了。丁零想在吃饭前赶到。

郑大滨好酒，上了饭桌，必定喝酒。喝酒必定要陪喝，不陪，讨款就悬了。丁零滴酒不沾，最看不惯餐桌上互相劝喝，说劝是客气，实则是逼酒，是闹酒。喝酒嘛，能喝多少喝多少，为什么要逼不会喝的或不想喝的人喝酒呢？丁零打心里反感。

他赶紧下车打的。

他让的士抄一条他熟识的近路直奔关山。他读大学就在关山一带，这一带很多小路他都烂熟于心。

小路很窄，弯弯曲曲，两边是低矮的小楼和民居。很少有人知道这里还有条柏油小路。路上空空荡荡，前面有个小伙子悠闲自得地骑着自行车。

一辆污渍斑驳的小面包车，从后边呼啸着超越了的士。

小面包超越之后才发现自行车。闪避不及，小面包右侧"嘭"地撞到了小伙子。小伙子从自行车上腾空跃起，然后，仰面后脑着地，直挺挺地摔落在路上。

小面包莫名地抖了一下，踌躇未决地放慢了速度，紧接着，就决绝地轰足了马力，不顾一切地奔跑起来。

小伙子躺倒在地，自行车却没倒，像是无头的身体，凭着惯性和余勇，尾随着逃亡的小面包，奋起直追，眼看要追上了，小面包狡诈地走了个斜线，轻而易举地甩掉了。

失去了目标的自行车，在空蒙的路上伤心欲绝，竟然摇摇晃晃地沿着笔直的路，孤独无主地奔跑起来。

路前面是个斜坡，自行车义无反顾地沿着斜坡直冲下去。斜坡的右侧有栋高悬警徽的三层楼，是派出所。自行车俯冲下去，摇晃着，弹跳着，最后壮烈地趴在派出所大门的台阶上。

这是报案吗？奇了。

3

丁零坐在的士后座。

他亲眼看到大张四肢躺倒在地上的小伙子，看到那辆小面包车踌躇未决后加快速度仓皇逃窜，看到自行车勇猛地追凶与悲壮地倒下。

目瞪口呆的丁零双手紧趴着司机座的后靠背，脸紧贴着中间的防护栅栏，大瞪着眼，也没看清小面包车的车牌号。没车牌号，报警没凭据。

的士司机三十五六岁，瘦精精的脸上有一双很凶狠的眼睛。他回头用凶眼扫了丁零一下说："没什么好看的，这小子仰面后脑着地，绝对是死！"

丁零平时比较留心健康和医学一类的信息，他知道，人的脊椎和神经的通道都在后背，后脑更是脑干中枢。他一个大学同事，在挤公共汽车时不慎仰面后脑撞地，先只是有些头痛头晕，以为没事，晚上头开始剧痛起来，送到医院当天就没命了。

丁零眼睛盯着前面的车："追，追上这家伙。"

"凶眼"慢悠悠地握着方向盘："人家转弯了，跟我们去的方向相反哩。"

丁零盯着前方，拍了拍"凶眼"的靠背："没关系，追，跑多远也要追上，一定要追上。"

"记住，这可是你要追的！记住了，你要追的！"

"凶眼"把这句话很重地说了两遍，丁零并未意识到，他是为后面的结算埋下伏笔。

他轰起油门加速追去。冲出僻静的小路，前面是一条车轮滚滚的大道。

隔着几辆车还能看到那辆小面包的车尾。的士前面是一辆雪铁龙，雪铁龙前面是辆桑塔纳，桑塔纳前面，才是那辆肇事逃逸的小面包车。"凶眼"想超车，前面的雪铁龙却当仁不让，你往左他也往左，你往右他也往右。

"凶眼"一只手握着方向盘，一只手搭在敞开的车窗上，摇摇头说："算了吧，前面车太多。我跟你说，我去年，就是把一个刚退休的老头手臂擦了一下，哪儿也没伤着，我是好心，送到医院，结果全家都找上门，送医院先拍片，后来又拍CT，还不行，还拍核磁共振。你说哪个老人没个三病两痛，他住在医院里做了全身检查，我靠，花了我一万多元！要是瘫在床上，十万百万倾家荡产我都得赔！想想，轧死还没我的事，保险公司全赔！跟你说，这就是把人往黑心的路上逼。遇到这种事，别他妈充好人，撞了人，要么就往死里撞，要么就像小面包车这样，三十六计走为上计，不然你等着倾家荡产吧你——”

丁零拦住“凶眼”的话：“这么做太残忍了吧。”

“凶眼”的脸色顿时像是烧红的烙铁。他的喉结，像卡在摇奖机弯道上的小球，上上下下地抖动，就是不入道口，直到抖下去了，他才说出话来：“好好，我残忍，我残忍行了吧？”

他猛轰油门，前面道口的绿灯变成黄灯闪烁，小面包冲过去了，桑塔纳也冲过去了，雪铁龙右拐了。红灯已经大亮，“凶眼”一个急刹，车子前轮压在停车线上。

这是一个大十字道口。举目四望，哪里还有小面包车的影子，刚才只顾着说话，都没看清小面包车往哪个方向跑了。

“凶眼”把车停在辅道侧边。

“不追了，你把钱付了，下车！”

“凶眼”拉开了门。

丁零一看显示器，四十二元七角。他搜了口袋，只有三十元，他想起来了，早上换衣服，竟然忘了带钱夹。

“凶眼”瞪着丁零。他双眼瞪起时，目光凶悍。

“凶眼”不说话。他翻腾着杀伐之气的双眸，一动不动地盯着他。

丁零浑身一抖，不免有些紧张和胆怯。他出语结巴，扭曲了原本的诚恳，像蒙混过关一样放低声音说：“我不是故意的，钱，这钱，你放心，我会给你送……送去的。”

“去你妈的！你身上没钱，凭什么说跑多远也要追上？——你说什么，送钱给我？当我是傻瓜，不给钱还涮我！”

“凶眼”几乎是怒不可遏，他夺步冲上来了。

“嘭”地一记重拳打过来，丁零还没弄明白怎么回事，整个头像撞了墙一样剧痛难忍。

他痛得捂着脸蹲在地上呻吟。他生平从没挨过这样重的拳头。他吓坏了，边呻吟边从指缝里窥探。

“凶眼”没有再冲上来，而是返身上车，绝尘而去。丁零这才站起来。

他记下了车牌号：ABU608。

丁零站直身子，发现路人用异样的目光看着他的脸。

路边立着一个大玻璃灯箱，他看到里面自己的左脸颊已经红肿。想了想，还是决定去见郑大滨。

第六章

丁零掏出手机拨通了晚报的新闻热线

1

丁零掏出手机拨通了晚报的新闻热线。

他借着路边灯箱玻璃看肿胀的脸，同时也看到灯箱里晚报的招贴，上有爆料热线电话，特别注明，将根据爆料新闻的价值来支付奖金，大奖一万元。

那辆悲壮倒下的自行车，在丁零的眼前挥之不去。他在晚报看过撞人逃逸的深度报道，据说报道的第二天就擒获了肇事者。法治与人文素质的双重缺失之下，媒体的介入，也许是成本最低的监督手段。

接线员声音动听，问明他在江南的地点，就告诉他，他只须往前走两百米，就是晚报江南工作站，他可以就近去那儿爆料。

丁零走进去，是一间会议室似的大房，半人高的挡板被分成若干间隔，每个间隔里都有人在紧张地忙碌。

他走进右侧一个写有“社会新闻爆料”的间隔。

“你是记者吧？我要爆料。”

听说爆料，一下子站起三个年轻人。一个短发圆脸三十岁左右的女记者先拉着他坐下。

女记者很精神，急忙问他有什么料。他开始讲刚才看到的撞人逃逸一幕，还没细说，女记者摇摇头，脸上的精气神像放了气的轮胎，立马松弛下来。

丁零不明白是怎么回事。

“怎么，我爆的不是料？”

女记者点点头，又赶紧笑着摆摆手。

“您可能有所不知，这种事本地的媒体都报好多次了。就说我们晚报吧，上个月用五六个很有冲击力的版块，做了撞车逃逸的深度报道，刊出第二天就把那个没车牌号的逃逸者抓到了。此后差不多天天都有撞人逃逸的爆料。这段时间不打算再报了。您今天刚好亲眼看见一个，觉得很是新奇，可是对媒体来说，已经没有新闻性了。新闻是这样的，同类事件，第一次出现才是新闻，以后的，新闻性就层层递减，直到没有。亲眼看到撞人逃逸事件来爆料的，太多了。我们也没办法啊，也不能每天都登一种新闻。我们面对的读者有几十万上百万，他们买报纸看，要看新闻，要看全市乃至全国全世界发生的天南海北的新闻。当然，您来爆料，我们也不是无动于衷，可以转给交警大队，让他们来追查。同时，我们还是要感谢您爆料，并且欢迎您继续给我们爆料。喏，我的名片，你以后有爆料，可以直接跟我联系。”

她叫丛小林。人挺好的，耐心地解释了前因后果，虽然不采用，但态度挺友善。遇到不耐烦的，谁跟你讲这么多。

催款的事不能再耽搁了，他收起丛小林的名片出门。

2

他赶到围棋学校时是下午一点一刻。他已经饥肠辘辘。

郑大滨陪一个客人吃得酒足饭饱刚回，牙签还在嘴角叼着。他愣了一下，嘴巴大张，“哎哟”地叫了声，接着张开双臂，拥抱了高他一头的丁零。

丁零捂着左边脸说近来上火牙痛，把郑大滨的关注目光给引开了。好久不见，免不了要说说毕业后的境况。丁零讲到从大学离职这一段，郑大滨就大骂校长不是东西，仿佛校长就在他面前。他表情丰富，一串脏话与嬉笑怒骂联袂互动，眉毛和目光跟着收放开合。

他用牙签挑出牙缝里的肉末，打了个响亮的饱嗝，忽然想起什么似的指着丁零。

“你吃了吗？”

丁零点点头：“吃……吃了。”他吞了吞口水，四下望了望，“我看你这儿经营得不错嘛。”

郑大滨嘴里的酒气直冲丁零的脸：“嗨，不瞒你说，去年利润，光利润，搞了两百万元，今年的形势会更好！”

郑大滨还是那么矮且瘦，精气神儿也一如当年，不论站和坐，头都是昂着的，说起话来，手舞足蹈，整个人的形象，都被他张牙舞爪地放大了。

丁零饿了，肠胃像被抽空了似的咕咕叫。他不想把话扯远了，赶紧切入正题。

“形势这么好，新南方的欠款，为什么不还呢？”

郑大滨愣了一下，恍然大悟似的拍拍丁零的肩：“哦，你是张扬派来的吧？不对，你离职去新南方啦？”

丁零递上自己的名片。

名片上，丁零把学历、任职等全印上了，避免了社交中的自我介绍。否则，何必印名片。

郑大滨一看名片就笑说：“你的大大的狡猾，我说呢，原来你是来讨债的！”

他用拳头，似重实轻地叩击了丁零的胸膛。两人都笑了。

丁零接着把自己到新南方后的情况简述了一番。郑大滨面对突如其来的讨债，仍然不动声色。

“实话说吧，这钱本想年底再说。老同学嘛，多年不见的哥们儿，你亲自来了，我哪能让你空跑是吧？”

丁零不爱听这话。他摇摇头：“这跟老同学没关系吧。你购买的液晶电脑都用旧了，钱还没给，生意场上，最怕的就是不讲诚信。没诚信，生意怎么做？”

郑大滨“呸”地吐出叼在嘴角的牙签，再次打了个响亮的饱嗝。打完这个饱嗝，他“哈哈”大笑起来。笑声还是像当年赢棋时那样响亮和无忌。

“诚信，跟我说诚信？你初涉商界，够你学的！别人不诚信，我一个人诚信，不是傻蛋嘛。你以为诚信能赚到钱？算了，跟你直说，我就看你是我老同学，这钱我可以给，我不是看诚信，我就是看你的面子。我郑大滨是东北人，东北人都是活雷锋，为朋友可以两肋插刀，你来了，没钱我也要支持你！懂吗？什么叫诚信，你来了我给钱，就是最大的诚信！懂吧？”

丁零摇摇头不想跟他争。他实在是太饿了，他只想让他尽快把支票开了，赶紧离开——口袋里还有些零角子，买点小吃填肚子。

他想快，郑大滨却不紧不慢，拉他坐下来，不紧不慢地跟他叙旧，说到当年下棋的事，竟然拉开抽屉，把围棋拿出来了，他还要跟丁零再对弈一盘。

“你要是赢了，我全给，你爽我也爽，来。”

一盘围棋，认真下，没几个小时搞不定，丁零差点吓晕，几乎用哀求的声音说：“我还有事哩，再找时间吧。”

郑大滨并没有再找时间的意思，他支使办公室的小姐泡杯茶来。

丁零这才急得脱口叫道：“你把支票给我，我还没吃饭哩！”

郑大滨一听，生气地板起面孔：“刚才问你还说吃了，你怎么回事？这地方学校多，餐馆也多，来，我给你找一家。你没吃说吃了不是骗人嘛，你把我当外人？”

他苦笑：“有什么好说的，一说就更饿了，再说我忘了带钱。”他不想讲挨揍的遭遇。

郑大滨吃惊地望着他：“没带钱？没钱你可以找我呀，我可以帮你呀。”

他一笑：“虽是同学校友，你也不太了解我，我一般不找人借钱，人家说我像上海人，我也不知道上海人什么样，我打小就这习惯。”

郑大滨瞪着一双大眼睛，像看怪物似的看着他：“你这说的是什么话！我是你什么人？同窗四年，还是棋友！这样的铁哥们儿，还有什么借不借的，我靠！你怎么回事你？”

郑大滨愤怒地站起来。他在屋子里踱了两个来回，一边踱一边说：“不对不对，今天不对，你骗了我！我真诚地问你吃了没，你骗我说吃了，你又隐瞒了你是新南方副总的身份，套我的话，夸我的经营不错，我还信以为真，被你骗了，骗了！”

说到这里，郑大滨很冲动地加快了在屋子里的步伐，仿佛在作一个重大的决定。他走了几个来回忽地站在丁零面前，大声吼道："丁零，你知道吗，你骗了我，你让我很失望！看在多年友谊的份上，我不想骂你，我今天不说什么了，我只请你离开我这儿！你什么时候把我当哥们儿了，什么时候像同学一样实话实说了，什么时候再来找我！今天我不能接受你！"

丁零一时没适应他突发的怒吼，准备向他解释。

郑大滨的双眸射出了愤怒的子弹。他用手指着丁零的脸，一声比一声高地叫道："滚，你给我滚，滚！"

说出最后一个"滚"时，他完全是声嘶力竭地咆哮。

咆哮过后，见丁零发呆，他把丁零从沙发上拉起来，扯住他的西服领子，生生地拖出办公室，然后返身，"嘭"地将丁零关在门外。

3

丁零鼻青脸肿地铩羽而归。

林青萍埋怨他："郑大滨不是东西，你也太不会说话了，就是借钱要打借条，也没必要跟他说那么多，也看看场合，变通……"林青萍想到曾经指责过李洪川的变通，赶紧闭了嘴。

初次追讨不仅无功而返，还这样狼狈。这是丁零没想到的。

见到林青萍，他都有点不好意思。

“眼看着煮熟的鸭子就这么飞了，连老同学的款子都没讨回来，让你失望了。”

林青萍当然知道此次追收欠款的意义重大。她很希望丁零能旗开得胜，不仅给她也给他自己一个好的开场。

丁零的失利，让她都有点灰溜溜的。

张扬则是大骂，他先骂的士司机，不该好坏不分就打人，连我们丁副总这样的人都不信，还信谁啊？接着，他更加严厉地大骂郑大滨，明明不肯给钱还装哥们儿，这不是乱扯淡嘛！

林青萍制止了他：“你这么骂，能解决什么问题？关键是，你骂的人他不在场，你骂给谁听，骂给我们听啊？”

张扬歉意地一笑：“我是很气愤，我们丁副总也太老实了，要是我，他开始答应了给钱的，不能这么一撵就走，走也要拿到钱再走！”

林青萍淡淡地看了他一眼：“哦，你这么有底？那就别说大话，你去试试，你去把钱要回来再说大话，那才算本事！”

张扬“啪”地拍拍胸大声说：“就冲你这句话，我讨，这个欠款我肯定要讨回来！”

林青萍说：“好，我等你好消息。我看这个郑大滨，可能就是不想给钱，借发怒把这事搅黄。”

张扬连说：“就是就是，我也是这么认为的。丁副总，你一走，就中了敌人的奸计了。”

丁零自嘲地套用一句电影台词说：“看来，不是我军无能，而是敌人太狡猾。”接着三个人都笑起来。

林青萍关切地看着丁零的脸说："你休息两天。那个的士司机太恶劣，你可以到出租公司告他一状。这种人，告得他下课，他才知道什么是教训。你不记了车牌号嘛？"

丁零摆摆手："坐车的钱，我会给他送去。坐车没给钱，是我的事，我知道怎么处理，休息就免了吧。"

4

中午吃饭的时候，林青萍接到老公李洪川的电话。他问丁零给那个打人的司机送钱了没有？

林青萍发愣，不明白他怎么关心起这事了。原来肇事小面包车撞倒的小伙子，是市政府王副秘书长的乡下表弟，警方答应查找肇事车辆，苦于没有小面包车的车牌号。王副秘书长是李洪川一直在巴结的重要关系户。

李洪川请求林青萍，设法让丁零以送钱的方式去找"凶眼"，看能不能套点车牌号的信息。听说新南方有人目睹了这起逃逸事件，王副秘书长催促他尽快打听，哪怕只有车牌号末尾的一个数字，也有利于警方迅速找到突破口。

林青萍不紧不慢地笑笑："你不是最看不起这种不按常理出牌，认死理，不知道与时俱进，不知道一切都可以灵活变通的人嘛？被人打了还上门去送钱，这不是犯贱嘛。"

李洪川在电话那头赶紧赔笑脸："宝贝宝贝，你……你别这样。我想，司机坐在前排，肯定看得清楚一些，帮人找肇事者是做好事嘛。先前我说错了话，你就大人不计小人过。”

林青萍暗自笑了。她有种猫戏老鼠的快感。

她不说话，李洪川在那头更急了，边“嘿嘿”地笑着赔不是，边小声说：“要不，你把警方的意思说说，劝他跑一趟。”

林青萍哼哼：“行了行了，我可以跟他说说。不过人家有人家的原则，他若不想去，劝也没用，他要是去，不劝他也会去的。就这么简单。”

“他说了哪天去没？”

“不知道，他今天请假看他姥姥去了。他从小是姥姥带大的，来电话要他去一下。”

“这个你也知道——”

“你什么意思？那就不找他好了。”

“没没，你误会了，我没什么意思，找找找，算我求你了。”

5

丁零的姥姥住在中山大道边的一条小巷里。

中国的许多城市，都有一条取名中山的道路，大都在闹市中心。孙中山先生的影响经久不息，最典型的标志就是，经历一个世纪的沧海桑田，许多路名都被改换湮没或重新命名，独有取名中山的道路，一直保留着。

永康里委身于繁华热闹的中山大道的背后。如今看来，虽显得简陋与冷清，但从里面通道的宽敞与每栋楼大门的高阔，曾经的气派与身份可见一斑。

丁零出生后六个月，父母双双调至天津。他此后直到小学六年级，就是在这里长大的。他的姥姥至今还住这里。

整个永康里，由中间一条主道与几条横向通道组成，青砖红瓦的二层小楼，由主道向两边延伸。清一色旧式地板，用了几十年，仍光滑平整。如今最昂贵的所谓原木地板，也要相形见绌。房屋的内空极高，过去住房紧张的时候，很多居民都在里面加一层暗楼，暗楼上面的人仍可站立起来。

至 20 世纪 80 年代末，这里一直是炙手可热的住宅宝地。渐渐地，卖地还建成为改造旧城区的不二法门，永康里也在劫难逃。靠北边的一半全拆了，像一棵树，从中间劈开，永康里只剩下半边了。

虽是半边，墙体斑驳失修，里弄还是很整洁，地上没有随意丢弃的垃圾，墙上也没被乱涂乱画。

居委会的黑板前，一个中学生在用红粉笔写标语。标语词与四周的彩画，都是他自己设计的。他后面还站着几个男生和女生。

他写的是，人人献出一份爱，人人都来做一件好事，世界明天会更美好！

在他侧边，站着一个瘦小的老太太。老太太仰着布满皱纹的脸，眯着眼，看着孙子的字，连连摇头。

孙子回头看奶奶不满意，哼哼鼻子："奶奶您不用摇头，打小您就说我的字没爸爸写得好，他是什么人，他是大学教授，博导，又是您和爷爷的弟子，我哪能跟他比，我能混个文凭就 OK 了。”

奶奶笑了，但还是摇头：“你的字比过去有长进，我是觉得这句话不好，明天更美好，明天是什么样？太模糊、太遥远、太抽象了。”

孙子说：“那您说写什么？”

老太说：“要是我，就写，你为别人献出一份爱，你也会换来别人的关怀，这就具体了嘛。”

这回是孙子摇头笑了。他身后，还有他的几个同学，也都笑着摇头。

有个女生说：“奶奶，您太落后了。人人献出爱，世界就变成美好的明天，这个是高尚的情操。您说的献爱心是为了换来别人的关怀，就把做好事变成了交换，像做买卖似的，境界不够高。”

老太太伸出一个指头：“我这个虽然简单，不够高尚，可是管用啊。我在民国读女中的时候，我的老师就是这样说的，我一辈子都忘不了。人做了好事，要求回报，这符合多数人的心理。你做了好事，有了回报，也会带动大家都来做好事，这有什么不好？你把境界弄得太高，一般人或多数人都达不到，达不到怎么办，就会有人说假做假，更糟糕。”

几个初中生都愣愣地望着老太太，也不知是明白还是不明白。

老太太似乎有点恼了："算了，不跟你们说了——哦你来了——"转身看见丁零，她的大外孙。

丁零小时候就是姥姥带大的。整个小学都住姥姥家。坐下来，姥姥又提起当年在天津读书时，有门课叫公民课，讲的东西都是最起码的，不随地吐痰，爱劳动守纪律，见人有困难就帮扶等。丁零小时候见过那本泛黄的封面，那时也不懂，也没看，想把这本民国课本借回去看看。

说起这儿，姥姥连连摇头叹气。一年前，一个做民国研究的学者，来跟她谈民国旧事，看见这本书，当即就要借走。老太太有点犹豫，学者许诺三天内一定送回来。结果，一年了，别说书，连人影都见不着，打手机总说在外面开研讨会。

学者居然如此不讲诚信。

老太太叫丁零来，就是要他帮忙找到学者，学者有名片在她桌上。

丁零按上面的号码打过去，里面有职业女声说该手机已停机。他跟姥姥说，他找个时间到学者单位去一下。

从姥姥家出来，丁零直接到星星出租车公司去了。这里到星星出租车公司很近。

6

丁零到星星出租车公司，并不想见"凶眼"。打算将所欠的的士费给办公室转交。

让“凶眼”知道，世道没他想象的那么黑暗，守诺之人并未绝迹。此行的任务就算完成。

星星出租车公司大门内一面大墙上，醒目地写着处罚条例。拒载一次，扣罚奖金一百元；拒载三次，停车一个月；至于态度粗暴、骂人打人的，则是最重处罚：取消资格。

今天是司机自检组的开会时间。不断有的士进进出出。一辆的士从里面出来，在丁零旁边停下。丁零瞥见车牌号为ABU608。这是“凶眼”的车。

他掏出准备好的四十二元七角，从摇下的车窗递了进去。“凶眼”有点惊讶地看着他。

他一笑：“我说了，你的钱，我会给你送来的。”

“凶眼”似乎明白了什么。他突然咧开嘴笑了。“凶眼”笑的样子，完全像变了一个人，眼里闪出亲热的光芒，整个面容因为目光的亲热而变得友善温和，与他凶狠瞪眼时判若两人。

“凶眼”笑着打开车门出来了。

他不知如何是好，两只手像捧东西似的悬在肚腹处，似乎觉得不妥，又用手搔着脑袋上的短茬子头发。

“谢了谢了，没想到，你真的会来，错怪你了。来，你打我。”

“凶眼”垂下头。见丁零没动，就捉住丁零的手，往他自己脸上重重地扇了一巴掌。

他松开手，抬起头，脸上有丁零的掌印。他解脱地一笑。

他望着丁零赔笑的样子，像是久别重逢的邻家兄弟。

丁零摆摆手："那天我没带钱打的，是我的不是。你也不听我解释，上来就一拳头，是你的不是。我原本是要向你们公司反映的，想来想去，你开出租，养家糊口，也不容易，也就算了。不过，以后别这样，不要不相信人。"

"凶眼"一边点头，一边连连拱手。

"你要是告我，当初脸肿的时候就会来。现在就真的是还钱来了。我给你赔不是，真是好人哪。你以后，只要有用得着我的地方，招呼一声。你这次放我一马，我真的谢谢你。"

丁零长吁了口气："别说谢什么的。最遗憾的，是肇事的车牌号没记住，那小伙子死得可惜。"

丁零不想再说什么了，掉头就走。

"凶眼"从后面追上来。他喘着气拉住丁零的手："别忙走，我那天，有一晃眼，看到那辆面包车的后三位数，好像是844。"

丁零盯着他："你再想想，是不是844？"

"凶眼"肯定地点点头："我叫耿小壮，读过大专，文化虽不高，但视力超好，二点零的。"

第七章

耿小壮记住的后三个尾数管了用

1

耿小壮记住的后三个尾数管了用。

肇事司机很快就被找到了。

市政府王副秘书长来自贫困的鄂西山乡，大学毕业后被分到市委政策研究所，为人活络又吃苦耐劳，还特别不怕吃亏。这样的青年，是后备干部的必然人选。只用了几年工夫，就被提升到市政府副秘书长的位置。他的表弟，初中辍学，从遥远的山乡到这个城市来打工。过元宵节来的，做了半个月，他表弟父亲突然病危。表弟找老板结算工钱回家。老板不肯给，要他表弟回去先看看再说。他有个党校中青班结识的同学，正在表弟打工的那个区当区长。一个电话过去就搞定了。他表弟兴冲冲赶到老板办公的地方去拿钱，途中遭遇车祸。

丁零提供的号码，起到决定性作用。李洪川连夜报给王副秘书长，王副秘书长立即告之交管局。局长亲自督阵追查，一下子就查了个水落石出。

出了口恶气，表弟的亡灵得以安息。王副秘书长发短信给李洪川，表示感谢。

李洪川窃喜。这一回总算把王副秘书长给攀上了。他想以感谢的方式宴请丁零，再顺理成章地叫上王副秘书长。把这个关系夯实了。

林青萍说："算了吧，丁零跟你不是一路人，跟你也谈不到一块儿，宴什么请?"

李洪川笑笑："以王秘的名义请，宴请是个由头，关键是王秘答应来，他想见见丁零。王秘听说丁零不计前嫌去打探消息，特感动。王秘说了，今后只要在本市，有什么困难，只管找他，他能做到的绝不推辞。要不这样，不管他去不去，你都说说，把我的意思传达到，行不?"

林青萍哼了一声："一分钱不花，人情也还了，你越来越精明了。"

李洪川眼睛直了："你怎么老是胳膊肘往外拐？他是你什么人，一提到他，你就这样！"

他盯住她的眼睛。她移开自己的目光，眼睛看着窗外的天空与楼房。他走到她侧边，还是盯着她不放。

他等着，等着她的目光从窗外移回，再用质问的目光与她对接。

她的余光觉察到了。她就是不肯转过目光。

终于，她忍不住扭头瞥了他一眼："你盯着我看什么？人家帮了你，你在背后说这些无聊的话，你像话吗？"

李洪川愣了一会儿，挠挠头，有些讨好地笑笑："嘿嘿，这事，我跟王秘都说好了，我也很难办呐。你帮我，也是帮这个家嘛。"

林青萍松了口气："丁零这段时间在学车，忙，我跟他说说吧。"

李洪川嗨地一拍手掌："太好了，车管所，我认识个人，包他过关。"

林青萍看了李洪川一眼。他就这样，俗气。丁零根本就不是这样的，他学得很认真。他认为学好车技是对自己也是对他人生命的尊重，考不过的驾照，送他都不会要。李洪川没学车就拿了驾照，以此为本事。

2

林青萍很欣赏丁零，觉得他做人做事有自己的立场。他似乎很在意观念的传播或推介，不急功近利，也不害怕失败。他认定的事情，会坚持，会锲而不舍。很有味道，也很难得的一个人。

她跟崔仁杰谈丁零，说到送钱给耿小壮的前前后后，崔仁杰又高屋建瓴地上升到思想文化层面夸了一通。虽然夸张，但还比较靠谱。

张扬听说丁零把的士费送去，连连摇头，觉得不可理喻。

林青萍忍不住拿话刺他。

“你别摇头，人家丁零看问题和处理问题的方式，就是不一样，传递了一种价值观和一种理念。算了，不说了，说了你也没兴趣听。”

张扬脸上红一阵白一阵的。这叫什么事嘛，他讨款没讨到，又挨揍又被撵，脸都丢尽了，要是我，找个地方撞死得了，你还夸他!

张扬越想越气，一口闷气堵在胸口很难受，两天都闷闷不乐。

这天中午吃完饭，张扬站在新南方大门口，望着来来去去的旋转着水泥罐的大卡车，心里的闷气还没找到突破口。

他“啪”地吐了口痰在地上，骂一声：“妈的逼!”

“你跟谁说什么呢?”林青萍手里拿着车钥匙，从他身后走过。她到停车场去取车。

他没想到她从身后走过，像被鞭子抽中似的抖了一下：“没……没说什么。”

他下意识地用皮鞋踩住地上的痰。

林青萍瞪了他一眼："你怎么随地吐痰?"

林青萍裙子下是肉色的长袜，她走的是一字步，像是T台上的模特。几个戴着安全帽的民工在她后面走着，眼睛不时瞟向她饱满的屁股。

张扬望着林青萍远去的宝马车，脱口大骂道："当个老板有什么了不起，吐痰你也管，这点自由你他妈的也要剥夺，我偏要吐!"

丁零从驾校学车回来，瞥见这一幕。他收回步子，转身从侧门进了新南方。

3

丁零上午去学车，中午吃完饭就赶回办公室写方案。

他想好了，到新南方来，总要作点贡献。他打算做个打破零售"瓶颈"的方案。结合许多创意营销的案例阅读，并融入自己的观察与思考，他决心拿出一个像样的方案来。

有奖征集零售金点子的告示贴在下面，来了几份，林青萍都没看上。他和张扬看了也觉得没什么新意。

他不准备声张，做好了，再拿出来。这次讨债，过早地昭告天下，都知道他找老同学讨债去了，满以为他会拿着支票凯旋。期望值吊得太高，失望会加倍沉重。

他从侧门走进新南方，在通道的饮水机边被绊了一脚。有个小青年坐在地上，头抵饮水机打盹。小青年穿着蓝色工装，工装背后印有“长路鞋业”四个字。长路鞋业是厚湖新城的一个企业，离新南方不远。小青年脸色黄白，皮肤还很细嫩，看上去不过二十岁。

保安过来撵民工。丁零劝住了保安。小青年叫国富，醒后忙站起来赔不是。店里设有专供购物者小憩的长靠椅，丁零往那边指指：“你在靠椅上睡一会儿吧。”

灰头土脸的国富，像学生碰到老师一样站得直直的：“睡在靠椅上，人家过路人就没地方坐了。”

挺善良的。丁零动了恻隐之心，多聊了几句。原来他才十七岁，一天工作十四个小时，太累，站着都可以睡着。吃完午饭，工头要他出来买几节电池。他打算靠着饮水机小憩一下，结果一倒下就睡着了。

一天工作十四个小时，一个月只能拿到五百六十元。本市最近公布的每月最低工资标准是五百六十元。超出法定劳动时间，拿的最低工资。前几天还有新闻报道，公开谴责二十家严重违反工资标准的工厂。有人称这些厂是血汗工厂。丁零告诉国富相关法规，让他回去跟工友同伴们商量商量，可以告发。他特意找了投诉电话给国富。

国富似乎有些惊讶与惊喜，表示他一定回去说，拿着电池一路小跑走了。

第二天中午吃饭时，国富匆匆忙忙地跑进来了。工头要的是5号电池，他拿的是7号，拿错了来换。看见丁零，他有点慌张，故意躲着。丁零拦住了他。

他有些不好意思地告诉丁零，昨天就跟工友们讲了，大家晚上躲在工棚里讨论了好久，还是放弃告发，就这样做下去。

丁零有些不解："这是为你们自己维权，为什么放弃？"

国富说了实话，这段时间来找工作的人很多，找个人比找条狗还容易；再说，这老板还是不错的，钱少点，但从不拖欠，住的地方都是上下铺的床，比那些欠薪的厂好多了；工作时间长点，也没什么，闲着也是闲着，能拿到钱，比什么都好。

丁零有些意外和失望。

国富赶紧说："不过，还是要谢谢你的。大伙儿都说，你提供的信息很重要，跟过去不一样，现在大家都知道老板这么做是要受罚的，等时机成熟，我们是可以告他的。"

丁零笑了："行行，你有这意识，也算我没白说。"

4

丁零考驾照这天，林青萍也去了。

一周前，李洪川就给李考官打了电话。他要林青萍去现场看着，一旦情况不妙，赶紧找李考官。林青萍没打算找。她知道丁零也不希望找。考场有些远，搭车不方便，林青萍开车送他。

丁零进了考场，有如神助，穿杆和路考，一次就过了。教练很满意。他的评价是，丁零是他带过的学员中学得最认真的。

回到新南方，丁零还觉得让林青萍陪着有点不好意思。

林青萍摆手表示没什么。她说："算是李洪川的一点心意，人家一直很感谢你，他和王副秘书长还想请你吃个饭哩。"

丁零说好。

餐桌上，李洪川曲意逢迎。看见王副秘书长喜欢吃什么，他就手执转桌旋到王副秘书长伸出的筷子下面定住；凡王副秘书长说话，他一概笑着点头应和。

王副秘书长来得稍晚，路上堵车了。有人站在大道边的楼房上要跳楼。来了警车消防车，警员和消防员都忙着在大楼下铺垫子，高坐在楼顶边沿的那个穿着深色羽绒服的中年人，双腿悬在外面晃悠，只要身子往外一纵，人就会坠落。拿着话机的指挥员，暗中指令几个警员快速上到楼顶。大道上围观看热闹的人站了一大片。六车道变成了一车道，堵得一塌糊涂。

王副秘书长打电话一问，原来是农民工讨工钱，还是去年的工钱，过完年接着讨。最后，警员悄悄上楼顶，又悄悄走到中年人身后，一下子反扑住他的身子。中年人在上面时间久了，下来时两腿发软，根本就走不动。四个人把他抬下来，带到派出所。道路才通畅。

王副秘书长将盛满生榨果汁的酒杯举到丁零面前："要不是我表弟出事，我还不知道撞人逃逸的事会这么多。听媒体说，经常有投诉的。丁零，我得谢谢你啊。”

丁零也端起果汁杯：“不用不用。要说撞人逃逸，我原来也所知不多。我这次在驾校学车，聊天时教练都说，宁可撞死也别撞伤。为什么，撞死一次性赔付一二十万元，就没事了。像北京、上海这样的一线城市高点，也不过三四十万元。要是撞人伤残，就有抢救费、医疗费、住院费、误工费、生活费、后续治疗费、康复费、营养费、终身护理费、残疾赔偿费、残疾辅助器具费等，我都一口气说不下来，赔得你倾家荡产都不止。有司机就说，撞死赔一次，撞伤人赔一辈子。我撂句话放这儿，只要交通事故死亡赔偿低于伤残，这种事还会有。我上网查了美国近百年来交通事故赔偿案件，同时期的，没有一件伤者的赔偿金高过死者。”

王副秘书长点头称是。

王副秘书长脑袋大，有点秃顶，前额较宽，思维是跳跃的。刚才说到撞人逃逸，喝下一口果汁，话题又转到农民工讨薪：“我看现在，老板欠薪可恨，农民工讨薪可怜。还是人的素质太低，老板素质低，打工的也低，你说这么闹能解决问题嘛。其实我们早就出台了政策，市里有监察大队，各个区有监察支队，都是专门整治欠薪问题的。只要一投诉，监察会替你维权，对屡教不改的老板，可以冻结账户，甚至划拨转账，用得着这么跳楼堵马路吗？万一有个闪失，命都没了，讨了欠薪还有什么用？就这素质，没办法。”

李洪川好酒，王副秘书长不喝，他也陪着喝果汁。他举着果汁杯，主动碰了王副秘书长的杯子："您说得对，就是素质低。"

王副秘书长也举起果汁杯，一直举到丁零面前。丁零用果汁杯跟他碰了一下："我以为，素质不是天生的。我记得前几年，私家车在路上有了擦碰，哪怕是很小的擦碰，也会大吵大闹，还会大打出手，谁霸道谁占便宜。现在不是了，车子擦了撞了，都不急，打了电话就等交警和保险来，两人安静地在一边看街景，抽烟聊天。您刚才说的，监察和维权的信息，我估计，农民工们未必知道。如果每个打工的地方都有欠薪举报电话，如果欠薪的代价比给薪大，就像我们刚才说撞死的代价比撞伤的大，老板们的素质和农民工的素质会不会好一些呢？文明素质是约束出来的，是浇灌出来的，天长日久的渗透，一点点累积起来，慢慢地融入人的血液，变成根深蒂固的修养和素质，经过互相濡染，最后，才有可能演化成集体的习惯和自觉。"

王副秘书长双眸睁得大大的，有点刮目相看的意思。他仿佛牙痛似的咧开嘴："咝——深刻，深刻，有见地啊！李老板两口子说你是学哲学的，像，像，谈吐不俗，思路敏捷，一下子就将我说的两件事联系起来了。好，我就喜欢跟你这样有见地、有思想的人交流。"

王秘的手机却在阻碍交流，每过几分钟就会响一次。林青萍早就说过，一个人忙不忙，就看他的手机多长时间响一次。她朝丁零和老公递了个眼色，意思是印证她的格言。

王副秘书长确实是个忙人。要不是电话太多，他似乎还想跟丁零好好聊聊。

王副秘书长接电话时，李洪川悄悄地去埋了单。王副秘书长合上手机："今天是我酬谢丁零嘛，怎么能让你破费。"

李洪川压住他的手，低声说："您到场，就是最好的酬谢。"

当晚，林青萍给丁零发短信：王副秘书长很欣赏你哩，夸你有想法，他说可能以后会找你。

5

当天晚上，丁零给殷雪红揭开黄瓜片，用热毛巾敷过脸之后，殷雪红已经睡着了。

丁零打开电脑，写了几篇博客。

他写了偶遇国富的见闻，一个每天工作十四个小时拿的是全市低工资还乐在其中的青年民工。他写了今天在餐桌上听到的发生在闹市中心民工以跳楼方式讨薪的事件。他写了他知道的农民工在城市生活遇到的不公待遇。

他一直关注农民工这个群体在城市的生存状况。总有些话想倾诉。农民工群体，本市有三百多万，全国有两亿到三亿，这个惊天动地的数字，已经呈现出问题的紧迫与重要。随着城镇化的推进，再过一二十年，这个群体还会成倍递增。他们身居城市做最卑微的工作，户籍仍属农村，不论在住房、医疗或养老保险、孩子就学等方面，待遇都较城市居民差，这实际上是对一个巨大的社会群体的歧视与不公，理应受到全社会的关注，理应逐步有序地有所改进。

丁零认为，所谓农民工，就是一个不准确的略带轻视的不妥称谓——正如最早工业化的产业工人都来自农村一样，伴随着中国持续城市化的最大范围的人口迁徙，这批来自农村的工人，他们既是当代产业工人的主体，也是未来中国工人的主体，这是中国工人结构的一次规模巨大的调整。如何给他们以市民待遇，如何改良或改革歧视性的身份称谓与制度？对这个巨大群体的关注，实际上是对城市未来生产力的关注……

他越写越激动，竟不知东方既白。电视早间新闻的音乐声远远地传来。邻居是个失眠者，每天定时收看早间新闻，像预设的闹钟一样精准。

写完，他在市政府的市民建言论坛上粘贴了一份。

第八章

岳会计拎着一满袋热腾腾的鲜肉包子，匆匆闯进了门

1

岳会计拎着一满袋热腾腾的鲜肉包子，匆匆闯进了门。

离上班还差几分钟，大家陆续进门，碰到一起，有说有笑。

岳会计手上还抓着一个冒热气的肉包子，咬了锯齿似的一

口。她嘴巴快速地嚼着，碰见人就夸：“这肉包子，真好吃，真是好吃！你看，皮薄馅大，味道特鲜，五角钱一个，价廉物美，太便宜了！那边，好多人排队哩，新开张的美味面食馆，想吃快去买！”

她快速咀嚼的样子太馋人。

张扬从袋中抓出一个热包子。他的一口比岳会计生猛，包子少了差不多一半。他呼呼地鼓着腮帮子，一边有滋有味地呼呼嚼着，一边不停地叫道：“嗯不错，真的好吃，好吃！买买，我买！”

张扬叫好吃，其他人都围上来了，都要抓一个尝尝。

张扬大手朝围上来的人一甩：“像什么话！岳会计带回家的，你们还都来占便宜，想吃自己买去！”

丁零昨晚睡得晚，踩着点进的门。他指指墙上的大钟悄声提醒张扬：“上班时间到了，要去，下班以后再去吧。”

张扬点点头：“嗯，丁副总到底是抓管理的。我看这样，下班以后肯定没了，要包子的，到岳会计这儿登记，就派一个代表去买，可以吧丁副总？看，丁副总点头同意了。那就让岳会计统一去买，要的登记。岳会计，你就辛苦一下。”

登记的有三十多人，在场的差不多都登记了。一人少则三五个，多的上十个，加起来，上百个。岳会计摊开双臂，为难地笑起来。

“一个人怎么拿得了，我的天，这么多！”

张扬大手再一挥：“岳会计，你先去，把队排着，到取包子的时候，再打电话来，我叫司机开车去接。别忘了，记得给林总也带几个。”

张扬心细如发，他想到了林青萍。

在场的，只有丁零没登记。

岳会计望着他，一副“怎么你不要”的表情。

丁零摇摇头。

她收起记满名字的纸条，出门前还有点惋惜地看着丁零：“丁副总，你真的不想要？这包子是真的好吃，为什么不要？”

丁零嘴角一撇：“太便宜了——”

张扬说：“这叫什么话！太便宜了，便宜有错吗？就是便宜才要嘛！”

丁零站在珠宝柜台旁边，炫目的顶灯在他的镜片上闪着光亮。他透过带光亮的眼镜望着张扬和岳会计：“我不要，我劝你们也别要。”

岳会计不明白他的意思，只是看着张扬。

张扬拉拉岳会计的手臂，示意她快去。他边拉边说：“他这人就这样，胆小，疑心重，好像便宜的就是坏东西，没那回事！我这人相信天下好人多，相信人都是善良的、有爱心的。”

说着说着，张扬的声音逐渐高亢，情绪逐渐激越。

“我这人，跟人打交道，就看重友谊，看重信任。我就靠这个，所以我的朋友遍天下，走到哪儿都是！算了，岳会计，不用问了，丁副总肯定是不会要的，你去，快去！”

张扬人高马大，国字脸英气逼人，似有难以忍受的怒气在释放。他的言行和形象，特别有气场，声音和做派，都有一股子威慑力和感染力。

丁零感到，四面八方的目光，认同张扬的目光，像聚光灯似的扫视过来。

他莫名地有点不自在，脸一红，像是某个不便启齿的污点被当众点破。

他想不明白为什么会不自在，也找不到言行中有什么污点。

过了好一会儿，他才慢慢地平静下来。

2

美味面食馆买肉包子的人排到了门外。岳会计站了个把小时，只买到登记的八成。

张扬让小车司机把大家的包子带回来。

有人当场就忍不住吃起来，连叫好吃。张扬还特意问丁零要不要尝一个。

丁零拱手谢绝。

张扬“哈哈”大笑：“嗨，你不尝也好，真要尝到这美味，你会后悔的！”

丁零一笑：“不可能后悔。没弄清缘由的便宜，我不会要，凡是不合常识常规的事情，我不会轻易相信。所以，我发不了大财，也很少上当受骗。这个肉包子，我算了一下，这么卖，就是面粉和肉，都不止这个价，再加上店铺、租金、水电与人力成本，亏大了，天天火爆销售，相当于自杀。我们也是开店的，能这样销售吗？肯定不行，便宜得没道理，我个人表示怀疑。实际上，越是经济发达和成熟的社会，商业欺诈行为越少。像传销骗术，地上放钱包的骗术，买地种树苗三年收益翻番的骗术，都很低劣，经不起推敲，怎么会屡试不爽，你们想想，多想一想，就会明白的。”

丁零说话的时候，看到旁边有人不停地捂着嘴笑。

“你们笑什么，好笑吗？我相信，你们以后会明白的。”

林青萍到店里的时候，包子已经送到她办公室桌上了。她中午吃了一个，也觉得不错。

只要有人说好吃，张扬就拿丁零当笑话讲一回。他模仿丁零的语气，配合面部的夸张演示，很有喜剧效果。

林青萍看到丁零从她办公室门前走过，就把他喊了进来。

她笑着说：“一个肉包子嘛，你不要就不要呗，说那么些话干吗。你这人，学院待久了，世俗社会什么样，大众什么样，你不了解。大家都相信的东西，就你一人不信，你还认为你有理。”

丁零有些不解地看了她一眼：“多数人的看法就一定正确？不一定，观念正确与否，不在于人数多少。我不是不了解他们，我太了解了，我就是故意多讲了一些话，他们不接受，没关系。那么多人喜欢不明缘由的便宜，也不寻求原因，太盲从，我提醒提醒。”

林青萍说：“这些人，就讲实惠，你跟他们谈观念，有必要吗？”

丁零说：“你也认为观念是没必要的东西，是吧？那我问你，精神与物质，爱情与金钱，理想与庸俗，灵魂与功名，尊严与利益，思想与行为等，你会认为前者是没必要的吗？不会吧？它们不仅决定人的素养与境界，还决定人的现在与未来。”

林青萍还是笑着说：“我担心的是，你跟他们讲观念，他们不仅听不进去，还适得其反，让你很难跟他们相处。我是为你担心。”

她用两个“担心”，表明了她的善意。他毕竟是她引荐的副总。

他说：“一时听不进去，这不重要。重要的是，需要有人去说，去解释，去身体力行。他们觉得好笑，没关系，社会的进步，可能就是一寸寸地蠕动着向前走。你想想，你多想一想，就会明白的。”

丁零似乎是认真了，他说什么事都不拔高音量，偏中音，声音略带沙哑且有磁性，嗓音还是那么好听。

林青萍愣了愣，大概是想起初次见面的情景，笑笑说：“全中国天天都有事，不说全国，这个城市也是，每分每秒都有你说的问题存在，你管得了吗？”

丁零说：“管不了，肯定管不了。我没那么大的野心。我只管我遇到的事，我觉得能管的事。有些话，我说了，别人不听，我也不会追着说。我没那么有病，你不用为我担心。”

3

丁零将激活零售的方案交给了林青萍。

林青萍当然希望丁零将精力全部用到新南方上。她对方案很称赞：“好，很有新意！好，你能用心琢磨这个就好。”

丁零说：“新南方的工作，是我的本职，我会尽力做好。我一直在想，零售要是能被激活，可以聚集新南方的人气。”

林青萍连连点头称是：“对对对，零售这一块儿，需要有新的点子、新的观念来激活。琢磨问题，分析问题，你有过人之处。王副秘书长都夸你敏锐，这是你的优势。你初来乍到，张扬这帮人，得给点东西让他们看看什么叫实力。不然，不拿你当回事。他们只管包子便宜就吃，你好意的提醒，隽永的理念，这帮人当笑话，你知道吗?”

丁零似乎早有准备地笑了：“没关系，我没那么大的影响力，一句话就让他们受用终身。只要他们中间有一个人，在以后的日子，能够回想起我的提醒，能够认同，我就很满足了。”

林青萍叹息道：“你这人，真够顽强的。”

4

丁零的方案，充分考虑到厚湖新城的白领群体和三口之家的人居状况。

小家小口的，吃穿用的需要量，多倾向于精致、小型。这是他在新南方细细查看消费者购物的体会。

水果片区，常有少妇在挑拣苹果。她们把大的和小的都放到一边，专挑中等的。很多只手无所顾忌地扒来扒去，有些苹果“嘭”地摔在地上四处乱滚。

主管陈汉生制止她们：“你们不要这样挑挑拣拣。”

丁零将地上的苹果拣起来。不是个大的，就是个小的。摔伤的苹果捡回来也会很快烂掉。一个烂苹果很快使一堆好苹果千疮百孔。

春夏之际，水果大量上市。时鲜水果，中小型的，能一次吃完又不撑肚子，比较受现代小型家庭的欢迎。实际上，所有的吃食，商家若充分考虑到这一点，大包装里还附小包装，消费者买回家，拆一小袋吃一小袋，比较受欢迎。那种统统装一个大袋的食品，拆开吃不了的，还得另找东西存放，就不受欢迎。

他起草的激活零售的试行方案，意欲进行一些新的尝试。比如将临近过期的食品设打折专柜，既体现买卖透明，又招徕购买；比如在进门的地方，开辟一个无收银台的小商品区，一些很小的商品，标明价格，不用收银，消费者按价格投币到投币箱，既让人感到新鲜，又传递与彰显了诚信的理念。比如增设导购员，比如给等候的男士设个小憩区，比如将新南方旁边那块空地，种些长得快的花草，让周边环境赏心悦目。

林青萍考虑，厚湖新城的入住率还不高，为了避免方案中的创意泄露，她打算一步步推，有选择地推。推哪部分，就将哪部分文稿拿出来。

她的想法是，先易后难，从时鲜果品柜的苹果销售开始试行。

林青萍把丁零、张扬还有陈汉生叫到自己的办公室。陈汉生是果蔬食品类的主管，是个人才。林青萍和张扬都比较赏识他。大家似乎都赞同有选择地逐步推进。

林青萍望了一眼张扬："进货这一块儿归你管，你就没个意见?"

张扬放低了声音："只要定了，我肯定跟上来，进货没问题。"

5

没几天，货架上的苹果，都是中等大小，挺好的。可是价格高了不少，原来五百克四元五角，如今变成了五元六角。丁零心里说，怎么涨这么多?

陈汉生主管告诉他："专挑中等的，发货商提高了价格。

为这，张总还请别人喝了酒，降了一角，不然还要高。”

丁零有些担心销售：“这么高的价谁要啊？你没跟张总反映吧？”

陈主管悄悄跟他说：“我反映了，张总把我骂了个狗血淋头。骂过之后，又拉我到酒店，请我喝了几杯，张总说了，就这个价，卖不出去他也没办法。还说，这是老总之间的事，叫我别打岔，谁有疑问，直接跟他谈。”

价格增高，虽好也无人问津。原来大小混在一起，还能卖一些。苹果易烂，烂跟瘟疫似的会传染。陈主管与柜员天天都把烂的拣出来，还是不能阻止烂下去的势头。

丁零让陈汉生降降价。价格一降，消费者像碎铁屑遇到磁铁一样蜂拥而来了。

卖是卖了，一算，亏了本。丁零心痛，他跟张扬说：“这个进价太高，我没想到会这样。”

张扬忍住笑说：“我一开始就知道价格会上来，有疑问。可是，你和林总都看好，我也没办法，硬着头皮进，赔了吧？”

他接着问：“下一步怎么办，还进不进？我听你的。”

丁零不明白进价为何这么高，也不好问。一问，张扬肯定会勃然大怒，接着就是一番劈头盖脸的斥责。肯定是这样。

粗喉大嗓的叫喊，声色俱厉的咋呼，是丁零不愿直面的说话氛围。他一向认为，中国人缺的不是激情，而是公民理性。自 1949 年起，不间断的政治运动与斗争大会，助长了叫嚷说理的风格。有话不好好说，要比谁更会咆哮，仿佛谁的声音大，谁就拥有正义与真理，就能博取众人支持，唤来声势浩大的一拥而上。

不用问他了，问不出结果，还自讨不快活。

他摇摇头。

“你摇头，不进啦？这就对了！我们是哥们儿，我跟你直说，陈主管也有意见，我骂了他，要他想法子卖，我也是处处在帮你。可是现在的消费者，比猴还精，贵一点儿都不要，确实不能进了。你知道不行就改，这点好，我喜欢！”

他张开手臂，亲切地搂搂丁零的肩，在他手臂上亲切地拍拍。

丁零突然有些反胃。他赶紧捂住嘴，别让自己吐出来。

张扬不明白是怎么回事，关切地问他是不是哪里不舒服，要不要去医院。

丁零胃部涌动起来，旁边是个深蓝色的塑料垃圾桶，里面套着与桶般大的黑色塑料袋，袋口翻卷在桶沿四围。他一只手抓着桶外沿的黑色塑料袋，终于控制不住“哇”地吐了出来。还是早上和殷雪红一起吃的肉丝青菜煮面条。

丁零的零售方案初次试水，以失败告终。

6

丁零到东风专卖店开出新买的爱丽舍。

车子开出来就是龙阳大道。平坦宽敞的大道，不像中心城区那样狭小逼仄，开起来有一种快感。新手新车，一切都新鲜新奇。

大道上方的横杆上，蓝底白字交通牌。有块写着宣传语：车让人让出文明，人让车让出安全，车让车让出和谐。

平时没注意这标语。他想，这样写好像不太对，车子毕竟是钢铁之躯，行人是弱者，不能这样并列，应是行人优先……

他只顾着琢磨，猝不及防前面一个大坑。闪避已经来不及了，浑身一激灵，错将油门当刹车，车子轰隆隆如出膛的炮弹，伏地就高一冲，竟然冲出了坑。

丁零下车一看，路面劣质下陷，凹进圆桌大的坑，要是踩了急刹，就陷到里面出不来了。路上来往的车辆虽不多，但速度却很快。

他在路边打了报警电话，然后就在坑边守着，老远看见车，就招手示意这里有坑。

他想等城管维修车来了再走。城管维修车还没来，殷雪红的电话来了，催他快回去。

殷雪红说："都十一点了，我肚子饿了。下午一点公司有个客户要约见。你报了警，还守在那儿干吗？快点！再不回来，我可生气了啊！"

肚子饿了也许是真的，今天休息，她多半是约了刘莉，不是做头发，就是逛商场，这两样是女人的双休必修课。丁零也不追问或点破，上车往回赶。

进入闹市，他不敢分神，两眼紧盯着忙碌的大路。总有些行人在奔驰的车辆间匆匆穿行。十字路口的绿灯明明亮着，人行斑马线的红灯亮着，仍然有人大摇大摆地走过。

眼看绿灯在读秒，丁零也想快点过去，一个骑自行车的人无所顾忌地骑上斑马线。幸好他提前松了油门，一脚刹住。

车刚一停，原本停在线内犹豫不决的行人一拥而上，从他车前走过。不是快步走过，而是不紧不慢地走。

丁零心急如焚，也毫无办法。后面的车，喇叭不停地催促。等人缓缓走过，他刚起步，黄灯闪了几下，红灯就亮了。

后面开宝马车的，跟林青萍一样的白色宝马车，一个五大三粗的男人，拍着丁零的车门，不知骂骂咧咧着什么。

丁零这才理解，交通宣传语那么写，切合了当下的实际。

丁零到家已经一点了。

他想解释，殷雪红挥挥手："去去去，做饭。我等会儿还要出去，刘莉约我一起去做头发，你送送我。"

她都忘记刚才说是公司有客户约见。丁零也不跟她计较，赶紧去做饭。插上电饭煲的同时，将冰箱里准备好的菜拿出来炒。

饭还没熟，"啪"地断了电。这房子是丁零在学校上班时学校分的，还是1982年学校与街道办事处共建的房子，一开始就处于两不管状态。这么多年，各家的电器增长迅猛，旧电路早就不堪重负，断路是常有的事，坏了还没人修。

丁零的修理技能，止于换灯泡。幸而殷雪红的熟人中有个做电工的，就住这附近。上个月还打电话找别人来接过保险丝。每到这时候，丁零就赔着笑脸，请殷雪红给电工朋友打电话。

电工修好走了。殷雪红关上门，迎送的笑脸立刻冷若冰霜。

“你看你，认识的朋友和熟人，全是一些派不上用场的。你别看我，我说错了？小到家里换个保险丝，大到出去找个工作，有哪位帮上忙了，有一个没有？哪怕就一个，有没有，你说一个出来我听听？”

“也不能这样说，结交朋友，关键是志趣。”

“算了算了，现在是什么时代？一个讲实用的消费主义时代，志趣有什么用？你这些朋友，除了坐而论道，还有什么用？你说有什么用，说出来我听听。”

丁零呆呆地望着她。有些无可奈何地望着她。

“你这样看着我干什么，不认识了？”

“不是不认识，我是在想你的话有没有道理。”

“想什么想，事实摆这儿了。有没有道理，事实就是最好的检验。你还学哲学呢。”

“哲学最怕的就是像你这样的实用主义者。你还是别说哲学了，我听着难受。”

第九章

云层像一个阴谋，裹挟着雨水，偷袭了这座城市

1

云层像一个阴谋，裹挟着雨水，偷袭了这座城市。

平日里甚嚣尘上的楼群，在暴雨的打压下显得萎靡不振、昏昏欲睡，一扫趾高气扬的伟岸风范。路上的车辆，也无精打采地放慢了速度。

丁零买新车以来，今天第一次遇到下雨。他先送殷雪红上班。下雨路上有点堵，他在车上给张扬打了电话说明。

他赶到店里已经迟到了。他走进新南方时，惊讶地看到店堂里很多人在呕吐。

店堂的情形很不妙，呕吐声此起彼伏。他不明白发生了什么事，心头莫名地一紧。

陈汉生弯腰在垃圾桶边呕吐，吐完了，好像还没尽兴，张着满是呕吐物的嘴大口地喘息。

也有人，难受地张着嘴，想吐却吐不出来，就把手伸到嘴里，“哇哇”地大声干呕。

怎么回事啊？丁零蒙了，想不出发生了什么事。

岳会计站在走道上，双手合掌，连连作揖，呢喃着向那些难受得翻江倒海的人们不停地致歉。

岳会计看到一脸诧异的他，脸上呈现出歉疚与赞许的复杂神情。

“丁副总，怪我怪我，都是便宜惹的祸啊！怪我，全怪我，不该给大家推荐肉包子。你当初可是提醒了的，我们都没在意。可是谁知道，这个新开张的美味面食馆，会做出这等下三烂的事情，真是恶心！呸呸，再说我都要吐了！”

丁零想起来，刚才开车从美味面食馆门口经过时，看见有人打伞围着门口，不像是排队，不知发生了什么事。他是新手上路，不敢过多地左顾右盼。

岳会计从旁边一个员工手上拿过昨天的晚报，递给丁零。

报纸一版的中间，是美味面食馆的店面特写。旁边是粗黑的大字：黑心包子馅的“美味”揭秘！下面还有几行导读小字。紧接着的第二版、第三版，是记者暗访见闻的长篇新闻调查。

原来这个标榜美味的面食馆，回收酒楼与饭店残剩倒掉的肉片肉沫，然后加入嫩肉粉、猪肉香精，搅拌成“新鲜肉”，制作成鲜嫩包子馅，以低价美味诱骗了消费者。记者以打工者的身份潜伏三天三夜，揭开了这一惊天内幕。

原来如此！

记者是丛小林。丁零在岳会计买肉包子的当天就给她爆了料。他认为这里面有蹊跷。

他以为丛小林会因为这事难采访而婉拒。没想到，这女子年龄不大，倒很有见识和事业心，反应也快，听他一介绍，立马在电话那头截断说：“行了，不用再说了，这里面肯定有名堂。我去，也许会是个猛料，我马上就过去，明着不行，我就暗访。”

真是暗访。丁零没想到她有这么好的驾驭能力，将曲折幽微的制假内幕，调查得这么周详细致，毫无破绽。她的行文既客观又大气，不啰唆，也不作评价，只讲事实与真相。

早上首先看到晚报的是陈汉生主管。他挥舞着报纸，发出了足以让肠胃翻腾汹涌的喊叫。

很多人，这一段时间的早餐，多是吃的这个包子。想想刚刚吃进嘴里的，竟然是餐桌剩下的潲子肉，人们敏感的胃肠与心理防线全面崩溃。

恶心和呕吐，就是从这个时刻开始的。

张扬算是坚强的，他只是干呕了几声。他看见丁零，就像1949 年的老百姓遇见了亲人解放军。

他向丁零伸出大拇指："神了，佩服你啊！新南方就你没吃，我们全上当了。你太有远见了，真是神了！"

岳会计接着说："是啊是啊，还是我们的丁副总有远见。他那句话怎么说的来着，原话我记不清，大概就是，没弄清缘由的便宜不要，反常识常规的奇迹不信，是吧丁副总？我没你说得文雅，反正就是不信便宜，也不买便宜的意思，对吧？"

丁零说："别夸我。我说的全是生活常识，不是什么远见。你们要是也像我这么想这么做，就不会上这种当。"

张扬叹口气："我这人，总是相信人性本善，总是把人往好处想，我以为这个面食馆是薄利多销。"

丁零说："这是很简单的算术。我还算过，像这样亏了血本做包子，做得越多，销得越多，亏得越多。一个店天天如此，还越做越火，不可信。人在头脑发热的时候，理性的声音，真实的声音，很可笑，很刺耳，很讨厌。"

岳会计说："是的，丁副总劝的时候，是没人听，很多人还捂着嘴巴笑哩，是这样的。"

岳会计抖开报纸，指着嫩肉精的危害那一章："喏，上面写了，记者还采访了专家，嫩肉粉就是嫩肉精，往变质的肉里一加，就分解了肉中的弹性蛋白和胶原蛋白，于是肉制品的口感就会显得嫩，味道也鲜香。听听，专家说了，嫩肉粉里含有亚硝酸盐，过量食用很危险。食入零点三克至零点五克的亚硝酸盐，即可引起中毒甚至死亡。看看，这些毒素早就进入我们身体了，还不知以后会得什么病哩。”

2

从小林的报道引起很大反响。

电视台跟着也去了，还到医院拍了吃劣质包子自称反胃难受的消费者。电视台一报，网络也有了。媒体扩大了报道的半径，将近几年发生在本市及全国的多起劣质食品事件，一并链接出来。

愤怒放大了事件的恶劣程度，也倒逼处罚的从重从严。工商所已经查封了美味面食馆，据说拟开出史上最重罚单。

晚报给丁零六百元的爆料费。据丛小林介绍，这个在晚报属于重磅新闻，这类爆料，奖金翻番。丁零如数上交老婆。殷雪红笑着跟丁零说：“这个还行，比工商揭牛皮癣的奖金多，以后有料，你再给他们爆。”

丁零笑不起来。他去晚报领钱时，丛小林正在等他。丛小林把他引到接待室的一间小房，跟他谈了美味面食馆的一些新情况。

这个美味面食馆的老板叫曹刚，平时为人还不错。有一年经营亏损，他借钱给员工发工资，深受员工的欢迎。曹刚先在汉长街鞋城开店做皮鞋生意，那地方上下几层楼，成百上千个摊位，一摊连一摊，全是卖鞋的，多是一些假冒伪劣和低档货，竞争激烈，常常血拼杀价互相倾轧。他算幸运，几年下来，赔得算少的。几个月前遇到一个亲戚，就是做嫩肉粉生意的，推荐他到厚湖新城来开这个店。他本来不想，可是亲戚说这事做一阵，把钱挣了，再金盆洗手做正经的。他还是犹豫，亲戚又举沿海和港、澳、台几个大亨的例子，说这些人过去全是做过黄、赌、毒黑生意的，都是发了财再人模人样登堂入室，如今都是享誉华人世界的大善人。这么一说，他动心了。卖掉家乡的房子，开了这个店。这个店光装修，他连本带借砸了二十几万元。没想到刚开个头就闹出了大纰漏。实际上，除了肉包子，该店其他的面食，全是货真价实，全是薄利销售。现在媒体曝光之后，舆论一边倒，放大了事情的严重性。有的消费者，连这两天感冒了也要住院索赔。曹刚全照赔。工商所迫于舆论压力，下手很重，吊销了营业执照不说，打算罚款从重从严。走投无路、借酒浇愁的曹刚，天天喝得烂醉如泥。几次自杀都被员工拦住了。

从小林是卧底揭短的暗访记者，现在出面多有不便，请丁零帮忙，去劝劝，做点调停与疏通。

丁零没想到事情会是这样。他说："我……我能做什么呢?"

从小林说："我建议，你先去工商所。那个所长，听说是你爆的料，他说他知道你。"

丁零更意外，他从未跟厚湖工商所打过交道啊。

丛小林说：“那我就不知道了。我没问，你去一下吧。”

新南方离工商所不远。不过两站路的距离。丁零中午吃完饭后走了去。

车辆奔行的大道。一辆辆装有砖沙水泥和金属材料的重型卡车呼啸着驰过。这条路是旧路，早已不堪重负，很多地方都凹凸不平。车子碾过时，遇到洼坑会因为失去重心而起伏弹跳，困在车上的建筑材料相互撞击，发出不满的痛苦叫声。飞扬的尘土，不肯落下，也不肯离去，群魔似的在空中乱舞。他的心绪也有些乱。

他没想到，面食馆的背后另有隐情，并不像人们所想的那样。

他进了厚湖工商所的所长办公室，看见那个胖胖的戴大檐帽的所长，竟然是他年初揭下违规招贴时，接待他的肖副所长，调到这里当所长了。

肖所长热情地张开双臂迎接了丁零。丁零也不讲客套，像老熟人似的，坐下就把曹刚的详情与当下困境细说了一遍。

上次肖所长就称赞他是有责任感和公益心的市民。有了好印象打底子，肖所长对他说的一切都深信不疑，也很看重他的意见。

肖所长表示，这事因为媒体大炒之后，影响很坏，民愤不小，所里的处罚，难免会受舆论左右。处罚的轻重，原本就有主观掌控的余地与尺度，其间的取舍，可酌情而定。所里目前还没作出最后处罚决定，他再到区局去跟局领导汇报实情，一切还来得及。

他建议丁零再找曹刚谈谈，摸清底细，如果确有隐情与困难，可以考虑将处罚适当地调低。毕竟处罚是为了治病救人，给人出路，不是把人往绝路上逼。

3

美味面食馆的招牌，已经拆除。大门的玻璃上，一张转租的启事，黑字白纸，满满地糊住了大门玻璃。启事的下端，被风雨撩起，撕破了一角，露出里面的昏暗与潦倒。

雨停了。大门外围了一些人，观看，议论，一片嘈杂。议论中多是谴责与质疑。

“黑店，关得好！”

“躺在地上的就是老板，听说喝醉了，是真还是假，不是要赖吧？”

“这种人，怎么可能有真的？”

丁零走到围观的人群里。

三四个年轻员工，正在劝解与扶持躺在地上的中年男子。

这就是曹刚老板了。矮胖，年纪也就三十多岁。

曹刚半醉半醒。他似乎有话想说，舌头却不听使唤，听不清他在说什么，只是一些含义不明的字句，断断续续地和着酒气往外冒。地上还有少许水渍，几个员工不让他躺倒在水渍里，有的拉着他的手，有的托着他的背。

丁零看了看愤怒的围观人群，知道这不是谈话的地方。悄悄跟几个年轻员工商量了一下，一起把曹刚抬进了面食馆。

躺在厅堂的长木桌上，曹刚看见陌生的丁零，酒差不多全醒了。

丁零说明晚报记者知道了他的近况，很关切，特意委托他来看望的。

旁边的年轻员工都是曹刚的老乡，他们七嘴八舌的插话传递了更多的信息。

曹刚大学毕业后，没找到工作，就来本市自主创业。他最关心员工，宁可不挣钱或少挣钱，也不亏待员工，很受打工者的敬重。这一次工商的清查，黑心包子馅是该查，其他的，货真价实，却被眉毛胡子一把抓了，也没人听辩解。

曹刚委屈地诉说："连查出馒头的增白剂少许过量也是我的过错，从面粉厂进货时就这样，我真没加任何东西。我有错该罚。可你知道吧，这一带有好几家餐饮连锁店，那里的果汁，怎么弄的，根本没果，全是调料加色素用水冲出来的。还有卤的鸭脖子，用了医院泡死人的福尔马林（即甲醛的水溶液），新鲜好看，你知道吗？我知道，可我不能说。"

丁零劝他向工商所举报，既将功补过，又为百姓做了好事。

曹刚哭丧着脸："不能说呀兄弟。我要说了，轻则掉胳膊掉腿，重则掉命。人家背后有黑社会，我怎么敢说？换作是你，你也不敢。”

丁零脸红了一下。他看到自己在耿小壮面前的窘态。

曹刚边摇头边不停地长叹。他很是悔恨，不该一时糊涂，做下遭人唾弃的事来。

见曹刚痛定思痛，悔意深重，丁零就说了刚才去工商所，肖所长表示可酌实情处罚，而不是一棍子将他打入地狱。

曹刚连连拱手致谢。

谈到下一步，丁零建议他回归熟悉的鞋业，毕竟经营了几年，人脉和业务都熟悉。

曹刚犹豫不决。鞋城的风气不好，多是低档与低劣产品，竞争太激烈。

丁零说：“如果是这样，我倒可以给你一个建议。”

曹刚“哦”了声望着他。

丁零说：“你想，在成百上千的鞋铺鞋店中存活，竞争肯定残酷。做任何事情，道理是相通的，想要跟别人不一样，就要做出特色。你想想，那里低端或假冒货较多，品牌商品与诚信经营就是稀缺资源。如果你反其道行之，做品牌，不要去销那些看起来便宜的假冒伪劣品，做品牌，讲诚信，你想想，结果会怎么样？”

曹刚望着丁零，有点将信将疑。

丁零说：“做品牌和讲诚信，这事说起来容易，做起来难。不能急功近利，很多人都做不来。这是为什么，你想过吗？”

曹刚摇头。

丁零接着说："有两点特别难做到，一是坚持，绝对不能随波逐流，半途而废；二是绝对不能有哪怕一次的不诚信。如果有，那就比从来不诚信还要糟。你想，人家在小摊店买了品牌，会很惊喜，认为是意外收获。要是从品牌店买了假货，心理防线就被突破了，他弄不清哪是真哪是假了，会特失望或特悲观，对什么都不敢相信了。这比没有还糟糕。"

丁零直视曹刚的眼睛，似乎要由此进入他的内心。

"只要你肯坚持，一旦客户见识了你的坚持，你独树一帜的影响力就做出来了。这个时候，你就是最大的赢家，你收获的季节就到了。你想想，你也是读过书、受过高等教育的年轻人。你想想，你多想一想，就会明白的。"

曹刚似有所悟地点点头。

4

林青萍不认为丁零的话有什么作用。

"你这些话，人家听得进去嘛，会去想吗？我怀疑。"

丁零一笑："你说得对，可能听不进去，也不会去想。没关系，我坚持说我应该说的。不定哪天的遭遇会触动他的记忆，他会想起来。就像撒下种子，一旦遇到合适的时节，就会发芽。你在发愣？是不是认为我说的这些没用？"

林青萍知道触动他的敏感神经了，也一笑："你这人，是有些特别。我承认，我的认识跟不上你。可能还有待提高吧。”

岳会计送了一份打印的催款名单给林青萍。这是她要她打印的。她翻了翻递给丁零：“这段时间，你也管管新南方的事吧。再看看，有没有可以去催催的。”

丁零接过名单，他都看过几遍了。

讨欠款铩羽而归，苹果零售败走麦城。丁零有点灰心与郁闷。他开始怀疑自己：“我来了两三个月，很想做点有用的事情，给自己一点面子，也给你一点面子。这上面熟的，就一个郑大滨，就这个，都没弄成，我真的很惭愧。”

丁零在家做早餐的时候，仍忧心忡忡想催款的事如何破题，煎鸡蛋时不小心把盐放多了，殷雪红咬了一口就叫起来：“呀，怎么这么咸，你怎么搞的？”

丁零尝了一口，果然咸了。就说：“我来，我再煎一个。”

“煎你个狗屁，你看看上班时间，我来得及吗？我不吃了！”

说着就摔了筷子，仿佛需要吃东西的不是她而是丁零。丁零跟她说了这几天为催款没进展而有些不安。

“这事你有什么不安的？要不安也该张扬不安才对嘛。这本来就是他惹的事，你这是替他擦屁股，你还惭愧？你把这个难题还给他，给他抛回去，让他着急，让他茶饭不思去！”

殷雪红的一席话，就像封堵逃路的闸门，止住了他思绪的下滑。

世俗的智慧往往是最实用的行为宝典，能辅助你置身现实窘境时全身而退。

丁零觉得有道理。他还没来得及按殷雪红的旨意抛出难题，张扬在办公会上提供了一条线索，他刚认识一个讨债公司的魏总经理。他说："人家可是公开挂牌的讨债公司，在工商注册了的，不是野鸡公司。这种专业公司有一套专业的办法，据魏总说，他们的成功率很高，交给他们来做，肯定比丁副总御驾亲征要好。"

他见丁零和林青萍都用疑惑与探究的目光看他，就把魏总经理的名片也拿出来了。

林青萍担心这种公司有黑社会背景。

丁零看看名片："如果真是在工商注册了的，不妨试试。我们可以跟他们签合同，说明不许使用暴力，这就相当于上了双保险。"

林青萍看看张扬："既然是你的熟人，你去联系试试。"

张扬说："不是说了财务一支笔嘛，再说，这是我的熟人，价也不好谈。既然定了催款归丁副总管，还是让他去比较好。"

丁零也想挽回上次铩羽而归的面子，用目光向林青萍示意"可以"。

5

丁零在民生路边一栋三层民宅的一楼，见到了讨债公司的魏总经理。

魏总经理黑胖的方脸，戴一副金丝边眼镜，仍掩盖不住粗俗的神态。他说话时习惯挥舞手臂，露出的半截手腕上，是比笔杆还粗的金手链。

这人长得还真有点像电视中的黑老大。丁零想到林青萍的提醒，心里有点打鼓。又一想，长得像黑老大，不一定就是黑老大。

魏总经理似乎看出他心存疑虑，用手指着墙上盖有工商红印的营业执照："我们是正规经营，文明讨债。"

丁零看明白了，执照上写的，不是讨债公司，是社会调查公司。

魏总经理接着说："这是为了办执照的方便。讨债嘛，关键是调查。先调查，摸情况，查清对方的家底，再来讨，心里就有数。实际上，我们是多种经营，包括私人委托的婚外调查。你放心，我们不会乱来。"

丁零委托了最大的一笔，是大东方公司的八十七万元欠款。既是找专业公司，就讨笔大的。

丁零给魏总经理交了两千元的订金。再三说明，不能使用暴力。一旦有暴力，则终止，要在合同上注明。

魏总经理脸上笑开了花："可以注明，没问题。我们保证，不用暴力，绝对文明，文明讨债。你就在新南方等着，等着好消息。成了，我给你打电话。"

丁零一直没接到魏总经理来电。倒是有一天，他听到张扬在接大东方公司艾总的电话。

张扬边接听，边露出诡怪的笑。他说话时，显出一脸委屈："老兄，我没去找什么调查公司的魏总经理。你误会了，我至少有半年没见过魏总经理了。你要不信，你去问他，要是他说我近段时间见过他找过他，这个款子我不要了，行吧？我告诉过你，我年初就不管新南方的财务了，至于其他什么人找没找魏总经理，我就不知道了。不过，我真的要提醒你一句，魏总经理这人别看戴副眼镜，像个读书人，实际上，是个粗人，很黑的，不太好惹哦。"

他在通话时，脸上的表情丰富生动，仿佛另一端的那个人就站在对面。

丁零觉得不对。他回到自己办公室给魏总经理打电话，响了没人接。他再打，就关机了。他想了想，就直接开车到民生路。

讨债公司的门紧闭，他没去敲门。

他上次就发现讨债公司紧傍一条小巷。小巷口的一排窗子正是他们的。

他悄悄地溜到窗子侧边，听到紧闭的窗子里有魏总经理的喊声。贴着窗沿他就听清楚了。

声调一阵阵高起来。拍桌子的声响，像是用刀子或木棍一类的东西在拍桌子。喊声，则是声嘶力竭的咆哮。

"我的忍耐是有限度的！跟你直说了，今天就是最后通牒！……什么，你说什么？……你不用哀求，你要知道，我是吃过牢饭的！给死刑犯陪过斩知道吧？我什么事情都干得出来的！三天，三天以内，要是还不给，老子就下你的一条腿！五天不给，再下一条！就这么简单！……谈？你跟我有什么好谈的！老子只认得钱，别的什么都不认……行，我等你……你有尿别在这儿尿裤子，外面有厕所，快去快去！”

咆哮的间歇，是低弱的哀求声。

大门开了，大东方公司的艾总仓皇地逃出来。

丁零拉住他：“你在外面等等我。他们这么做，严重违规了，我要终止合约。”

丁零从还未来得及关的大门闯了进去。

魏总经理看见他进来，愣了一下，又笑了笑：“我是吓唬他。实说，不来黑道，我这公司早关门了。你别管这个，这帮人，到了要钱还是要命的关键时刻，他什么都答应你。”

丁零说：“不是说好了，不用暴力，文明讨债。事先，就签了合约的。”

魏总经理宽厚地笑了：“公安厉害吧，连公安都要用刑的，不用怎么行。公开都说没有，跟我们一样。我受过审，我知道。你放心，我到时候把钱交到你手上，别的你就别管了，你尽管放心。”

丁零知道说什么也没用。这种只相信拳头和暴力的人，是没有法治观念的。

他也不敢说太多的话。

听了魏总经理这番话，他心里也不免有些胆怯。这里不是说理的地方，他也不想久留。

他说：“这个钱，我们不讨了。”

魏总经理怔了一下："中途打退票，订金可是不退的。"

丁零担心魏总经理开口更大，故意把事情纠结在退订金上："这订金，能不能退一点点。"

魏总经理果然入了套，在屋子里踱着步子："乙方提前终止合约，不退订金，合约上有的，你想好了。"

丁零说："我是希望能退的。你要是能退，就跟我联系。"

他赶紧告辞出来。艾总不在了。

6

张扬很生气。

他认为丁零把事情弄砸了。魏总经理虽然有暴力讨债倾向，但只是恐吓，没有实施，况且艾总已经告饶，八十七万元眼看就到手了，这个时候终止合约，实在是不应该。

张扬说："你看不惯他，下次不找他就行了嘛。跟谁过不去，也不要跟钱过不去。我们是干什么的，我们就是商人，商人不要钱，还经什么商？"

张扬埋怨，林青萍在心里暗暗赞同。

丁零说："商人也不能无原则地见钱就捞，这个魏总经理完全不讲诚信，他的讨债跟文明没有一点儿关系，恃强凌弱是一种很势利的品性，我从小就吃过这样的亏，我对用暴力逼人屈服的方式一直就很排斥，很反感，我不会助长这种恶劣习气。"

他的语调平静，平静中暗藏着一股子执拗，就像高楼里面深藏不露的钢筋。

张扬瞪着双眼，火爆脾气似乎一触即发。

林青萍用眼神制止了他。他没吭声，收了眼中的锋芒。

林青萍说：“丁副总，你的理念，我是很欣赏的。可是现实需要我们做出妥协，你就不能变通一下？”

丁零认真地看着她：“林总你变了，你不是说过中国就是会变通的太多了吗？这样做真的不行，像魏总经理那样私设公堂，暴力讨债，于经营，于社会，都是一种倒退，这个真的不能妥协。”

丁零再一次无功而返，以白送两千元的方式退出了这场暴力游戏。

这钱谁出？张扬问过林青萍。

林青萍说：“这个你不用担心，丁副总已经跟岳会计打了招呼，从他工资里扣。公是公，私是私，这方面，他不会出错。”

张扬愣了一下：“全由他一人出，合适吗？”

林青萍说：“你又同情他了是吧？用不着。我劝过，没用。他说一定得这样，不然，他就不干了。你忙你的吧，就别操这份心了。”

一辆奥迪车停在新南方门口，大东方公司的艾总匆匆从车上下来。他直接走进财务室，从包里掏出一张八十七万元的支票交给岳会计，然后转身出门坐上奥迪车呼啸而去。

整个过程不过一分钟。艾总一句话没说就走了。

岳会计又惊又喜。她知道三个老总在开办公会，就直接将支票送到了会议室。会议室的三个人看到支票，不由得面面相觑。

张扬说："这是再也不登门的意思。钱是来了，可是走了个大客户。可惜啊，可惜，这是我们最大的一个客户，就这么走啰。"

林青萍眉头紧锁。

张扬向丁零伸出大拇指："丁副总啊，你这是以情动人，打动了艾总。我就佩服你这一点，不光讲道理，还讲情义。"

丁零说："我不是讲情义，我是按规则办事。"

张扬的脸一下子又紧了："你这人，怎么就不识抬举呢？我这是夸你，听不出来？"

丁零说："你误会了。按规则，魏总经理暴力讨债，是不该做的；艾总欠款还钱，是他该做的，跟情义没关系，两码事。"

林青萍伸出手朝两人摇了摇："不争这个了。我看，以后催款的事，还是由张总主持，丁副总还是抓好管理和财务。"

张扬压住心里涌出的笑意，故意绷住脸："这……合适吗？"

林青萍说："这原本就是你的事，你不催谁催？人家丁副总是替你受过！"

张扬挨了训，心里是高兴的，说明林青萍开始恢复对他的信任，把原本由他管的事情还给了他。

他相信，林青萍最终会发现，丁零救不了这个店，还得他张扬来。

第十章

丁零经常面对的难题与困扰，是张扬没完没了的吃喝报销单

1

丁零经常面对的难题与困扰，是张扬没完没了的吃喝报销单。

张扬朋友多，客人也就多。他每天大半时间都在陪客人。陪到中午，自然要管饭局。饭局说起来都和团购有关，现在加

上催款大任，都是他吃喝的理由。

张扬说酒桌是谈事的最好地方，他的团购订单和欠款回笼，都是在酒桌上搞定的。

吃过之后，他会拿一叠用餐发票找丁零签字报销。

林青萍给丁零的签单权是两千元。张扬每次饭局的费用，都控制在丁零无法推诿的范围。

丁零问他："这些人是你朋友还是客户？"

张扬"哈哈"一笑："我的客户全是我的朋友，一码事。我这人，就喜欢交朋友。"

丁零拿他没办法。

他中午喝得满脸放红光。这种时候，他的话比平时要多好几倍。刚刚在酒桌上谈到的一句话或一件小事，他颠三倒四地说，你想等他说完开溜，他说着说着，就像周而复始的游戏轮盘一下子就转回来了，无休无止，想溜都找不到间歇。

他边说边"哈哈"大笑。

他"哈哈"大笑时，酒气混合着消化不良的菜肴气味，像突然开启的电吹风一样扑面而来。与电吹风一起扑过来的，还有一张张用餐报销单，递到丁零的面前。

"签……签个字，伙计，哈哈，错了，该叫丁……丁副总是吧。"

丁零眉头紧锁。请客户吃饭，居然也是工作，还报销。

张扬打着酒嗝："今天为了十万元订单，又多喝了半斤酒，半斤，老子一饮而尽，他认输，就签了，爽啊！新南方团购，大把的票子，都是喝酒喝回来的!”

一脸的骄傲自得，像是从疆场凯旋的元帅。

丁零反感他的自得。商业行为是利益的博弈，需要理智的周旋和精准的算计。在闹哄哄的酒桌上，由干杯多少来随意涨落的价格，事后反悔的概率很大。而且，酒桌上的意气用事，既不具有法律约束，也没有规律可循。

2

丁零的抵制在内心翻腾。

给他签单，就是对这种经营方式的认可与怂恿。

他调整了一下情绪，无声地笑了笑：“张总，你请客的频率，能不能适度控制一点。我知道你酒量大，每次订单，都靠喝酒，也不是长久的办法啊。”

张扬一怔，歪着头，偏斜着眼神：“怎么不是办法，说出来我听听?”

丁零说：“把新南方的订单和生计，都维系在你一人的酒量上，这个搞法，不像市场行为吧?”

丁零没意识到自己面临的危险。

他没想到自己已然激怒了张扬。

张扬愣了愣神，似乎很快从酒中醒来，他的眼睛瞪起来了：“说什么，你说什么？不是市场行为？你什么意思你？你以为喝酒是很容易的事吗？喝酒是伤身的！你看我高大结实是吧，你知不知道，我有脂肪肝，医生叫我戒酒，你以为我想喝酒哇？你以为我想跟这些王八蛋陪吃陪喝？我是拿命来换订单！你知不知道，你说这种话什么意思？算了，看你是林总的红人，我不跟你计较。要是其他人说这种话，我就要揍人!”

张扬声音渐次加大，说着说着就亢奋和激动起来。

张扬高大魁梧，前胸后背笔挺，难得的伟岸挺拔。一张国字脸，配上英武的剑眉，配上怒不可遏的激愤脸色，配上义正词严的语气语调，配上挥动利落的手臂动作，这一切，足以让每一个面对者都感到自己的渺小，感到自惭形秽，感到无地自容。

林青萍夸他时说过，他是一个有激情的大炮。

新南方的所有员工，也都认为他是一个有激情的大炮。

中午的新南方，显得惊慌失措而又紧张不安，人们被叫喊声召唤而来。

大炮性格的人，大多喉咙粗放，擅长喊叫。众目睽睽之下，嘹亮而富于激情的声音，总能迅速地掌控局面，占据上风。

面对激情的大炮，面对激情大炮的指责，你除了是个小人或伪君子，注定别无选择。

丁零暗暗叫苦不迭。上次张扬说他使了阴招，这一次，他是当面说的，有话说在明处，没使阴招，仍然在劫难逃。

人一多，张扬的激情仿佛得到鼓励与喝彩，显得更有底气与使命感。他剑眉下的双眸，像两把出鞘的亮剑，闪着刺目的寒光，可以灼伤每一位敢于对视的人。

“你以为我是酒鬼？以为我是用公款吃喝占便宜的小人？你错了！我告诉你，有脂肪肝的人根本就不适宜喝酒，这是医生说的！可是，不喝酒哪来团购？不喝酒怎么催得来欠款？你要是像我这样舍命陪君子，喝下催款的酒，郑大滨会撵你吗？你以为钱很容易来？都是用命喝来的！没了团购，新南方就没法活下去，就得关门倒闭，你懂不懂？你不把我放眼里没关系，你不能不把客户放眼里。客户是什么，客户是上帝！”

张扬用食指直指丁零的脸。他声若洪钟，气场强大，像点火后冲向太空的导弹一样势不可当。

“你看我干什么事都有人捧场，为什么？没别的，我相信人！我的朋友遍天下！像你这样，连你的同学都不帮你，你还说三道四，我是看清楚了，你是个没有朋友的人！你别这样看着我，我的话难听是吧？我这人，大炮性格，喜欢直来直去，有什么说什么，我不会打小报告，也不会搞阴谋诡计，我胸怀坦荡，我有什么说什么！”

围观者都被他的声音和气势所震撼，有人下意识地点头。

火爆的质问，有益于人群聚集时的情绪升温，是引发一呼百应的适宜氛围。人在亢奋或激愤的环境中，思绪会像脱轨的高速列车，不可能平稳行进。

丁零张了张嘴，他想说，有话好好说，不必喊得这么声嘶力竭。他还没想好怎么讲，张扬呵斥道：“你住口！你就是这样的人！你不用狡辩！”

丁零灰头土脸，众目睽睽之下显得沮丧而狼狈。气势笼罩了局面，吼叫湮没了说理。

丁零什么都不想说。避开张扬虎视威严的逼视目光，他转动身子，像窘态百出的大败的辩手一样，狼狈地退出了争执。

3

这几天，丁零一直避开张扬。不想见他。给张扬的签单，就让岳会计顺路带去。

读硕时，在导师的授意之下，他跟一帮师兄弟做过中国人的性格类型研究。他主动领受的章节，是关于大炮性格的探讨。他发现，由于经典作品以及民间传说的互动与合谋，类似于张飞、李逵这一类大炮性格，在百姓中有着根深蒂固的良好口碑。人们与生俱来地以为，大炮性格的人率真、坦荡、刀子嘴豆腐心，虽然不拘小节，但为人诚朴；虽然粗鲁，却心地善良。结果是，某些粗喉大嗓且不乏心计之人，参透了其中的玄妙，会自觉或不自觉地以大炮性格来包装自己，在实际生活中获利受益。见人所未见，颠覆了人们的习惯认识，老师与同学都认为有新意、有深度。这部分章节后来单独成文，是该校引以为骄傲的获奖论文。那个时候，他缺少实例，只是从中国古典小说中张飞、李逵一类人物着眼。没想到，在新南方，竟然碰到一个活生生的例子。

他从骨子里排斥这种性格类型。

殷雪红说："你排斥有什么用！告诉你，朋友可以选择，同事无法选择，要学会跟不同的人共事。"

殷雪红又说："你单也签了，还说那些没用的屁话干什么？你不是吃饱了饭没事干吧？"

殷雪红还说："你说了那么多屁话，结果呢，他发一通脾气就把你搞定了。你管得了他吗？"

丁零赶紧闭嘴。他应对她的方式就是闭嘴。一闭嘴，她就没辙，就像拳击手孤独地站在空荡荡的台上，抡起两只力大无比的巨拳却没处下手。

丁零闭嘴，孤独的拳击手也就闭了嘴。

他私下觉得这是一个封堵老婆喋喋不休的发明，也许该申请一项专利。他暗自笑了。

一咧嘴，泄露了天机，引发殷雪红的警惕与责问。

"你还笑？有什么好笑的，你说出来听听！"

"我笑是称赞你说得对不好吗？"

丁零不想把与张扬的矛盾，演绎成跟殷雪红的争执。他赶紧将黄瓜片贴在她的嘴角，她就彻底闭嘴了。

黄瓜是最棒的紧肤水。把黄瓜片敷贴在脸上可以收紧毛孔，二十分钟后用清水洗干净。这是比任何化学美容都好的最环保的方法。事先切好的黄瓜片，里面的护肤营养会在空气里挥发殆尽，影响疗效。丁零让她躺下，切一片贴一片，新鲜度如同刚出炉的面包，这样的现切现贴才能获得最佳效果。敷贴二十分钟后，再像拂去嫩豆腐上的灰尘一样细心地一片片揭下来。有时她就这么睡着了。揭下来还没完，还要用温热的专用毛巾在脸上敷八分钟，才算一个疗程的全部结束。

开始殷雪红以为丁零是图便宜。做了一两个月之后，皮肤更润泽更收紧，效果比什么护肤品都好。殷雪红喜笑颜开。

丁零得意地说："地上生的东西是纯天然的，绝无副作用，比什么美容品都好。其实人身上需要什么，地上全有，所谓相生相克，互生互补。有些人迷恋化学制剂品，花钱倒是小事，关键是副作用，有不可逆转的隐性伤害。"

丁零打定了主意，不能让张扬这么为所欲为。

他们的办公室在一条走道上，间隔十步之内。避开并不是一件容易的事情。

他将起草的新南方的新规章，增加了一个章节，关于餐饮招待支出的规定。

用制度说话，用不着多费口舌。

他找岳会计去核定一个数据，前脚刚进门，张扬接着就跟进来了。

丁零有点尴尬。

张扬什么事也没有，像是遇到久别的亲人，脸上漾着笑容。他很亲切地望着丁零，笑着说："丁副总，我那天喝高了，说了什么我都忘了！声音是不是很大，没骂你吧？"

丁零胃里开始翻腾。他苦笑着摆摆手："算了算了，别说了。"

岳会计看张扬气色红润且笑容灿烂，就说："你骂了，声音大得吓人，把我们全给震了，都不敢说话哩。”

张扬“哈哈”一笑：“哦，有那么严重？丁副总，那就得罪了。我这人，就是大炮性格，说话没个准头。我这人，刀子嘴豆腐心，说过就忘了。新南方的人都知道我这德性，你别记我的仇啊！”

丁零配合着笑了笑。他的笑容不像是挤出来的。他比过去有进步。

4

喝酒是张扬的嗜好。没客户来，他也会找机会喝酒。

店里的员工，只要是男的，都是他可以招之即来的潜在酒友。

他在新南方很有人缘，特有威信。一帮小伙子，也都服他。跟他吃啊喝啊，言笑甚欢。

丁零一直不明白，张扬的管理霸气且独断，这帮“80后”怎么受得了？他们不是很强调个性，强调我的青春我做主吗？怎么会前呼后拥跟张扬跑？

丁零坐在办公室这么想着的时候，张扬来了。

张扬满脸笑意地走进来，也不须邀请与客套，一屁股在沙发上坐下，然后，像是继续说中断的话题一样，兴奋地跟丁零谈起下一步催款的新打算。

丁零心想，是不是大炮脾气的人，都是来得快去得也快，都这么自我。

张扬的大巴掌落在沙发扶手上，张开的五指一下一下地拍着扶手："你知道我这几天在干什么，不知道吧？我想通了，你说得对，不能来黑社会那一套，违规犯法的事不能做。我这几天根据欠款客户的不同嗜好，列了几类。打算每逢双休的时候，分门别类地邀他们去休闲，钓鱼的钓鱼，打麻将的打麻将，洗脚的洗脚，各取所需。玩高兴了，玩得不好意思了，他们就会把欠款给我吐出来。硬的不行，我来软的，武的不行，我来文的。你看怎么样？"

丁零承认这主意会有效果。他点点头。他拉不下面子，只有放下手上的事，坐下来陪他说说话。更多的是听他说。说听也没听进去多少，手托下巴，灵魂出窍似的由他说。

张扬越谈越兴奋，一个个地谈他那些欠款人的嗜好或习性，谈他最近设了怎样的局，让他们把欠款吐出来。

一直谈到中午十二点多。

食堂只剩下两样小菜。张扬拉着丁零一起到外面去吃。没等丁零表态，他站在新南方的中间走道上大声吆喝起来："有没吃饭的吗？有就出来跟我走！"

张扬一叫，一下子从四面走道上涌来五六个年轻人。全是"80后"。张扬说："丑话说前头，今天丁副总在这，不是公款吃喝，出去吃是自愿，也不是指令，想去的跟我走，不想去不勉强！"

张扬好喝酒，还好劝酒。劝酒的方式，差不多就是逼酒。

他一杯下去，就倒举着空杯子，眼睛盯着你，站在你面前不走。尤其是跟下属在一起，他眼睛瞪得能喷出火来，谁还敢不陪着喝。

丁零最看不惯这做派。既不自尊自重，也不尊重别人。

几个年轻人似乎都很配合，嘴皮子也溜，望着张扬“嘻嘻”地笑着：“跟老总共进午餐，是我们的荣幸，谁说不愿意？谁要是不愿意，那是欠扁！”

都是“80后”，这套趋炎附势、曲意献媚的应酬话语，顺口就溜出来了。他们融入社会的迅速与熟稔程度，真令人惊讶。

丁零想到媒体或网上的讨论，担心“80后”的成长会很另类，担心“80后”不能适应现实等，实际上，倒是这些猜测与判断，不能适应现实，大大低估了社会感染力与引导力的强大。

张扬大手一挥：“丁副总，走吧。还有你们，一起跟我走！”

他大摇大摆，自顾自地走在前面，后面跟着一群“嘻嘻哈哈”的“80后”。

丁零站着没动。

5

上个月的开支报表就放在丁零的桌上。

餐饮这一项支出，有一万两千元。没等他问，岳会计指着报表上的一长条餐饮支出，小声嘀咕着："这些，全是张总一人的招待费。"

即使把每月八天的双休算进去，一天支出三百至五百元，也太能吃了。这样吃下去，不是办法。

丁零起草的餐饮招待支出中，含有高层领导报销餐饮一条，月限额两千元，超标的部分，各人自付。

林青萍办公室门关着。他发短信问她在哪。她回复，正陪臭女人打麻将，有事吗你？别看她当面跟陈红霞好得像亲姐妹似的，背后鄙称臭女人。

为了守住新南方的珠宝柜，林青萍常陪陈红霞。陈红霞拿她当知心姐妹，打牌或倾诉，第一时间就找她。

丁零起草的规章，几天前就打印出来了，从林青萍办公室地下的门缝里塞进去的。不知她是否赞同。他回说：你打吧，关于餐饮招待支出的规定看了吗？

林青萍在洗牌的间歇，回了短信：很好，近期可推出。

丁零知道张扬看到这个规章会生气。殷雪红给他支了一招。

殷雪红眼睛与嘴角贴满了黄瓜片。她微张小口，提示丁零，这事他不便抛头露面，让林青萍去宣布，免得招来张扬的反弹和恼羞成怒。丁零觉得有道理。

女人最适合垂帘听政，自个儿在职场手忙脚乱，在幕后指挥老公却气定神闲，一出手就捉住了要害。

丁零把这层意思跟林青萍说了。

林青萍一笑："我来宣布，行，你越来越有心了。"

规章最重要的有两条，一是领导招待费限制，每人每月两千元；二是全体员工中午不许喝酒，违者扣罚，每次一百元，三次开除。

这最重要的两条，潜伏在规章的中间部分，像钢筋坚挺地扎在水泥之中一样，虽深藏在里面，却是规章的要害部分。

6

丁零故意在停车时多用了点时间。他走进新南方时，会议差不多要开始了。

林青萍亲自拟定的到会人选，主管和全部中层管理人员，还有财会人员，都通知了。

林青萍亲自宣读新规章。同时，让办公室放大打印了一份，在职工上岗必经的内部大堂的公示牌上，张贴了一份。

林青萍宣读完毕后，讲了一番话。她声色俱厉："现代企业的管理，对我们来说，最重要的，就是制度大于人，严格按制度执行，彻底破除人治的做法。这个新规章，从今天起，不，从现在起正式生效。"

说到这里，她竟然盯了张扬一眼。

散会之时，大家脸上的表情都是凝重的，连起身都尽量不碰响椅子。

张扬显得很轻松，笑呵呵的，好像一切出自于他的愿望。

他会后像什么也没发生似的，等会议室只剩下林青萍和丁零时，他开始汇报他的催款新方式。

林青萍之所以严厉，是担心他的反弹。见他如此轻松自如，又担心他不当回事，就把话头拉回到新规章上来。

“张总，新规章定了，就要执行，我外面事多，你是常务，关键在你啊。毕竟丁副总才来两三个月，人生地不熟，你不支持，那就什么事也办不成啊。”

林青萍一石数鸟。

张扬笑着答道：“没问题，坚决拥护，宁可放弃生意，也不能违规请客。”

林青萍瞪了他一眼：“你这就不对了，什么叫宁可放弃生意？按你说，定规章是在破坏经营？你怎么能这么理解，你的思想不通，下面还怎么执行？”

张扬说：“我不是想不通，我说的是实话。我就怕万一来了客户，正是吃饭的时候，别人要在餐桌上谈，招待限额已经用完，我怎么办，只有不谈。”

林青萍愣了一下，想想，也有道理，就看了看丁零。

丁零说：“那就最后加一条，遇特殊情况，须由总经理林青萍审批。”

林青萍明白，团购是新南方的命门，熬到厚湖新城的入住人口达到近五十万时，新南方的出头之日就到了，眼下，该忍还得忍。这么一想，她笑笑说：“这样吧，超额部分，五百元以下，丁副总批；五百元以上的，特事特办，拿条子到我这儿签字，不必那么教条。”

丁零面露难色，想推辞。林青萍朝他使眼色。

过了一会儿，林青萍到他办公室来了。她担心张扬放刁耍滑，撂下团购不管，那就因小失大了。她说：“新规章太严了一点。你的想法是对的，可是也不能脱离现实，变通变通，也别一下子就上得太猛。太猛了，也许会适得其反。”

丁零偏着头，不解地看看她：“太严？哪个地方太严，你能不能说具体点。”

林青萍噎住了。有一次崔仁杰从德国回来，跟她讲过德国人逻辑严谨到刻板的故事，崔仁杰认为这是德国盛产哲学家的原因。她突然一笑问丁零：“你硕士读的是德国哲学吧？”

丁零有点惊讶：“你怎么知道？”接着“哦”地一笑，“你是指我刻板，太认真？实话说，我们这里就是会通融的人太多。”

林青萍忽然想起，她抨击李洪川，也说过同样意思的话，不禁笑起来。

丁零误解了她笑的意思。

“你不用笑，你就告诉我，这规章哪里太严，我看能不能改改，说吧。”

林青萍还是笑：“就这样了，改也用不着改，有什么事再说吧。”

“我是这样看的，有规章不执行，或者变通着执行，这种习惯和风气，比没有规章还可怕。”

林青萍有些烦他了，但还是笑着摆手：“没那么严重吧。这样这样，先试行一段看看行吧，也别让新规章把我们的手脚给绊住了。”

7

丁零没料到，他自己差点被新规章给绊住。

这天早上，丁零刚在办公室坐定，张扬电话打了过来，语气兴奋地告诉他：“今天约了个客户，还欠款的，人家听说丁副总是管财务的，特别说要见见。”

丁零说：“好啊，我上午在财务室，来了随时通知我。”

上午十点多，张扬打来电话，让他到贵宾室去一下。

丁零前脚踏进门，后脚在门外犹豫地停住了。坐在贵宾室的人，竟是郑大滨，几个月前暴跳如雷把他轰出门的老同学。

他居然来了，居然笑容满面地望着他。

丁零脑子“轰”的一声像有火车从对面迅猛冲过来。

丁零对眼前向他“呵呵”地笑着的郑大滨视而不见。他看到的只是脑子里暴怒的郑大滨。

郑大滨目光凶狠地咆哮，还有，把他从沙发上强行拉起然后轰然关上的大门……重新在眼前迭现。一切发生在刚过去的那个明媚春天。

丁零有点慢热，他的情绪转换没那么迅捷，他不会将昨天的暴怒立刻化为今天的微笑。

丁零脸上是将醒未醒的愕然。

郑大滨站起来笑着向他走过来，用不大的拳头轻轻地在他胸脯叩了一下："发什么愣，是我呵！郑大滨，不认识了？"

丁零脸色苍白。他想笑，没笑出来。

难堪只是丁零的事情。郑大滨像什么事都没发生过似的，抓住他的一只手紧紧握住："看，你不吃我的饭，我可没那么斯文，你们张总一个电话，我就来了！你是管财务的副总，我送钱来了，怎么样，欢迎吗？"

丁零这才醒过来似的点点头，苍白的脸仿佛大病初愈似的泛起了一点点红。

郑大滨无所顾忌地笑起来："你欢迎我要吃，你不欢迎我也要吃，我今天是吃定了！"

他似乎得意于语言的机敏，说完仰头大笑起来。

张扬有一只大把手的紫砂壶茶杯，走到哪儿端到哪儿。他喝了一口茶："你别油腔滑调了，我们丁副总可是厚道人，不吃这个。"

郑大滨说："他是我同学！他什么人，我不知道，还要你介绍？"

张扬说："同学，那是过去，你知道的是过去；如今我跟他是同事，天天在一起，我了解他的现在。"

郑大滨说："我老家有句话，三岁看到老。我知道他是厚道人，我担心，跟你这个老江湖在一起，他一肚子学问不仅派不上用场，还会吃你的亏！"

张扬说："我是让别人吃亏的人嘛?"

郑大滨说："你不是，难道我是?"

张扬说："你不是谁是?"

张扬和郑大滨你来我去，笑呵呵地比试唇枪舌剑。两人似斗犹逗，说着笑着，像是比着往无底洞里扔石头。

丁零觉得无聊透顶，也不插话，任由他们两人贫去。

岳会计来找丁零签字，他借机出去了很长时间。他不打算再回贵宾室。

张扬来了电话，要他一定去。

8

贵宾室里，张扬和郑大滨的谈兴正浓。话题像是沿着超市货架的走道延伸，谈着谈着就进入了酒的区域。究竟谁的酒量大，谁比谁更容易醉?争得僵持不下，都不服输。

最后张扬做了个劈手的动作："不用争了，这个好办，马上见分晓。等会儿这样，先干三杯之后，每干一杯六万元，怎么样，让丁副总当裁判，行吧?"

郑大滨个子不高，中气很足，嗓音比张扬更宏亮。他"哈哈"大笑："没问题，不就三十六万嘛，我支票带来了，就怕你没三杯就倒了。我可不是上海人，上个月我看电视上的一个新闻调查，说是几个上海大款到甘肃投资，碰上西北汉子，酒桌上西北汉子用嘴咬开酒瓶，提出每干一瓶就定一个项目，几个上海人吓得屁滚尿流跑了，煮熟的鸭子全飞了！先说好，你先喝倒了，我是一分不给，还有你，丁副总，你就做见证人。”

丁零烦这两人。郑大滨欠款还钱，天经地义，跟喝酒有什么关系啊。他讲的新闻调查若是真的，该反思的，不是上海人，而应该是把投资吓跑了的甘肃人才对。他把想说的话吞回去了，摆摆手：“你们要喝你们去，我就不去了。”

郑大滨抓住丁零的手：“嗨，过去不喝酒是过去，你现在是生意人，谈生意哪有不喝酒的，你就少喝点行吧。走走走，跟我走，别跟我讲什么客气！”

张扬见丁零面有不悦，立马拔刀相助。他拉开郑大滨，笑着朝他拱拱手：“算了算了，丁副总是我兄弟，我要替他说句公道话，他真的不会喝酒，你别难为他。”

他又望望丁零：“丁副总，我是个大炮，脾气不太好，咋咋呼呼让你受委屈了。可是，我咋呼是咋呼，没害人之心，你不会喝酒，拉你喝是害你。实话，喝酒伤身体，我这身体也不能多喝酒。我舍命陪君子，为了回款，我去没问题。可是，现在是中午，这个时间喝酒，不是坏了刚定的规章嘛？”

丁零愣了一会儿才缓过神来：“林总不是有话嘛，特事可以特办的。”

张扬笑了：“好，那我就特办一下！不过，我要说，你定的规则够损的。我不跟你计较，回款要紧。”

丁零看着他们勾肩搭背往餐馆走去的背影，无法判断这两人刚才是否在演双簧。

下午两点过了，张扬打着酒嗝进来，甩下一张三十六万元的支票，兴奋地大声叫道：“怎么样，一杯酒六万，六杯三十六万，回了！”

岳会计对账时发现，这笔款子多收了。算下来，郑大滨实际只欠三十万元，不知怎么双方都误记成三十六万元，就这么浑然不觉地白白多收了六万元。

岳会计窃喜：“这笔钱只要我们不说，他永远不知道。”

张扬得意地笑起来：“哈哈哈，活该，谁叫他欠钱不还！好了丁副总，六万元，白赚的。哈哈哈，谁说天上不掉馅饼，这不就是天上掉的馅饼嘛。这小子，他的钱全是从望子成龙的富豪那里搜刮来的，不宰他宰谁！”

丁零自言自语地摇头：“做生意，讲诚信，自己的钱，一分不能少，别人的钱，多一分不要，这是我的态度。”

张扬瞪了瞪眼：“钱都进账了，你什么意思，还给他？你疯了吧！”

丁零怕他又怒吼起来，闭了嘴。

张扬追回了郑大滨的三十六万元欠款，林青萍大喜过望，在新南方当着很多人的面夸他有本事。张扬很是得意，那帮年轻人都说：“丁副总办不了的事情，张总一个饭局就搞定，还是张总行啊。”

这一比，丁零有点不是滋味，身为副总，来了两三个月，没做出一件让人夸赞的事情。

9

丁零认为该把郑大滨多给的钱退回去。

丁零到停车场，等林青萍的宝马车一到，拉开车门到副驾驶位置坐下。

林青萍手在方向盘上拍了拍，转头向丁零一笑："为什么要退，很重要吗?"

林青萍有些迟疑，毕竟新南方的效益不够好，毕竟是郑大滨缺少信义欠债不还，毕竟这是无人知晓的多收款。

丁零长呼一口气，借以调整一下情绪："把本来就属于别人的东西还给别人需要理由吗？我只想问你，一开始，你就跟我说要做品牌，要有信守不变的经营理念，要通过长效管理做出影响力，你是冲这个要我来，我也是冲这个来的，你现在是不是有新的想法了?"

林青萍被他问着了。丁零这样坚决，她能说什么呢，扬手又在方向盘上拍了拍，苦笑了一下："没变，怎么会变，又不是小孩子过家家。好吧，既然本来就是属于别人的，那就退吧。"

催回欠款是有奖金提成的，退郑大滨六万元，意味着张扬的提成相应减少，他肯定不爽。丁零建议催款奖还是按张扬讨回的数字算。

林青萍看他一眼："你别怕他闹情绪，他要找你，你就说是我的意思。再说，催欠款本来就是他的事，他是自己给自己揩屁股。”

殷雪红也这么说过。丁零认为，奖金不过千分之五，不多，按他讨回的实数算，既尊重他的劳动，对进一步催款也是个激励。

林青萍点了头：“也好，你分管财务，我尊重你的意见。我看你挺在意张扬的。他做事有激情，有他的长处，你看不上他，其实他人不坏，山东人嘛，直爽。”

丁零说：“错，我父母都是山东人，我在山东出生，算是地道山东人吧。”

林青萍有点惊异地望着丁零：“你是山东人？你跟张扬是老乡啊！怎么不跟他说，你一说，他准会关照你。”

丁零一笑：“没说他也认我是他兄弟嘛。我在外面从不认老乡的，认什么老乡，跟他认了老乡，天天陪他喝酒，还不如不认。”

林青萍笑了：“是啊，山东人都喝酒的。真的，你不像山东人。”

丁零说：“两片树叶都没有相同的，几千万山东人，怎么会是同一种类型。你看我像哪里人？”

林青萍说：“你的行事风格，有点像上海人。我读研时，有个师哥就是上海人，很精细，从不给便宜让别人占的。随便到哪个同学的住地，都是请到家里聚餐说笑打闹什么的，就是到上海，这师哥顶多接你到餐馆撮一顿，绝不说到他家去玩，都烦他。后来他下海做生意了，最守规则的就是他。该给别人的钱，一分不少，不该给的，一分也不多给。过去同学们讨厌他，现在只要是做生意的，还都愿意和他打交道，都夸他好。你有点儿像上海人，我是说有点儿啊，不完全是。”

丁零说：“我跟张扬完全不同，跟你师哥有点相似，这说明，人与人最大的差异，不是地域，而是观念。”

林青萍摇头笑了：“你，真是个学哲学的。”

第十一章

殷雪红是那种注定要吸引男人目光的女子

1

殷雪红是那种注定要吸引男人目光的女子。

已婚构成的法律屏障，并未能阻止男人追逐的步伐。有些男人的追逐，几近于不计后果或不顾一切。殷雪红既暗自得意又略有不安。

“我可是有丈夫的。”

抵御婚外男人的追逐，她认为，她的回绝是有杀伤力的。

可是事情比她的想象更具杀伤力。这天下午四点五十分，她正忙着收拾桌上的东西准备下班，手机响了。

开始，接听没有声音。她按公司规定，礼貌地说了两次“你好”，仍然无声无息。

她刚准备挂机，另一端才小心翼翼地“喂”了一声，男人的声音。

“雪红小姐吧？”

“你是——”

“我是李老板的部下。

“哪个李老板？”

“年初，我们李老板在天安大酒店的顶层旋转餐厅，参加你们公司的客户答谢会，你们见过的。还记得吗？”

“哦，是吧，答谢会那天来了几百位客户，若招待不周，还请你们李老板原谅。现在，我能帮你做什么吗？”

她笑了。她在公司做营销，见到的和应酬的老板太多了，没业务往来的，还真记不住。她用不置可否的回应与微笑绕开了对方的提问。她的微笑甜甜的，这是公司内外对她的一致印象。很多客户就因为这微笑，点名要跟她做业务。手机另一端似乎迟疑了一会儿。这个李老板，该不会有订单送上门来吧？

“有件事，不知当说不当说？”

“你没说，我怎么知道当说不当说。”

“雪红小姐一听就是个爽快人。好，那我就说。是这样的，我们李老板很喜欢你，自上次见面以后，一直对你念念不忘哩。”

“是吗？我有什么值得你们李老板念念不忘的，过奖了。”

“雪红小姐太谦虚了，我听了都很感动。”

“是吧？”

“绝对是，雪红小姐，我打电话是有一件重要的事想和你商量。”

殷雪红拿着手机，没回应。她等那边接着说话。她明白，对方打电话来，就是要把这件重要的事说出来。

“是这样，我们李……既然雪红小姐爽快，我就直说了，我们李老板想包你——你听我说完，三个月一百万元。”

“什么，包我？当我是谁呀？”

说完，她笑出声来。

那边也笑。笑声停止了，那边说：“雪红小姐一笑，肯定是同意了。”

她的笑声戛然而止：“别开玩笑了，我可是有丈夫的。”

“这不是问题，李老板根本就没打听你有没有丈夫，也不管你有没有，他说这不是问题。”

她一时语塞。原以为她的回应是有杀伤力的，肯定会使对方无地自容。没想到，手机另一端从容镇定，仿佛胸有成竹，反倒让她有些措手不及，不知说什么好了。

很清楚，李老板要的，只是她的肉体，其他的都可以忽略不计。

她有些吃惊，同时也有点儿气愤。她沉默了一会儿，只有把说过的话又重新说了一遍。

“我可是有丈夫的。”

“雪红小姐不用急着表态。这样，我将李老板的手机号发你手机上，你什么时候想好了，可以直接打他手机。”

“那好吧，那就请你们老板耐心等待吧。”

接着她的手机就收到了李老板的手机号。

殷雪红微微一笑。她的微笑无须拉开面部肌肉，而是从眼里，从嘴角，从面部的神情中，含苞欲放似的带着笑意。这种微笑给人的感觉完全是发自内心，亲切友好，充满了善意。

她明白，那些迷恋她的男人，并不真正认识她。她也不打算让他们认识。

2

殷雪红下了班没立刻回家，而是直奔刘莉的家。这个包养电话，给她带来加倍的得意与兴奋，憋在心里太难受了。

追求者像是女人脖子上垂挂的宝石。追求者有多少，宝石就有多少；宝石越多，自然就越显贵、越绚丽夺目。

刘莉是她的好友，她们从小学直到大学都同校。她只有刘莉这一个朋友，从小到大，只有刘莉能接受她的虚荣和撒谎。

刘莉抽烟喝酒骂人，五毒俱全且性情奔放，不像出生于干部家庭和受过高等教育的英语系毕业的女生。和大多数女人一样，刘莉认为男人就应该是大度的、宽容的。不惮于在女人面前吃亏并且不和女人争斗处处让着女人的，这才叫男人。只要她觉得哪个男人不像男人，她会哼哼鼻子鄙视地骂道：白长了一个大鸡巴。她的言谈做派与殷雪红的微笑内敛恰恰相反。偏偏两个性情不同的人，成为好友，深知彼此，私下也互相揭底来开心。

刘莉点燃一支烟，瞥了一眼殷雪红。殷雪红说得这么具体，她还是将信将疑。她知道殷雪红惯于撒谎。

刘莉吐出一个悬空的烟圈："你还真有福，家里拴着一条任劳任怨的忠实狗，外面还有一条挥金送银的大骚狗，一百万元，是真的吗？"

刘莉把头凑过来，用眼睛逼视着殷雪红的眼睛。

"真的，绝对是真的，这回真的没撒谎。"

殷雪红用眼睛迎着刘莉，坚定而自豪地点点头。

刘莉哼了哼鼻子："你能啊，会红脸，会抿着嘴笑，装得跟少女似的，你装吧你。"

殷雪红说："我说了，我有老公。"

刘莉"哈哈"大笑："好，这好！你别马上答应，不能让这个骚狗轻易得手。男人就喜欢得不到的女人，越是得不到，他们追得越紧。有句话，妻不如妾，妾不如偷，偷不如偷不着嘛。吊着，别让他上手。你这德性，男人一靠近，谁受得了哇，我还不了解你。吊着，千万别让他得手，他一得手，你这微笑天使的客户形象就毁了。"

接着，两人边分析边戏谑包养电话的背后动机，编排了几个让骚狗赔了夫人又折兵的伎俩，自娱自乐了一番。

说笑够了，刘莉递给她一本新到的英文美容杂志："回去，让你那忠实狗给你做，保你更漂亮，说不定会涨到两百万元。"

殷雪红把杂志收进包里说："我的臭毛病多，你知道的，不会理他。"

刘莉说："男人都喜欢害羞的女人，多刺激啊。天下女人都张开两条腿，男人受得了吗，鸡巴肯定蔫成了软皮糖。"

说到软皮糖，刘莉仿佛看到了似的，放声狂笑起来，笑过又说："男人为了保住主宰世界的地位，他们教唆女人以羞耻内敛守护自身，以穿着打扮取悦异性，这就在观念上紧紧缚住了女人的手脚，把女人的一生都套牢了。这叫什么，男人的阴谋与圈套！你行啊，钻在圈套里游刃有余。你真会装，婚都结了，男人的什么没见过，说起话来还羞羞的红脸，像刚上市的苹果。男人都贱，就好这一口。"

说完，又"哈哈"狂笑起来。

3

殷雪红眼皮下方，有道很小的不易觉察的细纹，一直是她的纠结与隐痛。若是额头还可以用头发遮蔽，眼皮下则避无可避。照镜子的时候，看着就不爽。

刘莉推荐的美容杂志，有治愈新方法，先用土豆泥敷在上面，同时睡前吃一个西红柿。简单环保实用，与丁零的美容观如出一辙。

这个方法打动她的是，好莱坞的辛迪·克劳馥与克莉丝汀·阿奎莱拉两位巨星，每天都用，效果良好，现在披露出来，太好了。

这个方法，跟丁零的说法相通，人体需要的营养在植物中全有。

回到家里，她只是把那本英文杂志扔在茶几上。丁零已经将饭菜全端上桌。

吃完饭，殷雪红躺在沙发上看韩剧。

丁零翻开杂志折叠的一页，一看就明白，他的新任务来了。

家里土豆和西红柿都有。

殷雪红说："留美的同学，给我寄的杂志。好不好?"

丁零看了看配方："这个好，我早就说过，地里长的东西最好，跟我的想法接近。"

丁零问她："西红柿你是想切片吃还是榨汁喝?"

没等殷雪红回答，他又说："这样吧，还是我来打汁，省得你每天还要剥皮挺麻烦的。我打出来你当水喝。早上出门和晚上临睡前喝上一杯，你看好不好?"

殷雪红盯着电视，"嗯"了一声。这事就算定下来了。

她吃过晚饭，把碗筷一丢，不是看电视，就是上网。临睡前，贴黄瓜片和敷土豆泥，喝西红柿汁，她只须躺在床上，全由丁零打理与伺候。

丁零对殷雪红的爱是非理性的。没有道理，没有功利。只要看到她，看到她脸微红，抿嘴而羞赧的笑，他就觉得幸福和享受。什么都不用说了。

4

丁零在新南方，三四个月过去，真正让大家羡慕和刮目相看，也是因为殷雪红。

这天双休。初夏过去，盛暑莅临，殷雪红打开满满的衣柜，感叹没衣服穿了。去商场，丁零绝对全陪，从恋爱起就这样。何况这几天她情绪不佳。上周她经营多年的一个大客户换工作了，接任的人把订单转投到别的公司，她的业绩大受影响。凡大订单的流失，公司发觉是要追责的。

她心情有些烦。丁零投其所好，提议去买新衣服。女人心烦，到商场购物是最便捷的宣泄通道。

殷雪红点头："你提得对，越是不顺，越是要穿好一点，让自己有个好心情。"

女人就这样，任何问题，都会转换成穿衣或容貌问题。丁零的一个表姐，经商多年，有次惹了官司，被判赔五十万元。拿着法院的传票，她站在镜子前发呆。老公安慰她不要害怕，她说我不是怕，我是在考虑穿什么衣服去。很多男人就是再活几辈子，也不明白穿衣和过堂，有什么特别的关联与意义。

丁零明白。想殷雪红之所想，是他下意识的自觉，根本不用特意地揣摩或逢迎；关切的念头会不经意地冒出，就像太阳每天早上升起一样自然。

殷雪红要去新世纪商厦。新世纪是全市的高档店，同样的东西，这里比其他店都贵。

殷雪红每天回家必定叫累，坐下就不会再动。逛商店购衣服，三四个小时过去，她的情绪仍然饱满。今天巧了，一进女性时装区，她一下就看中一款套裙，标价六千元。她试了试，镜中的她风姿翩跹，抿嘴一笑更是千娇百媚。一旁的购物小姐都叫好。

她动心了。可是，有点贵。

丁零总是放纵她的高兴，朝她使眼色，意思是“你看中就买”。她在犹豫。旁边有个女人走到殷雪红身边，低声耳语告诉她，商厦大门右侧有个店铺，今天做活动，一样的衣服，只要一千三百元。

啊?! 殷雪红拉着丁零赶去。真是! 牌子、样式和颜色，全一样。一千三百元搞定。还有抽奖活动，她抽到两瓶新品防晒霜。

领防晒霜的人很多，一条弯曲的长队。

丁零心存畏惧，劝殷雪红算了，这种白送的东西没好的，跟岳会计买的便宜肉包子没区别。

殷雪红捡大便宜买了件好衣服，心情不错，用手指了指远处的休闲椅："你去歇会儿，我来吧。"

丁零的意思还是自己排。殷雪红大赦似的挥挥手："去去，叫你去就去。"

商厦外的人行道上，有漆着木纹的铁靠椅。丁零呆望着人来车往，后悔出门没带本书。

有人从侧面拍他的肩。他一看，是张扬。

5

张扬身边站着的，是他即将高考的儿子。

自从定下休闲催款计划，一连几个双休，他分批陪客户，不是钓鱼就是打牌，不是喝酒就是洗脚，催回了好几笔欠款。

这个双休没安排，他特意带儿子出来买双名牌球鞋。实际上，他此行的目的是劝儿子改换报考的专业。

张扬看到丁零，一下子想到挽救儿子的办法。他把儿子拉到丁零面前。

"这是我常跟你说的丁叔叔，他读书最棒，在大学当过老师，快，喊丁叔。"

"丁——叔。"

儿子有些不情愿吐出"丁叔"两个字。儿子进入高三以来在家里脾气特大。夜里复习，他妈陪着伺候，一会儿削苹果，一会儿热牛奶。结果儿子说，妈，你表面上是关心我，实际上是来监视我，看我在屋里是不是在学习。说得他妈背着身子掉眼泪。张扬说："我现在是深有体会，现在全中国最辛苦的人是谁？就是高中生。特别是高三学生，早上六点起床，上午上课，中午吃了饭就上自习，下午接着上课，吃了晚饭又上自习到九点回家，回家后开始做五花八门的试题，经常做到晚上十二点以后。算算，一天休息时间不到六个小时，这不虐待嘛！有时候心里烦，真想给咱们的总书记写封信。"

丁零看了他儿子一眼，跟张扬一样高，身子却单薄，站立时像竹竿，脸比张扬小一号，清瘦，下巴尖尖的，一副眼镜工整地架在鼻梁上。父子俩其实挺像的，就有一些小差别，显出了文野。儿子像个用功的读书人。

丁零有些爱怜地向他点点头。

张扬就势坐到丁零身边，一只手搭在他肩上："太巧了，今天碰上了你。正好，我儿子要填报高考志愿，你给参谋参谋吧。"

丁零有些不太明白，他能做什么参谋。

张扬朝他使个眼色，脸上是"你顺着我的话说就是了"的表情。他指了下站着的儿子，大声跟丁零说："你看现在是市场经济，什么金融啦、计算机啦、法律啦，都是热门，还有生物啦、材料啦、化学啦，出国最受欢迎，多好的专业！可是，我儿子偏偏不喜欢。他想报的专业，人人听了摇头。为了说服他，他妈妈就差没给他下跪。可是没用，丁副总，你在大学教过书的，你来开导开导他。"

丁零一笑："你说了这半天，他究竟想报什么专业？"

张扬的眉毛拧到一起："嗨，说给你听，你肯定觉得不可思议。儿子，把你那专业说给丁叔听听，让他来评价评价。他说话，我不插嘴行吧？”

儿子长得像张扬，性格则完全不像，腼腆还内向，看见生人不点头也不说话。

丁零笑笑，望着他问：“你想读什么专业，是不是很冷门啊，基础物理学？不是，那是数学？”

儿子有点生气似的看了丁零一眼：“我是学文科的，我要读哲学！”

6

哲学？好长时间，丁零没听人说过这两个字。

这个刚成年的高中生，居然要将青春献给哲学。丁零既意外又新奇。虽然还不明白这孩子为什么要学哲学，他的双眼像被点燃的煤气灶一样，闪出炽热的火焰。

丁零很认真地看了张扬儿子一眼，又看看黯然神伤的张扬，说：“张总，选专业跟兴趣相关，他要真有兴趣，哲学是有大用的。哲学是可以使人聪明智慧的专业，提升素养的专业。你刚才说出国留学，实际上，西方大学里，最高学位称之为 PhD（Doctor of Philosophy），翻译成中文，应该是哲学博士。就是说，不论学的是物理化学，还是生物计算机，达到最高水平，就统统归结为哲学。所以物理博士就是物理哲学博士，化学博士就是化学哲学博士，生物博士就是生物哲学博士，计算机博士就是计算机哲学博士。对西方学人来说，哲学是最高境界的学问，终生受用。”

张扬黯然神伤。他摊开双手，像是碰到烫手的锅盖似的抖着手掌：“我的丁副总，你别拿我开心了，这可不是小事哦。小孩懂什么，他的兴趣就是一时冲动。你说学哲学有什么用，报纸上都登了新闻，不好找工作的十大专业，第一就是哲学系。最难找工作的专业，毕业了上哪儿找工作去？莫说找不到工作，恐怕连老婆都找不到的，你说哪个女孩子要学哲学的，你说是不是，丁副总？”

他急得眼泪都要掉下来，却把丁零说笑了。

丁零听过很多人鄙薄哲学。他就因为受不了校长的鄙薄丢了教职。可是鄙薄学哲学的连老婆都找不到，还是头一回听说。

殷雪红拎着刚领到的防晒霜娉婷地走过来了。他发觉张扬父子的目光都投向了她。

丁零忍不住大笑起来，一直笑得像筛子似的打抖。

张扬被他笑糊涂了，一副“我有那么可笑吗”的表情。他儿子也不明就里。父子俩都有些尴尬地望着大笑不止的他。

张扬忍不住问：“你笑什么？”

丁零收住笑：“我就是学哲学的。说什么都可以的，怎么能说学哲学的找不到老婆呢？”

张扬发愣。他愣睁着的眼睛，仍然会无意识地扫一眼殷雪红。他可能有点不明白，这个体态娉婷与笑容羞怯的女子，她是在向谁走过来呢？她的微笑是献给谁的呢？

殷雪红来得正是时候。她今天光彩照人。橘红衬衫紧绷着坚挺饱满的胸脯，蓝色的牛仔凸显弧月般的圆臀，身后束起的长发，随着步履轻轻摇晃，最妙的，是她抿嘴含羞的笑容。内敛里释放着开朗，飘逸中带着几分纯情，性感而不失节制。

张扬父子都有点忍不住，偶尔看一眼，再挪开目光，挪开一会儿，又看一眼。

丁零站起来了。他搂住走到跟前的殷雪红。

“这就是我老婆，雪红，这是我跟你说过的张总，这是他读高中的儿子。”

父子俩都呆住了。

殷雪红抿嘴微笑着向父子俩点点头。

因为业绩下滑而闷闷不乐的殷雪红，出来购物一趟，收获丰厚，一时心情大好。

丁零也高兴，心想怪不得很多女人心情不爽就疯狂购物哩。天下的道理都相通，天下的女性很相似。

7

殷雪红心情好了。抿着嘴，难得地在家中有了笑意。丁零最喜欢看她抿着嘴笑的样子，百看不厌。

女人就这样，买了中意的衣服，因为漂亮受到关注，所有的烦忧都烟消云散。

丁零暗自得意。在殷雪红烦乱的时候，他不失时机地建议购物，提前释放了会在家中爆发的歇斯底里。

回到家里，放下购物袋，丁零不失时机拥抱着她打开了音响。

音响里传出她喜欢的萨可斯舞曲《回家》。他提议跳一段舞。他很快褪去自己的衣服，裸着身子褪下她的衣服。

在她还没弄明白他要干什么时，他已经一手扶着她的腰肢，一手抚着她微微上挺的饱满而细腻的丰臀，轻轻地引导着她，随着舞曲旋转起来。

音响像柔软的抚摸。他们裸身相拥。他双臂环着她的腰，她双手套着他的脖子。两个燃烧的身子，贴得紧紧的，像一个人似的移动。两人以前都没跳过裸体舞。他的眸子，湿润而明亮，看着她。

“好吗?”

“很好。像进入了仙境，像飘浮在云中，像在云中漫步。”

事先没有任何准备，完全是即兴的，猝不及防，情绪像速溶咖啡一样快速地弥漫。

莫名降临的冲动与好奇，让他们有点控制不住自己。

丁零亢奋起来，动作前所未有的莽撞。他全身紧贴着她，几乎是顶着或扳着她的身子前进与后退。殷雪红也前所未有的温顺柔和。她目光迷离，两眼像是雾气中晕黄的灯，蒙眬而痴情。

她的身子，一下子就变得温润而潮湿，绵软又无力地偎着他。要不是双臂交叉着搂住丁零的颈部，身子紧贴着身子，她几乎不能自持。

她紧紧地搂着他，双眼闭着，怎么都不动了。

“怎么啦?”他收住差点踩住她的脚，轻轻地吻了她的耳郭，然后轻声地问。

她紧闭双眼：“我……我动不了。”

她的双腿，不安地扭动着。

她右手从他的脖子上放下，“啪啪”地抽了他屁股两巴掌。他下意识地“哎哟”一叫，她又用手拧他的屁股。

他明白了，双掌用力托起她的丰臀，让她的腿张开盘住他的腰。他与她完全融为一体。她双臂趴在他肩膀上，紧紧搂住他的脖子，让身体的重量分解到他的双肩上。就这样，他抱着她，与音乐一起轻舞。

最后，两人醉了似的倒在床上。殷雪红脸微微一红，娇嗔道：“你这个流氓!”

丁零笑了：“难得听你夸奖。”

8

城市临近长江的中游。盛夏的江风，经过烈日的暴晒，像从炉火中释放出来，热乎乎的。

一支冰激凌的空纸杯在地上打滚。丁零关好车门，跟着紧跑几步捉住空纸杯。他走进新南方，扔入门侧的垃圾桶。

进了新南方，身子才凉爽下来。整个上午，他发现人们的眼神有一点点异样，不明白是怎么回事。

中午，在食堂吃饭，他端着菜盘，看到陈汉生和几个主管的桌边有空位，就坐下了。

主管陈汉生朝其他几个人挤了挤眼睛，咳了一声："听说丁副总老婆很漂亮哦，张总形容像没进洞房的新娘子，说得我们都坐立不安哩。"

人们的笑声与神态，满是羡慕与折服。

他娶了一个漂亮的老婆，令别人刮目相看。张扬的儿子，也找到了反驳他爸的证据，说什么学哲学的连老婆都找不到，屁话！噎得张扬灰头土脸的。

男人要赢得世俗名声，要么升官发财，要么老婆漂亮。两样占一，就能笑傲江湖。因为殷雪红的姿色，赢得了尊重与称道，丁零有点哭笑不得。

他自以为得意、自以为很有价值的观念传播，没能听到同等热烈的赞许。

大兴土木的厚湖新城，随处可见高脚杯一样的钢架长吊。平伸的吊臂顶端，垂挂的拉钩，像一个巨大的问号悬在空中。

丁零望着空中的问号发愣。

遇到难题时，他的习惯是，一个人安静地坐在屋子里发愣。

他想到，哲人苏格拉底说过，支持或反对的人数多少，并不是正确与否的判断指标，要看支持或反对的道理是否充分，是否正确，这才是关键。苏格拉底本人，就是由多数陪审员的投票被判了死刑。

发了一会儿愣，他想好了，继续做好自己，不必气馁。

第十二章

郑大滨看到丁零递给他的退款支票，不相信是真的

1

郑大滨看到丁零递给他的退款支票，不相信是真的。

他圆瞪着双眼，一动不动地盯着丁零，好一会儿，两片嘴唇像运行失控的筛子，胡乱地抖动起来，抖了一会儿才恢复正常。

“你……你真是一个高尚的人，一个诚信的人，一个不贪

小利的人，一个宽容大度的人，一个既做生意又讲德性的人。你太伟大了！我没见过这样的人。一笔我不可能知道的款子，你主动退给我。你看看，我该怎么谢你呢？你坐，坐，你坐。”

郑大滨虽然在大学时做过辩手，但说到后面也快语无伦次了。

与上次来不同，丁零这次是自己开车到江南来办事，顺便送来支票。他没坐。他递上支票就转身往门外走：“没什么，这是你的钱，原本就应该是你的。我是顺路过来的，还得去办点事，不坐了。”

郑大滨不知怎么办才好似的搓搓手：“怎么能说没什么呢？这钱你不给，我永远不可能发现。这年头，做这样的事情，我敢说，全世界都难找。这年头，为了钱，什么下作的事情都有人做，你还说没什么！我知道你不喝酒，也不喜欢在外面吃吃喝喝的，叫我怎么谢你才好呢？”

丁零推开他来拉的手：“什么也不用说，我只是把原本是你的东西给你，就和我找你要回原本是新南方的东西一样，真的没什么。”

郑大滨立马想到上次赶走他的一幕，尴尬了片刻。他甩开让人尴尬的念头，努力露出若无其事的笑来：“你越这样说，我越觉得你伟大！因为你不仅做了，而且还这么低调，这么谦虚，你越这样，越发使我渺小得无地自容！”

郑大滨用调侃的方式，不露痕迹地自我检讨。

丁零一笑："不是我越这样，我一直是这样。我一点没变，你在变。你一变，我倒不适应了。"

郑大滨愣了一下，也一笑："你大人不计小人过。过去是我不对，我向你道歉行了吧。道完歉，我还是要说，你的行为真的很让我感动。要说我变了，也可以，那是在你高尚行为的感召下变的。说吧，我该怎么感谢你。"

郑大滨的眼睛有些潮湿。他动了真情。

丁零摇摇头："不用谢，真的不用。该给你的都给了，我该走了。"

郑大滨送到大门外，临别时拉着丁零的手："有句话，我一直没说，张扬那小子，看上去是个爽快人，其实最狡猾。你防着他点，你玩不过他，绝对玩不过。他这人，我最清楚，他走到哪都以山东人自居，以大炮自居，其实这家伙根本就不是大炮，他名堂多着呢。这话一般人我不会说，我只跟你说。好歹他跟我还是朋友，他待我不差，当然我对他也不薄。"

丁零打开车门，握了他的手："我到新南方，林总交代的任务，就是抓管理和财务，大家都按规章办事，奖罚一视同仁。有句话，还得说明，这退钱的事，张扬也是知道的，我只是来履行手续而已。这不是个人行为，不是一个人的战斗。"

郑大滨被他说笑了："我知道，我知道，你越解释我越清楚。你放心，我不会让你为难。算了，不说这个，他要是问我，我知道怎么回答，你放心好了。"

道别前，郑大滨再次紧紧握住他的手，似乎沉思了一会儿，说："有句话我撂这儿，我一个表哥办了所私立中学，小有名气。他特别看重语文，觉得人文精神要从中学开始重点培养，他就想打破常规教育模式，做出一个新的样板。一般认为语文老师最好找，他觉得最难找的就是语文老师。这个观点与你倒是很接近，他要的是那种有想法、有能力的语文老师。我觉得你挺合适的。你哪天想着重操旧业，招呼一声，我全力举荐！"

丁零有点动心，"嗨"了一声说："你怎么不早说？我到新南方才几个月，不能辜负林青萍的重托嘛。你说的事，半年前我跑断腿也没找到。不过，没到新南方也不会见着你。行，我记住了。"

2

丁零不想瞒天过海，给郑大滨送钱的事，他告诉了张扬。

张扬坐在圆弧形大班桌后面，什么也没说，只是看着丁零。丁零从他脸上看出，他已经知道了。他似乎还想让丁零从他的表情中看到，只要不影响提成就行，怎么做都与他无关。

这一切，他不想直接说出来，只是用目光来传递。当他发现丁零看懂了他的意思时，不禁有点得意地笑了。

他不开口，丁零坐着就有点尴尬。

丁零打算走。是起身就走，还是说几句话再走。起身就走像是在赌气，若是说几句话再走，说什么好呢？他没想好，一下子僵住了。

陈汉生主管进来了。他的到来，打破了办公室的僵持。

陈汉生的母亲病了。一只空瓶子从三楼掉下，虽然没砸到她，但从她面前落下，吓得她退后一步时出了事。她踩到路边的沟坎，踏空了，腿摔成骨折。拍了片子，医生说要做手术，当然也可保守疗法，只是以后走路就不灵活了。

张扬急问扔瓶子的人找到没有。

陈汉生叹口气："好不容易找到，找到跟没找到一样。"

扔空瓶子的是个进城农民工的孩子。一家四口人租住三居室中的一个单间，家里像是收破烂的，根本没钱，打死他也拿不出钱来。医生说手术费至少一万元。他原本十月结婚，现在都不知怎么跟女朋友交代。他妈说不治了，是怕治病把攒着结婚的钱给花了。他也不知这手术是做好还是不做好。

张扬立即板起脸来，用手指着陈汉生："怎么能不做，你说的是人话嘛！这是你妈，生你养你的妈！我说实话，我在家里就是孝子，我最看不惯那些不孝顺的人。一个人要是连自己的爹妈都不孝顺，就不配做人！你说你妈要是不做手术，落下终身残废，你对得起你妈吗？怎么能不做呢，一定要做，砸锅卖铁也要做！我来给你想办法。"

张扬义正词严，训得他惭愧难当。

他脸红了，惭愧地低着头，等他抬起头时，已是两眼含泪。他用手臂抹了一把才止住了泪水涌流。

丁零中午悄悄到陈汉生住的那个小区去了。他举着块木板，木板上写着呼吁援助与捐赠的原因。他向一切停下脚步张望的路人讲述陈汉生妈妈的经历。

来去匆匆的路人，多数是放慢步子扫了一眼，然后过而不留地扬长而去。偶尔有人在木板前站住，看了看上面的文字，听他讲了经过，没说什么，也扬长而去了。

他又悄悄地返回。

3

丁零知道陈汉生的经历与家境。一个人只身从乡村到省城，家里有上学的一弟一妹，都靠他补贴。因为母亲身体不好，他特意带她来休养一段时间。哪知母亲闲不住，想出去找点事做，结果一出门就摔了个骨折。他现在哪有钱治病，只有将结婚往后拖一拖。给女朋友打电话说这事，哪知女朋友很通情达理，立马就同意了。女朋友越这样，他越难过，骂自己无能。女朋友倒来安慰他，说着说着，他眼泪都流下来了。

张扬说："看他掉眼泪，我也难受。我这人，不怕硬的，就心软。别人掉泪，我就跟着难受。丁副总，我看这样，跟员工们说说，为陈主管发动一次捐款，你看怎么样?"

陈汉生连连摇头："张总，算了吧，何必麻烦大家。"

张扬推陈汉生，一直把他推出了门："你走你走，我在跟丁副总说话，跟你没关系。"

丁零赞同张扬的建议，发动员工捐款救急。

张扬大手一挥："我看就这么定了。现在林总不在这儿，你我都表态了，我看她也不会有意见。这事拖不得，人命关天，先跟岳会计说说，让她从工资里扣，一人先扣两百元，先救急，谁也不会有意见。"

说着就把岳会计和主管都喊进来了。

丁零拉张扬到一边小声说："你同意我同意，不等于大家都同意。捐献的前提和原则，是自愿，充分自愿。我看还是先出个告示，再在店内员工的专用通道设个捐献箱，愿意捐的就自投，愿意从工资里扣的，可以登记。"

张扬"哈哈"笑了："你想太多了。这种事，还有谁会不捐？我来问问大家，你，你，还有你，你捐吗？捐吗？你看看，你看看，都在点头哩，就你丁副总没点头，不会是你不捐吧？"

丁零说："我捐，我肯定会捐。我的意思是，在没有征得每位员工同意之前，从工资里扣，不合捐款自愿的原则。"

张扬有点不高兴了，脸像无法开启的显示屏全黑下来，声音也有些失控："怎么就没原则了？你烦不烦人！什么叫原则？就你懂原则！"

丁零仍然用平静的声音说："所谓捐款，就是要自愿。不自愿，就不叫捐了。"

也许是丁零平静而坚持的态度，使张扬稍稍冷静了一点。张扬瞪着眼，看着丁零，胸脯因呼吸的粗重而起伏不定。他不说话，就瞪着眼。丁零不看他，也不说话。两人僵住了。

岳会计很小心地插话说："我看没人会不同意的。陈主管为人还不错的，有困难，大家都会捐的。"

张扬嘴角泛出得意，扫视了一眼周围："从工资奖金里扣，不同意的，有意见的，就举手。"

有人表态："从工资奖金里扣，还省事一些。"

其余的也纷纷附和："是的是的，省事些。"

没有人举手。

张扬接着说："这样吧，尊重丁副总的建议，各位主管回去问问管辖的员工，问问他们对扣款的意见，下班前将名单交给岳会计，明天由岳会计将扣款交给陈主管。"

下午下班前，都报到岳会计这儿了，没一个人不同意扣款。

张扬用大获全胜的眼神看着丁零，一副"我没错吧"的得意表情。

丁零说："大家同意了，再扣就对了。没征得同意，就有一个程序问题。"

张扬说："程序问题？跟你说，什么问题都没有。问题就在你那儿，我说扣款，你绕弯子讲程序。我都弄不明白，你哪来那么多的意见，你的目的是什么？"

丁零一笑："你现在走了程序，我的目的达到了，我已经没意见了。"

4

曹刚听了丁零的劝，重返汉长街鞋城开了店。

新开的店，告别假冒伪劣，专售品牌鞋。他请丁零参加他的开业典礼，同时还让丁零把丛小林请来。

曹刚想让全市更多的人知道，深藏在汉长街鞋类大市场里，新开了一个品牌店。

丁零去了。他特意将曹刚拉到一边说："我的话你一定要记住，别说你这个小店，就是实力超强扬名天下的外企，只要不诚信，也一样在劫难逃。跟你说，1993 年中国的果汁加工厂到德国引进一条山楂生产线，引进之后才知上当了。加工苹果可以，加工山楂，过滤网根本不合适，结果那年收购的山楂全烂掉了。两年后，这家德国公司因为不诚信倒闭了，公司的董事长特地到中国来道歉，可是为时已晚。我的意思就是，你既然打出了品牌的旗号，就是一条不归路。记住，诚信是可以通行世界的最大品牌，是长久的红利；选择了这条路，就绝不能搞欺蒙伪劣一类的营销，绝不能为一时的火爆自毁形象。"

曹刚跌倒后能爬起来，丛小林觉得意外。她说意外就是新闻。她来采写了后续报道，称曹刚此番坚守品牌销售的选择，是痛定思痛，是经历了炼狱之后的浴火重生。

曹刚跟丁零说："她写得好，向全市人民公开了曹刚的新选择，给我扬了名，也彻底断了我后退的念头。我会做好，放心，会有好消息的，我相信。”

5

林青萍带着美味面食馆的肉包子回家那天，进家换装后才发现包子还在副驾驶座上。肉包子是张扬让岳会计特意给她留的。

她想到李洪川正在接孩子回家的路上，就打电话叫李洪川回来时，记得把包子拿回家。结果李洪川也忘了。第二天早上她做早餐时才想到车上的包子，再下去取时，包子都有馊味了。

事后想起来，李洪川的忘记，无意中躲过一劫。躲过一劫，却没躲过一轮争吵。

黑馅肉包事件败露之后，李洪川得意地为自己辩护：“幸亏我忘了，不然吃下去就惨啰，你得谢谢我的英明。”

林青萍嚯了一声：“怎么会变成谢谢你了？要谢，也得谢人家丁零啊。听他的，没弄清的便宜，再好也不要，这是自觉的防范意识，是可持续的防范意识。不是像你，瞎猫碰见死老鼠的侥幸。你有什么好得意的？我的新南方，目标是做品牌超市，做品牌，就要选用丁零这种人，不像你那个公司，什么都你一手遮天，跟山大王似的。什么是差距？这就是差距！”

李洪川用很怀疑的目光，盯着她看了好一会儿：“看你，谈到丁零眼睛都放光，让你着迷了吧？”

“你放屁！你无聊！”

林青萍怒斥着，下意识地走到了门口，又下意识地拉开了门。本来是做一个生气的样子，李洪川也没拦她。她把门拉开愣了一下，将错就错地拂袖出了门。

下楼发动了车子，她都不知往哪儿去。

想了想，平静了一下心情，在车上拨了崔仁杰的电话。

“你好——”

两个字，后面没了。

“你好我是崔仁杰请问你是找我吗？”这是林青萍熟悉与欣赏的口吻。没有了。

林青萍像等另一只鞋落地那样等了一会儿，仍没等到曾经的熟悉与欣赏，就一笑：“怎么，两个月没联系，变成浓缩版了。”

一个多月前，崔仁杰老婆从国外回来度假，他和林青萍便短暂地没联系。他老婆早就想海归，无奈女儿在中国读了两年小学然后去美国读到小学毕业后，宁死不肯再回国读书，只要提到回中国上学就浑身发抖。老婆只有陪着。老婆一走，崔仁杰约了几次林青萍，林青萍推说有事没去。

“哦是你呀，对不起对不起，我没看号就接了。嗨，早浓缩了，见面再说。我正要找你呢，你在哪？能不能来一下我家。”

他有点想林青萍了。他老婆不是没姿色，个子高挑称得上亭亭玉立，可偏偏他喜欢林青萍这样小巧玲珑的。当年林青萍被李洪川追得紧，傍晚悄然现身的白色凌志，是女生宿舍楼下一景。崔仁杰看情况不妙，主动退出，忍痛收了心猿意马的念想。

婚后的一次同学聚会，促成了他与林青萍的旧情复燃。

6

一进门，崔仁杰迎上来，像久别的小夫妻似的，急不可耐地紧搂住她。

她说："哎，你怎么接电话改了……"嘴被崔仁杰的激吻给封住了。

他的吻，是近于疯狂的激吻，从上而下。激吻和抚弄并举。

终于，她有点把持不住了。

不过十分钟，他呼吸就急促起来，"哦哦哦"地浑身抽搐起来，叫了几声，立马就一泄如注。随后，他的呼吸和抽搐才停下来。

他们谈话聊天，有如知音。到了床上，情相投，性却不合。

他自嘲地笑笑，嘟哝着说了声"对不起"。

性事于男人，也算体力活。他没李洪川生猛。

没办法。这道理就和古人说的鱼和熊掌不可兼得一样。她在心里暗自笑笑。

接下来，他们躺在床上安静地聊天。切入林青萍想要的正题，谈新南方的事情。还是她说，崔仁杰听。

许久未见，林青萍憋了很多话，从丁零首次外出讨债的一连串遭遇，到给的士司机送钱；从买肉包子的前前后后，到零售举措和餐饮报销新规的流产；从送还郑大滨多余款子再到他与张扬因观念差异引起的不和，像讲故事似的，绘声绘色。

崔仁杰下午要到律师所去见一个申诉人。可他并不催促。他认真地听，不打断她，不看钟表，只是专注地看着她，不时“嗯”一声，或点点头，或笑笑，以回应她的抑扬顿挫与情绪。

他就是这样的善解女人意。论这，十个李洪川也比不了。

直到她讲完，崔仁杰才开口说话。

他说：“我相信你说的都是事实，我也知道你不喜欢张扬。但是，我要提醒你的是，至少目前，丁零代替不了张扬。对丁零的一些想法和做法，你还不能不加选择地全盘接受。我觉得，他的零售举措，你只是选取苹果尝试一下，你是对的。”

林青萍枕在他的手臂上点点头。他的观点似乎也有点儿改变，过去谈到丁零，他一直是赞许的。

崔仁杰聪明过人，马上意识到她的反应，接着说：“是的，我的看法稍有点改变。目前，至少目前，张扬在新南方的作用，比丁零可能要大。你现在最大的任务是什么？就是坚守！可以不盈利但绝不能亏本。只有这样，你才能坚守住新南方，守到厚湖新城五十万白领之家全进来了，你这个捷足先登的新南方就咸鱼翻身了！在我看来，目前，能帮你完成坚守任务的，应该是张扬。你看看，不管是团购，还是讨欠款，丁零处处受阻，张扬一出马就有了。丁零的用处，我以为在未来，丁零是面向未来的，他是新南方未来发展需要的人才。”

林青萍点点头：“你的分析可能有些道理。可我还是有点儿担心。张扬靠一帮吃吃喝喝的狐朋狗友打天下，我担心，他的粗制滥造，很容易把新南方的名声搞坏，把店风搞坏。我最担心的是这个，把坯子搞坏了，再改，可能比重开还难！你明白我的意思吗？”

崔仁杰说：“明白，我怎么能不明白。不明白你的意思，还是崔仁杰吗？你说得有道理，这两个副总，一个不利于现在，一个不利于将来，这两个人，就跟鱼和熊掌似的。”

鱼和熊掌？林青萍一下子想到刚才用这句话比较两个男人的性事，忍不住笑起来。

崔仁杰睁着不解的双眼，一副“我说错了吗”的表情。

没见她回答。崔仁杰看她笑得有点暧昧，坐起来，莫名地看刚拉上的裤子拉链，没发现什么异常，就问：“你，是在笑我吗？”

林青萍看他一头雾水的懵样，不免爆笑起来。

笑过之后，她觉得不妥，就没话找话说：“跟你说个可笑的事，新南方的男人们，一直不看好丁零，觉得他来了以后，没一件事情做成功了，结果，张扬看到他老婆，说是又年轻又性感，一下子全服了。男人就看重这个。我听他说过他老婆，比他小十二岁。小太多了，也不好。”

崔仁杰饶有兴致地长哦了一声，情绪莫名地亢奋起来，接着，妙论像从抽水机管冲出的水流一样，从大嘴里喷涌而出——

“是有些人跟你想法相似，认为夫妻年龄相差十岁以上不好。这种观点我完全不能同意。我个人觉得，有年龄悬殊的婚姻是最好的婚姻。从男女生理角度看，我以为，人一生的婚姻，可以有三次，也就是说，可以分为三个阶段。”

他竖起三个指头，发现林青萍的表情很专注。他得意了，收回手再伸出一根食指：“丁零是男的，先从男人角度说吧。第一阶段，作为男人，二十岁左右，性功能异常旺盛，但行为莽莽撞撞，在情爱上就像一个刚刚从母亲怀里断奶的孩子，最好是找一个三十五岁左右的女人。从性生理的角度说，这两个年龄段的男人和女人都在最凶猛的时节。而且，三十五岁左右的女人也会特别疼爱小男人，二十多岁的男子正好不是很成熟，也会从三十五岁左右的女人那儿得到呵护和启蒙。年轻男子和中年女人相配，这是一。第二——”

他再次停顿了一下，看了看林青萍专注的表情。他伸出食指与中指：“第二阶段，男人到了四十多岁的时候，他们应该与二十多岁的女子相配。中年男子事业到了最成熟时期，财力茂盛，洞明世事，善解人意，不再像年轻时那样过分地争强好胜，开始有了足够的包容心。中年男人，最懂得疼爱二十多岁的女子。而年轻的女子情窦初开，大多任性娇气，与她年龄相仿的小伙子正是年轻气盛不谙世事，毛手毛脚的愣头青；同等年轻的男女，遇事容易互不相让，逞能使气；怀着爱情甜梦的少女在愣头青那里很容易受伤，很容易引发对婚姻的失望。而中年的男人和年轻的女子，这两个年龄段在性能力上也较为般配，一个成熟一个羞涩，都不是处于最凶猛但又都是最含蓄的时候，会很稳定。你把男人的第二与第一互换，就是女子的第一与第二。再是第三——”

他又停顿了一下，再次确认林青萍在认真听。他伸出食指、中指、无名指：“到了第三阶段，男人与女人到六十多岁，都要进入老年了，都到了相濡以沫、白头牵手的年龄，他们一起步入执子之手、与子偕老的晚年境界，走完最后的人生。这就是我的男女生理与婚姻的三阶段论。这三个阶段中，男女都会有一段时间的轮空，会让他们短暂地重温单身生活的放纵和清冷。当然，我说的是一般和普遍情况。至于特别的人，像八九十岁老头儿找如花似玉的少女，或老妇娶小伙，则另当别论。”

他闭了大嘴，得意地等候林青萍的回应或赞叹。

林青萍心里已经赞叹了。这一番怪论充满了惊世骇俗的叛逆，确实闻所未闻，新奇有趣。

但她今天不想纵容崔仁杰的得意。她不动声色，只是淡淡一笑：“照你这么说，殷雪红处于女人的第一阶段，丁零处于男人的第二阶段，是吧？”说完，她指指窗外街头携手散步的一对老年夫妇，“他们，是人生的第三阶段，是吧？”

崔仁杰点点头，等着听赞叹。

林青萍却收了话头：“你要是见着丁零，千万别跟他说这个。他可是死心塌地要跟殷雪红过一辈子的。”

崔仁杰说：“那是那是。”

林青萍又岔开说：“算了，不说这个。你还没告诉我哩，你接电话怎么变浓缩了。”

崔仁杰先是在床上被无辜地笑场，下床后的妙论也没引起赞扬，不免有些扫兴。

他不大高兴地摇摇头：“没什么可说的。很多人不习惯，有的说我酸，有的笑我作秀，还有的骂我在炫海归。改了挺好，没人觉得不妥，就你追着问这个。”

崔仁杰的解释与口气，似乎有些沮丧，不像刚回国时那样充盈与自信。

林青萍有种说不出的失望。

第十三章

陈红霞从香港进货回来，约林青萍到思念咖啡屋谈事

1

陈红霞从香港进货回来，约林青萍到思念咖啡屋谈事。

盛夏，又是中午，林青萍不知是否和珠宝价格有关，立马就去了。

除了变本加厉地玩弄小帅哥之外，陈红霞最知心的朋友就

是林青萍。

陈红霞性格急躁，好发脾气，尤其是跟老公离婚后，乖戾无常。亲友都怕她，她也认为亲友都盯着她有钱，老死不相往来。她称自己六亲不认，就认林青萍这个好姐妹。

林青萍一笑，没点头也没摇头。她心里清楚，她们在一起，不是友谊，是利益。

不是为了利益，她一天都不想见陈红霞这个臭女人。

林青萍也会觉得自己未免势利。明明一点儿也不喜欢陈红霞，却曲意逢迎，全是为了能从她那里拿到全市最低价的珠宝。陈红霞居然以为跟她谈得来，足见她的逢迎滴水不漏。

她早到了一会儿，就在靠东拐角的老位置坐下。

她坐下想到一件事，就给岳会计发了条短信，让她查查新南方门外的小小便民店近两个月的账面情况。

一会儿，岳会计回了短信：小有盈利。

林青萍看着短信发了一会儿愣，心想崔仁杰的话还有些道理，目前，没张扬还真不行哩。这个小小便民店是张扬坚持要做的。团购更不用说了，虽然款子有拖欠，但生意还算顺利。

她曾经动过念头，让丁零全面接管张扬。崔仁杰的分析与建议，看来值得采纳。

新南方大门内侧墙面，有一块凹进去的地方，不知派什么用场好。筹建时，林青萍想做成小型的休闲区，摆放一圈椅子，再放个自动售饮料机什么的。张扬认为，一进门应该吸引顾客往里走，进去逛累了再坐坐，休闲区放里面才合适。

林青萍一想也是，就问他这一块儿做什么用。他说不如弄个卖烟酒与小零食的方便小店。林青萍觉得方便小店开在进门处，不伦不类，还很俗，破坏了新南方通畅大气的整体风格。于是就空下来了。

两个月前，张扬到她办公室再提此议，利用这个凹进去的小空间，开个简单实用的小店，将里面封住，在临街的方向开个门，为那些临时买烟买酒或针头线脑的人提供方便，取名“小小便民店”。不打新南方的牌子。盈利了，是一份收入，比空着好。如果林总不放心，他直接管，出了问题，他愿意承担全部责任。

林青萍盯着张扬看了一会儿才冷冷地说：“好吧，那就——先试行两三个月，若不盈利，马上关闭!”

居然还真的盈利。

除了珠宝，新南方的另两个盈利亮点，一个是团购，一个是小小便民店，都是张扬在操持。还有什么可说的呢?

陈红霞来了。她下车还和小帅哥紧搂在一起。这么热的天，有空调也难受啊。两个人几乎是搂抱着滚下车来。这次到香港，她带着小帅哥一起去的，花天酒地待了三天。她说了，明年2010年上海世博会，她还要带他一起去看热闹哩。

这叫什么嘛。林青萍心里涌上莫名的厌恶。若不是有生意在，她真想走上前，扇她一个大嘴巴，再拂袖而去。

陈红霞找她竟然没什么事，跟小帅哥玩了一路，心情大好，就想找她说说话。女人嘛，心情好或不好的时候，都不能憋着。

陈红霞跟林青萍说起来就没完。在香港与小帅哥的逸闻趣事，当她讲得声情并茂，手舞足蹈之时，偶尔会爆发出放荡的笑声。她的表情，浸淫着兴奋与得意。

林青萍只有耐着性子望着她，不停地“嗯嗯”称是或点头应和。

2

丁零知道小小便民店盈利，中午吃完饭特意到店里看了看。一去，竟然碰到有人赊账。

一个染着黄头发的胖汉，三十多岁，穿着背心，赤脚拖鞋，晃晃悠悠地拿了两包烟，跟收银台说：“从屋里打牌出来，钱包忘带了，过会儿送来。”

收银员看到丁零走过来了，就说：“你跟我们丁副总说吧。”

丁零当然不同意，团购赊账，至今还在擦屁股，零售怎么还能赊账？也是巧，张扬出现在大门口。他剔着牙，正往店里走。他中午没事经常来这儿转，跟后花园似的。“黄头发”看见张扬，像看见救星似的大叫起来：“张总——你看我忘带钱包了，家里有客，一会儿就送来！”

张扬进来，愣了一下，就说：“哦是你呀，今天破个例，先拿去吧。”

“黄头发”得意地举着烟正要走，丁零按住他的手。他让收银员打出价格，他垫付了钱，再递上纸笔让“黄头发”把姓名、地址、身份证号写下。

“黄头发”不高兴地指着张扬：“不用写，张总知道。”趁丁零没留意就走出去了。

丁零转身要撵，张扬像一堵墙拦在他面前。

张扬哼了一声说：“算啦，都是低头不见抬头见的老熟人，偶尔忘了带钱，过会儿就送来，变通一下。”

丁零说：“张总，零售千万不能赊账。”

张扬一笑：“有那么危险嘛？这不叫赊账，人家一会儿送来，你弄复杂了。”

丁零说：“这一搞，财务收支就乱套了。”

张扬眼睛瞪起来了。他近来催款有成效，又得到林青萍的夸奖，不免有些自大，声音又高起来：“怎么叫乱套呢？我看是你，你不相信人!”

丁零有经验了，张扬声调开始变高时，他不躲，目光也不回避，直视迎上，用不紧不慢的平静声调说：“这跟相信不相信无关，就是雷锋来了，也得按规章来行事，这是现代商企起码的要求。”

张扬怒火冲上脑门。自从带着儿子见到丁零夫妻，他很久没冲丁零发火。他一直忍着，可是今天他有些忍无可忍。他伸出的食指快戳到丁零脸上，国字脸上释放出逼人的凛然之气，胸脯起伏激荡起来。

丁零知道，他接下来要吼叫了。

丁零用下压的手势堵住了张扬：“张总，有理不在声高。你要是肯正常地平静地说话，我们就一起来讲讲这事；要是吼叫，我就走了，你直接跟林总吼去。”

张扬显然还没反应过来，有些不适应地愣了愣说：“不说就不说，让林总来评理。她要是有意见，我就把这个小店交出去!”

3

林青萍接到岳会计的短信，从陈红霞的唾沫中挣脱而出。

岳会计的短信说，丁零和张扬在小小便民店有争执。自上次张扬跟丁零发生争执后，林青萍特意跟岳会计交代了，再发现类似情形，立即通知她。

林青萍回来时，新南方一切如常，似乎什么也没发生。

她到丁零办公室坐了坐，丁零什么都没说。她到张扬办公室坐了坐，张扬也没说这事。

她是故意不提，以他们是否开口来判断这事的严重性或影响程度。

李洪川说过，身边的副手，既不要让他们太团结，也不要让他们不共戴天；有点矛盾和摩擦，又不致闹翻脸，这是最好的状态。

林青萍没这么想，结果却弄成这样。

这天快下班了，陈汉生找丁零请假。他母亲骨折做了手术，女友在医院照看了几个晚上，大概受了凉，感冒发烧，他请假去医院顶一顶。

新南方每晚都会安排一位中层干部值夜班，今晚轮到他。开店之初，张扬就建议将值班打包给保安公司，林青萍没同意，一是由此强化中层干部的责任心，二是省点儿开支。等新南方生意上来了，再考虑请保安公司。

临近下班，换谁都有点儿烦。丁零打算自己顶一班。

丁零跟张扬打了个招呼，回家拿点洗漱用具，晚上再来。

张扬诡异地一笑："你是回家看媳妇吧。把小美人一个人丢家里，换作我也不放心呐。"

没错，丁零提前回家是为殷雪红。共进晚餐之后，给她洗了脚，给她脸上贴黄瓜片，敷土豆泥，再打好西红柿汁，放在床头柜上。

做好这些，他才匆匆赶到新南方。幸好买了车，十五分钟就到了。

夜里，整个厚湖新城比城区内安静多了，铺门一关，死一般静。

外面高架吊塔上的灯光透进来，店里的货架如同黑影幢幢的怪物，面目狰狞地趴在那儿，似乎随时会向你扑过来。

丁零做事认真细致，见西侧门不够牢靠，在门后暗处斜放了一把长扫帚。只要侧门稍有动静，长扫帚就会倒下发出声响。

他四处查看，确定万无一失了，才躺下。

4

近黎明时分，半睡半醒的丁零听到了异响。虽是轻微的响声，但在寂静的凌晨却异常清晰。

他坐起身子，声音更为明显，是西边侧门。他浑身打了个激灵。

他起身去看，西侧门已有呼呼的火苗张狂地蹿起来。

出事了！他赶紧用枕巾捂住嘴冲出大门，一边用手机打119火警电话，一边在凌晨寂静的街上大声嘶叫：

“失火了！失火了！”

有人穿着短裤从小区那边跑过来。细看，竟是赊账的“黄头发”。

他并不理会丁零，而是直接冲进超市大门。大门旁边挂着一排灭火器。丁零看过使用说明书，但从未用过，早忘了用法。

“黄头发”熟练地取下灭火器，冲到西侧门前，一脚就踹开门。迎着火苗，他双手紧握灭火器，白色的液体像炮弹冲出炮筒一样，从灭火器中直线射出。

“黄头发”手上的喷嘴并不指向高跳的火焰，而是对着火的根部冲击。斩草除根，直接切断火源，他很在行。

“黄头发”边喷边叫丁零把其余的灭火器都快快取来。

火不是很大，“黄头发”身手敏捷，锐不可当。等丁零一手拎着两只灭火器飞奔上来时，他手上的已经喷完，接过丁零递过来的，又朝剩余的火苗直喷而去。

消防车赶到时，明火全给压下去了。

消防队的指挥官查看了现场。他们判断，起火的原因是，西侧门后的电线短路，一把干燥且枝条丰茂的大扫帚，靠在电线上了，突发的火星子引发了燃烧。

林青萍赶到后，听说是附近社区有人冲出来，帮忙扑灭了可能酿成的火灾，她提出一定要面谢救火者。

张扬让人把“黄头发”给叫来了。

林青萍立马让收银台装了一千元的红包，递给“黄头发”。“黄头发”摆手不接。

“黄头发”无所谓地笑笑：“不用不用，我是看张总的面子来的。这儿有难，我是该出手时就出手，你也不用谢。以后，赊个账什么的，偶尔方便一下，别大惊小怪的。说句不该说的话，都是附近一带的邻居，别像你们的丁副总那样，好像赊个账就坏了规章，显得很生分。再出了事，谁来救你们，是吧？——拜拜。”

说着他瞪了丁零一眼，很洒脱地推开红包，转身走了。

5

林青萍惊愕地连问张扬：“那天来赊账的就是他？火就是他扑灭的？是同一人吗？”

张扬不说话，只傲视丁零。

丁零点头："是，没错。赊账的是他，救火的也是他。你说给奖励，我同意，应该给，我马上叫人再送去。"

林青萍仍然将信将疑，摇头一笑："偏偏都是他，这么巧。"

张扬也笑笑："这里住的，白领多，都是些高素质人士。我们赊账，其实就是一种感情投资。你看，现在不就有回报了吗?"

林青萍点了点头。她看了一眼没吭声的丁零，用"你觉得怎样"的表情看他。

丁零摆手笑笑。

林青萍说："你想说什么就说，没关系。"

丁零还是摆摆手："可能不合时宜，算了吧，免得误会。"

林青萍和张扬都说："你说，你说，我们不误会就是了。"

丁零认真地看了看两人，露出孩子般的笑容，一副"我真的说了"的表情。

林青萍和张扬都点头鼓励："说说，没关系，说吧。"

丁零再次认真地看了看两人，才说："我看，赊账和救火是两码事。人家救火，我们该谢一定得谢。至于赊账这事，我的想法没变。我不同意赊账，是基于制度管理的严肃性，不是看人打发，无关个人品德的好坏，也和个人恩怨无关。制度是刚性的，不分远近亲疏，也不讲高低贵贱，只要规定不能赊账，无论谁来，都不赊。"

张扬和林青萍都愣住了。

张扬像看怪物似的看着他，几乎是怒吼般地叫道："你这是胡说八道！今天没有别人救火，新南方的损失有多大，你算过没有？一点不夸张地说，会是几百万甚至几千万元的损失！别说赊账，就是送人家几万十几万元，也不为过！你……对不起，我这人，直来直去，你说的简直就不是人话！我，我都想骂你！”

林青萍拉了拉张扬的手肘：“喂，你说话文明点。这是讨论问题，你就别争了。定的制度，是不能随便改的，这一点还是要坚持。我看这样，新南方这边，绝对不能搞赊账；小小便民店这边，给张总一些自主权。行吧，就这样吧。”

丁零睁大双眼看着她。

林青萍回避了他的目光。她接着说：“今天没出什么大事，是万幸。你们两位主动上门，到救火者家里去一下，衷心感谢他舍身救火的行为，红包一并送去。”

丁零接着说：“我刚才还没说完，除了奖金以外，我觉得，还应该再写两份大红感谢信，一份贴在他住的小区大门口，另一份，贴在新南方的大门口。”

张扬哼了哼鼻子：“这还像人话。”

林青萍不免感慨，这就是丁零，他从不把个人意气带到工作中来，是什么就是什么，该怎样就怎样。

晚上，丁零给林青萍发了条短信：小小便民店的账目也单列吧，我就不再管了。

过了一会儿，林青萍回复：也可以，试行一段吧。我也是暂时妥协，望能理解。

丁零愣着看了几遍短信，心想如果妥协，我干吗辞职，在大学待着不挺好嘛。

第十四章

张扬的儿子高考发挥出色，考了高分

1

张扬的儿子高考发挥出色，考了高分。

几所名校在江南体育馆举办招生咨询会，他要陪老婆儿子去看看。此前约了几个客户到汤湖钓鱼。两件事情撞上了。张扬请丁零替他去一趟汤湖。张扬按兴趣嗜好，分别款待了欠账的客户，每周末请一拨，每次都能搞定两三个。几个月下来，追款任务就完成近一半。

丁零就怕喝酒，张扬笑说："没事，你就带个队，跟他们见面握个手。其他的，你不用管，一切由办公室那帮小年轻打理，怎么做他们都搞熟了。就是夏天，太阳大，很晒人。其他的，真的不要你操心。"

盛夏的太阳，一早就灼热逼人。丁零出门前，殷雪红把他拦住了。

"天这么热，外面太阳很毒哦。"

丁零说："不怕，我不怕晒。"

殷雪红拿出了那天商场送的防晒霜。有两种，据说档次一高一低，效果不同。

不由分说，殷雪红将两种都拧开了盖子，分别涂在丁零的两只手臂上，一边涂一边说："今天太阳大，很晒人的，像你这样不常晒的，手上肯定会起一层皮。"

丁零受宠若惊。殷雪红很少有好脸色，上次跳完裸体舞，也就管了那么一天，此后回归原位，她还是那个她。像今天这么疼他，还不曾有过。他虽然不习惯涂这玩意儿，可心里还是挺受用的。

眼睛有点湿润似的要泛出泪水，他赶紧别过脸。

涂完了，他告辞出门。殷雪红望望外面的阳光说："涂上防晒霜还是管用的……"

丁零摆摆手："放心吧，我会找个有树荫的地方。"

殷雪红羞赧地一笑："不行，你给我好好晒，不能躲，我还等着看这两种防晒霜的对比结果哩。”

丁零明白了她的意思。他并无失落，难得在家中看她这么羞赧地笑。

他大声回答：“首长放心，我不怕晒的，我保证能试出效果来。不过，我要提醒你，这种送的东西不会好，你不要有任何指望。”

2

中午在钓鱼会所，张扬安排办公室的小年轻陪酒。这些客户过去多没见过丁零，听说他曾是大学教师，很新奇。有个穿蓝条子T恤的客户，喝得脸红红的，走到丁零旁边，偏要跟他喝一杯。

丁零知道只要有了第一杯，立马就有第二杯第三杯甚至更多杯在后面等着，就连连摆手表示不喝。

“蓝条子”端着酒杯，站在丁零旁边有点恼了。借着红脸红脖子，他要起了酒疯，大声嚷道：“怎么啦，不就硕士嘛，不就大学教授嘛，有什么了不起，别给脸不要脸！”

骂人不要脸。丁零第一次受到这样的污辱。

丁零没喝酒，脸却涨得通红。他平静地回应道：“怎么叫不要脸？我从来滴酒不沾，你逼我做我不会的事，我没做到，可是我也没说什么呀。我的事，你也没做到，比如现在，我希望你不要劝我喝酒，你就没做到，我此刻骂你不要脸，你接受吗?”

丁零真生气了，气愤使他的呼吸有点急促，拉动了胸腔的起伏。他没有大喊大叫，音量就跟平常说话一样大小，语调也如匀速滑行的飞机一样平稳。

“蓝条子”呆愣着双眸。要是大喊大叫，他会更起劲地闹起来。喝酒的人都久经沙场，酒桌上的气势，有时候就看谁的嗓门高。

大概是第一次遇上这样柔中带刚的回击，“蓝条子”有些不适应，进不是退也不是。愣了一会儿，他将手中满载的酒杯“啪”地摔在地上，抓住靠椅上的提包夺门而出。

其他的客户赶紧打圆场：“喝高了，陶老板喝高了。让他走，他走就走。”

办公室的小年轻忙上前给各位客户倒酒，边倒边说：“抱歉抱歉，我们丁副总真不会喝酒。要喝，我们来陪。张总都交代了的，酒没喝好，拿我们问罪。大家多担待。”

气氛才缓和下来。

这一天太阳还真够毒的。丁零说对了，防晒霜毫无作用。晚上回家，他的两只胳膊都被晒破了一层皮。两种防晒霜都形同虚设。

殷雪红有些失望：“这是什么防晒霜，跟没擦没两样嘛。”

丁零说：“送的东西，不会好的。就像那个美味肉包子，便宜的就不能要。”

殷雪红拍了他一下：“乌鸦嘴!”

丁零闭嘴。她今天没给冷脸，也没发脾气，很给面子了。毕竟是他以身试验，让殷雪红免受了伤害，功不可没。

吃饭的时候张扬来了电话。

他再三谢谢丁零替他陪客户钓鱼。今天儿子的事也顺利，幸亏去了，跟北大招生办老师见了面，当场敲定。

他心情特好，连说谢谢："丁总，哦丁副总，今天让你受委屈了。那个陶老板是有名的酒疯子，我们背后都叫他陶疯子，他今天跟你发什么酒疯！我骂了他，他说真不知道你是完全不喝酒的，以为你会喝不喝。办公室那帮小子，我也骂了，他们认错。你别说，人家客户都夸你有风度，有涵养，处变不惊哩，说你讲话不喊不叫的，但是很有分量。陶疯子蒙了，他闹不下去了，走是给自己台阶下。你别当回事，你要是喝酒，我请你喝一杯。嗨，你要喝酒就没这事了。哈哈哈，谢了啊。"

3

丁零打心里不喜欢张扬的性情。他想躲，可是躲不掉；他不想冲突，可是冲突仍然会找上门来。

丁零原本不想管团购的事。林青萍说过，团购这一块儿，就让张扬去弄，出了事就唯他是问。林青萍还说过，财务不能乱来，一定要盯紧。

丁零心里说，要是团购的财务有乱来呢，怎么办？

他发现团购客户，经常来开假发票。

这就是乱来。他是管财务的，这已经触碰了底线。一旦查出来，新南方就得关门整顿，有明文规定的。

团购的收银台在贵宾室旁边。张扬常在那里接待客户，他的大嗓门与“哈哈”的笑声，像林立的哨兵一样布满走道。丁零平时不去那边。

他是偶然到贵宾室见一个客人出来，听到团购收银台那边有陌生男子的吵闹声，像是为开票而纠结。他就走了过去。

陌生男子要开办公用品一万元的发票。收银员小肖是个温顺的女孩，委婉地解释：“您要开一万多元，是您购物的十倍，数额较大。我们近期办公用品开得太多，能不能写成电器，或其他的什么，变通一下?”

男子一头粗短发，硬硬地直立着，腋下夹个小皮包，戴着眼镜，脸上挂着富余的赘肉，目光盯人是横着扫过来，看上去就是有脾气的人。他说话很冲，声音带点儿尖细，叫声像是钝器在光滑的玻璃上磨砺。

他不客气地指着温顺的小肖：“好，你故意刁难，你把我当什么人？我今天就不信了!”

他当场拨通张扬的手机，接通后就毫无顾虑地发牢骚。也不知张扬在手机另一端说了什么，他“嗯嗯”地停止了不满的发泄，将手机像棍子似的戳到小肖面前。

小肖接过手机，也不停地“嗯嗯”。嗯完了，低头开票。

男子夺过发票，带着胜利的微笑收入口袋，拇指按着车钥匙环，像打快板似的晃着钥匙，吹着口哨走了。

丁零一问，这人买了五盒人参片，一盒二百一十元，五盒也就一千零五十元。发票开了办公用品一万零六百元。

丁零诧异，太离谱了。一个月前，丁零和岳会计到市里参加过一个会，集中学习了财务法规，审计、工商和财政局的领导都去了。会议的中心议题就是：不许开假票，不许做假账。市委副书记、副市长吴此轮到会讲话，讲得很严厉。

在总经理办公会上，他还传达了会议情况。林青萍和张扬都表了态，新南方不做这样的事。

近期办公用品发票开得太多，岳会计特意提醒了小肖，小肖才跟客户商量一下。张扬刚才在手机中明确交代，对重点客户的要求，没法子也要想法子满足。

丁零想着自己是管财务的，允许这么肆无忌惮地开假发票，他就失职了。

中午吃完饭，他去林青萍办公室，门是关着的。他出来走到大街上，张扬从后面跟来了。一辆刷着“搬家公司”大字的卡车飞快地从路上驶过，带起一阵灰尘。丁零捂住嘴，偏过了身子。张扬若无其事，迎着漫卷的灰尘走到丁零的面前。

“你是不是在查团购的发票？”

丁零待灰尘降下，放下了手：“不是调查，我无意中看见，才知道有这事，问了一下情况。”

张扬说：“我知道，你一定有看法。我看你是世面见少了。我敢说全市的店，没哪家不是这样开的，你不要大惊小怪。”

丁零说：“别的我是不知道，据我所知，几家大型商场，都是照实开票的。像沃尔玛和麦德隆这样的品牌店，更是绝对不开假发票的。”

张扬眼睛瞪起来了：“这怎么叫开假发票，你这是怎么说话？我觉得你不像是新南方的人，倒像是工商局派来检查的。你想想，不按客户的需求开发票，谁还到你这儿来团购？不信你试试！你能弄来团购的订单，我就在地上爬！”

张扬似乎在尽量克制，不让自己叫喊或咆哮起来。

丁零没接话。

张扬也不再说什么。他操着双臂，若无其事地抬起一只脚，去踩地上的空易拉罐。易拉罐滚着要逃离他的皮鞋，他迈上前猛踩下去，易拉罐没来得及放声号叫就瘪得没脾气了。

4

林青萍虽然只有三十五岁，但内心的小资情结，依然像少女时代那般浓厚。刚到厚湖新城，她就开车把这一带的几处咖啡屋都看了一遍。

一个取名为“岁月如歌”的小店吸引了她。

外形设计像打开的大相册。店门则像打开的相册边框。走进去，全是隔成二人或三四人的小间，房间光线暗淡，每张小桌上方，有一盏光束打下来，笼罩着桌面，四壁墙上，光晕朦胧，挂着欧美经典影片的情爱剧照。一丝柔媚，几许暧昧，充盈着秘而不宣的怀旧气息。

从店名到装饰，都是她喜欢的情调。

她喜欢到咖啡小屋来坐坐。有时是谈事情，有时不谈事情。一人来坐坐，发一会儿呆。逝去的生活，穿过岁月的长廊，带着音容笑貌，在她脑子里像点钞机一样哗哗哗地闪过。忽儿，某个特定的场景，会根据想象的需要，随心所欲地定格和放大。

跟丁零谈论团购开发票的事，这里就是一个好去处，免得张扬心里不舒服。

林青萍不知道应该站在哪一边更好。两个不同的男人，是相抵的。跟婚恋一样，偏向其一，必然会排斥另一个。不同的是，婚恋错了，赔进去的是生活或家庭；生意错了，赔进去的是金钱或资产。

今天，她试图站在张扬这边与丁零讨论。

“我们可以不开假发票。问题是，你不开，别的店开，生意一下子就流走了，很可能走得一干二净，团购走了怎么办？你有更好的办法或对策吗？”

丁零笑着摇摇头，一副“你要这样想我也没办法”的表情。

林青萍用眼睛说，我不明白，有话你就说吧。

丁零收住笑：“你的意思是，我们一家不开假发票，别人都开，我们就吃了闷亏。可是，你想过没有，如果我们坚持不开假发票，有了影响，树起了诚信的品牌，会不会有一天，需要团购的单位，出于责任或放心，会选择到新南方来团购？”

林青萍说：“我想问两个问题，一是会不会有你预想的这一天？二是即使有，我们要等多久才能等来，有一个时间表吗？新南方等得起吗？”

林青萍考虑得很现实。丁零当然无法给出一个明确的时间表。

丁零望着冒热气的咖啡，想到了另一个问题：“靠一个店来完成，时间会比较长，我们确实熬不起。需要一次集体行动，让许多店共同来抵制，事情就好一些。你说，是不是这样？”

林青萍心里笑了一下。

她想，说服他挺难的。既费口舌，又暴露出急功近利的商人劣习，还不一定有效。既然他找了一条无法走通的路径，等他自己撞了南墙再退回来。

林青萍知道市里有一个行业协会，若是协会愿意发起集体行动，不是皆大欢喜吗？她也不想开假发票。可是，能成吗？

丁零答应去游说试试。

一杯咖啡喝完，两人达成了共识。

5

丁零的行业协会之行，同样铩羽而归。

丁零一直认为，很多社会事务，若有行业协会这样的非官方机构介入，少一些政府的全覆盖，对国家的发展与未来，对社会的健全与和睦，可以说是功德无量。所以林青萍一提行业协会，他就满怀信心地去了。

一栋高楼的下面，从进门到电梯一段路，走道上挂着许多方形的牌子，是一些公司与协会的名字。行业协会也在上面，是块金黄色方牌。从电梯上到十八层，出电梯，通道前面是两扇自动玻璃门，门上写着协会的名字。走进去，是装修得富丽堂皇的办公场所。有中央空调，外面骄阳似火，里面清凉宜人。

一条贴着淡蓝色壁纸的走道。两边的办公室门上横着指示牌，全是什么处什么处的标志，挺气派也挺吓人的。

丁零怀疑走错了地方。

他看见宣传处的门开着就进去，正好有个蓝衬衫外系着花纹领带的人从里面出来，堵住问："你干什么?"一副拒人于千里之外的神态。

丁零懒得跟他细说，就说找头儿。

"花纹领带"一愣："头儿? 哪个头儿，是找王处长还是孙处长?"

"花纹领带"站在门口不动，好像丁零不离开，他就不出门。

丁零脱口说："你们这里怎么跟党政机关似的，有这么多处，一个处还有这么多处长，吓死人。"

"花纹领带"生气了："我们是归政府管的，我们的干部都是有行政级别的，各办公室的领导都是处级。你以为我们是江湖的草台班子，挂靠社区的民间团体？唉，你究竟找谁？”

丁零心里说，你还看不起民间团体，公民社会的成长，就是最大限度地发挥民间的力量和作用，能给政府减压，让政府更省心，用最低的成本，维护公共的利益。像你们这样打着协会招牌的行政机关，迟早会被淘汰的。我看你脑子里除了比谁的官大、比谁的级别高，还装了些什么？什么也没有，我懒得跟你较真儿。

丁零压住了从心头往上蹿的怒火。他说：“那就找处长吧。”

“花纹领带”有点得意地笑笑：“对不起，处长都出去开会了，不在。那边，看见没，秘书处的门开着，他们有个处长在，你去看看。”

秘书处的门开着，没看见人。只有空空的沙发、茶几。

丁零听见男男女女的嬉笑声，再一看，原来里面还有一间办公室。门半掩着，他先敲敲门，轻敲没人应，加重敲，还是没人应，就推开门进去了。

丁零进来得不是时候。里面办公室足有五十平方米。中间一张特制的大班桌。三个人，两男一女，正围着这张大班桌“斗地主”。每人面前还有几张散乱的钞票。面朝门坐的是个未到中年的秃顶男子，看见有人进来，秃顶下意识地将手中的牌反扑在桌面，盖住了面前的钞票。

秃顶朝他点点下巴问：“找谁？什么事？”

丁零没吭声。他估计这个秃顶就是处长，或是副处长。

这样的氛围与场景，根本不适合谈事。他想，办事的来了，他们的牌该收场了，等收场了，我再坐下来，单独跟处长详谈。

秃顶面带微笑地望着欲言又止的他，很热情地笑笑说："你什么事，说，没关系，这都是自己人。"

看他仍然不说话，秃顶示意其他几位等会儿。他起身绕着桌子走了过来。

秃顶走到丁零的面前。他不坐，也不请丁零坐，就站在丁零面前，肢体显现出速战速决的催促。他明显有些不耐烦了，操着双臂，还是面带微笑："什么事，你说吧，我听着呢。"

丁零终于忍不住了，摆摆手："算啦，不说了。"转身出门离去。

他身后，女的小声说："吃错药了吧?"

6

林青萍递来一封印着"市人民政府"大红字的超大信封。

"看看这个，市政府邀请你去。机会来了，王副秘书长说过，有事要找你的，还真的来了。你把想说的话想好，建议集体行动不开假发票，你找机会直接跟政府说。"

信是王副秘书长让林青萍老公李洪川转交的。

内有市政府的邀请函。

王副秘书长一直想办个舆情碰碰会，专邀一些网络或民间有影响的意见领袖，不定期到市府来听取民意。这个想法得到市领导的称许。丁零就是王副秘书长推荐的。

舆情碰碰会，这名字取得蛮时尚。政府放下身段，向大众趣味靠拢。李洪川特意转告，王副秘书长说了，这是搭建市领导与民意的平台，是一种尝试。常务副市长吴此轮会亲自到场，直接参与座谈。

当晚王副秘书长直接来了电话。王副秘书长笑说："参加这个会，既不管饭，也不管车马费，完全是义务劳动，你想好啰，别说我坑你。"玩笑中带几分自炫。

丁零止住他说："就是义务的好。"

王副秘书长在手机另一端愣了一下："哦，其他人都提建议，觉得怎么也得意思一下，市场经济时代嘛。"

丁零说："我认为不能要。"

王副秘书长说："为什么？"

丁零说："若是要了，人家会说，我们的意见是被收买的。不好。"

王副秘书长恍然大悟似的，"哦"地叫了一声说："好，说得好！有道理，高见。再有人要意思一下，我就用你的话回答他。"

第十五章

丁零虽然在这个城市生活了三十八年，却是第一次走进市府大门

1

丁零虽然在这个城市生活了三十八年，却是第一次走进市府大门。

虽然无数次地经过市府门口，但看到防守严密的大门，看到两侧站得笔直的卫兵的威严目光，仍不免有些紧张与忐忑。

走进市府时，他心里说，一个市民，到市府议政，天经地义，有什么忐忑的?

这么一想，他挺起胸，高视阔步地跟着一个拎包的人往里走。

卫兵朝前一个人敬了个礼，接着抬起戴白手套的手掌拦住他，要他出示证件。

他拿出邀请函。卫兵看了一眼，“白手套”又指向旁边一间小屋，请他去登记填表。拎包的人走进政府大楼了。

开会在政府会议楼一楼的会议厅。从一个小门进去，里面竟然是一个可容纳五六十人的长方形会议厅。丁零不免暗自称奇。

门边放着签到的桌子。进来的人，王副秘书长都认识。他并不多说话，只是公事公办地点点头，有点小心翼翼的样子。

会议室中央是一张非常大的长方形桌子。除围桌摆一排靠背椅，四围墙边，也摆着一排靠椅。丁零特别注意到，长桌不是椭圆的，而是长方形的。

迎门是桌子长边的中端。迎面，坐着一个面色红润的短头发中年人。他旁边的位置全空着，没人往那儿坐。

这人就是常务副市长吴此轮。

丁零此前参加全市财务法规学习时，他去讲过话，据说是最年轻的副市长。讲话既引用伟人名言，也引用网络语言，比较时髦。签到后，有工作人员引导入座。

吴副市长始终微笑地望着每一个进来的人。

他的笑，看上去，友善亲切，一点不做作，很自然，像是发自内心。

丁零注意到，不停地有人进来，他的笑意，竟然一直都保持在脸上。他的对面，是长桌另一方的长边，背对着门，全坐满了。每进来一位，吴副市长笑着指指身边的大量空位，示意坐过来。进来的人都会摆摆手，找人多的地方坐。

王副秘书长轻手轻脚地走到吴副市长身边，小声说了句什么。接着，他很小心地在吴副市长旁边坐下。

吴副市长只轻轻地看了他一眼，他立马站起来宣布道："今天的会议，现在开始——"

吴副市长笑着打断说："先介绍一下吧，大家认识认识。"

王副秘书长像犯了错误似的连连点头："对对对，我疏忽了。先给大家介绍，这是吴市长，是市委副书记，常务副市长，是本市分管城市管理与建设的最高首长——"

吴副市长再次笑着打断了："你看你，一口气说这么多，人家记得住吗？你先介绍我干什么，介绍来宾嘛。你想想，家里来客人了，谁最大？客人最大嘛！"

王副秘书长和一边坐着的几个政府办事员都附和着"嘿嘿"地笑起来，仿佛获得机智的感悟与启迪。

王副秘书长脸上堆起了笑容说："我们吴市长最幽默了，对对对，我来先介绍客人。"

丁零没觉得吴副市长的话很幽默。王副秘书长的笑，有点谄媚。上次见面一起吃饭，那个气宇轩昂的王副秘书长，换了个场合，竟是这样令人诧异。

王副秘书长接着介绍来宾。他对与会人员情况很熟，每一位他都能叫出名字，在哪个单位，干什么的，个人特长，也都能说个大概。

实际上，吴副市长面前放着一张打印的来宾简介。王副秘书长每说到一位，吴副市长都会看看来宾简介，还会微笑着插上一两句。

介绍到丁零时，吴副市长脸上的笑意打开了，似乎早已熟知而未曾谋面，“呵呵”地笑着说：“哦，你就是丁零。好啊，我听小王介绍过，他还推荐你粘贴在市民建言论坛上的文章。我看了，你谈到历史上每一次城市扩张，都会有大量农民离开土地到城市当工人。确实是这样，现在城市青年当工人的很少，我们的工厂流水线上，我们的建筑工地上，全是来自于农村的工人。你认为，‘农民工’这个称谓不妥，有道理，他们就是城市的工人主体。我跟政研室的同志说了，要好好研究研究，用什么方式，能从称谓到实际，摘掉农民工的帽子，让他们在这个城市像市民一样生活。”

所有的目光都集中到丁零脸上了。他有些不习惯，脸上发烫。

王副秘书长介绍完毕，就看着吴副市长，示意该他讲话了。

吴副市长是在座的最高领导，也是全场最放松、最自如的人物。中国官场会议的特色就是，谁是这间会议室的最高首长，谁当然就有了最大的自由度或话语权。他讲话时，下面静寂无声。别人讲话，他可以打断，然后插话。丁零记得在一篇文章中看过这样的描述。

2

会议桌上，每人的面前都有一只话筒。话筒的底座有个小按键开关，按开后，话筒上的小红圈会由暗变明。丁零是第一次看到，挺稀奇。

吴此轮副市长面前的话筒，一直是开着的。在他落座的时候，王副秘书长已提前打开。除非他亲自按下，否则这个话筒就不可能“闭嘴”。

吴副市长向四周扫了一眼：“请大家先说吧。这个舆情碰碰会，就是听大家说嘛。最近市委市政府在抓反腐，尤其是机关事业单位如何为企业服务方面，想听听大家的建议，特别是，建设性的金点子。”

领导挑明了，要听建设性的，还要金点子。这是划了范围的规定动作。

反腐，这个题目太大，只要是中国人，谁都可以讲三天三夜。可是要说出新意来，却有点难。大家你看看我，我看看你，一时不知说什么好。

会场静寂无声。

丁零事先草拟了一个方案，关于团购的建议。现在领导要求围绕反腐来谈，他灵机一动，在心里修改了方案，就举起一只手：“我来说说，说得不对欢迎领导批评。”

吴副市长马上微笑着说：“我今天就是来听批评的。说，你只管说。”

丁零按下话筒的通话键：“我还是从一个具体的个例说起吧。”他先讲了团购中开假发票的事例，接着讲了如果只是新南方一家不这么做，客户就会敬而远之，生意大受影响，甚至一落千丈。

丁零见大家都不解地看着他，大概是闹不明白这跟反腐有什么关系。他清了清嗓子说：“我实说，来团购的，主要是一些公有制单位，以机关或事业单位居多。如果杜绝开假发票，在制度设计上，就堵住了团购中可能发生的职务犯罪，防患于未然，从而大大降低反腐成本。”

他讲的时候，吴副市长一直在记，时而点点头。

丁零灵机一动地跟反腐挂上了。他停顿了一下，正要接着说他的观点与设想，吴副市长插话说：

“嗯，很好，用制度设计来降低反腐成本，很有新意，很有建设性。我喜欢听尖锐的意见，更喜欢听具有建设性的尖锐意见。我为什么要提建设性？光说问题，谁都可以说一大堆。大家都来说问题，越说越灰心，越说越没劲。所以，我个人特别看重建设性的意见，不仅提了意见，还有解决的办法。不是批评发泄一通，图个痛快了事，这就是建设性，就是有责任的表现。我看这样，丁零同志说的这个，堪称金点子，很好嘛。

我看，还是先让行业协会起草一份倡议书——”

他朝旁边的王副秘书长扫了一眼，王副秘书长笑着连连点头称是。

他接着说：“再由市府签发，后面附上这份倡议书。先在新南方试点，首先是机关和事业单位，包括我们的国企，凡采购办公和生活用品的，都到新南方去。先试，试出成果了，全市推广。行，今天的舆情碰碰会，碰出了个金点子，很成功。这是个尝试，以后争取每周能开一次，像今天这样，一次会议集中商议一件事。”

丁零本想接着谈谈市场化的反腐方式，被副市长一番插话，给活生生打断了。就像刚运进超市的鲜果，还没来得及分档次，就全被当成精品给出售了。用发文件的方式来遏止假发票，采用的是行政手段，算不上市场行为。

丁零的习惯是，从不打断别人的讲话。即使有一火车话要讲，也要等别人说完再说，这是在大学养成的习惯。

他一直在等时机，以为吴副市长插话之后，会让他接着往下讲。

没机会了，吴副市长说完就向王副秘书长递了个眼神。王副秘书长心领神会，立马站起来宣布说：“好，除了丁零的建议，各位还有没有建设性的金点子？”

见没人搭腔，他马上接着说：“好，今天的会开得非常成功，很有成效。这个舆情碰碰会，初步设想，没特殊情况，一周或两周举行一次。我们今天就开个短会，因为吴市长上午还有好几个会，其他的会还等着他去哩，他先来开这个会。吴市长说了，只要没有特别的安排，以后的会一定来参加。好，散会!”

吴副市长摆摆手：“我今天抱歉，先走一步，大家接着再谈谈。”

吴副市长一走，大家都不说话，知道领导不在，说了也白说。还是散了会。

3

林青萍像迎接功臣一样迎接丁零。

她张开了双臂，大概是觉得当众拥抱有点不合时宜，手臂在中途改变方向，收回后用手掌拍了拍丁零的肩。

她个子小巧，丁零瘦高，她拍到的不是丁零的肩，而是肩臂上那块肌肉。

在林青萍看来，丁零超乎想象地完成了去行业协会未能完成的任务。行业协会只是协调机构，人家商企不买账，他们也无可奈何。现在好了，市领导发了话，下了文件，新南方独家受惠。若是全部应召而至，那个团购量，巨大而惊人。

谁说天上不掉馅饼？馅饼就落在新南方头上了。

“你为新南方立了一大功，足可以载入新南方的史册。真的。”

新南方苦撑一年的沉闷局面，被丁零捅开了。

林青萍目光深情，双眼湿润，她已经看到新南方的翻身景象。她想好了，要抓住这个绝好的机会，开一个新闻发布会，大肆炒作一番。兴奋之中的林青萍，常常会在某个恍惚的瞬间，看到新南方人头攒动，看到收银台的点钞机不停地滚动。

她忍不住笑起来。

张扬也夸奖丁零："到底是有学问的人，脑袋灵光，一下子跟反腐扯上了。换作我，打死也想不到。"

丁零申辩说："我不是找借口，我的提议是，以市场化的方式，集合全市商企，共同签订拒绝假发票的公约，让全社会与所有市民来监督。我熬夜做了个全面的方案，没想到，我的话只说了一半，我们的市长大人拦腰截断，任意发挥，我也是哭笑不得。"

张扬"嗨"一声说："要我说，歪打正着。亏得你没把后面的话说出来，你那些办法，哪有文件保险。市领导发了话，比你想破脑壳的市场化方案管用一百倍，你知道吗？"

林青萍说："算了，张总，丁零有丁零的思维方式。要是他按你说的来，当初挨了的士司机一拳就以牙还牙，他能得到肇事车的车牌号吗？没车牌号他能够认识王副秘书长吗？没王副秘书长的欣赏推荐，能有这次跟市领导对话的机会吗？没有这些，能有今天专为新南方下的文件吗？这就是一生二，二生三，三生万物。"

张扬发愣。怎么说，都是丁零对。他只能发愣。

林青萍以为他生气了，碰碰他的手肘说："你也不容易，新南方从开始到现在，没你的团购，哪能撑到今天，你也是功不可没啊。”

她现在比较注重张扬的感受了。

4

林青萍打算在新南方开新闻发布会。要让全市人都知道，从现在起，有一个新南方，坚守行业规范，不开假发票，不为浑水摸鱼的腐败行为开绿灯。

林青萍像注射了兴奋剂，一连几天情绪都很饱满。

丁零则忧心忡忡，有时眼睛会望着一个地方出神。

林青萍有些不解：“你怎么，不舒服?”

丁零苦笑说：“是有点不舒服哩。我老是想，靠政府的计划和干预来推动经营，这不是我的初衷，这是非市场行为。我居然做了与初衷背道而驰的事情。这事，怎么想都是治标不治本，没从根本上解决问题。”

林青萍觉得他想得太多了。她知道无法说服他，就换个角度说：“我们现在管不了那么多，这是一次绝好的机会，不能错过。我以前也讨厌炒作，如今落到自己头上，一样要搞。没办法，都是被逼成这样的。”

从小林给丁零打来电话。她说：“你们新南方的事，我肯定要捧场了。”

她已经跟跑经济的记者打了招呼。丁零劝她不要插手，她以为他是谦让，就说："没事的，你放心。"

新闻发布会那天，本地的几大媒体都来了。

林青萍既是总指挥，又是总接待，还是主讲人。

她的口才真好，又懂得媒体要的是什么，懂得怎样的说辞能够吸引他们的目光。她的讲话一开始就抓住了记者们的关注点和兴奋点。

她开场就提出疑问："我最感到奇怪的是，为什么今天来了这么多媒体记者？"

记者们瞠目结舌，不知道她是什么意思。她接着说："新南方做了什么惊天动地的事情吗？没有！新南方只是做了一件平常的事情，一件最最平常的事，那就是不作假！这件事的平常，就和从小父母叫我们不要撒谎一样平常，就和我们看见马就说是马，看见驴就说是驴一样的平常！我由此想到的是，我们只是做了一件平常又平常的事情，为什么在今天成了壮举，成了媒体记者们争相发布的新闻，这是为什么？"

接着，她从中国古代经商的诚信服务，一直讲到当代欧美品牌店沃尔玛、麦德隆的诚信经营。她从中国当代信誉缺失的危机，说到用诚信经营方式来杜绝腐败的重要性。在说到中国过去的诚信经商时，她举了晋商给饥民发粥的例子，上十万饥民排队，每人一碗粥，无人监督也没人发牌子什么的，但是就没一个人来领第二次。

丁零也不知道她从哪里得到这样的野史逸闻，而且她发挥得恰到好处。她显然在说的过程中，自己打动了自己，越来越声情并茂，越来越富有感染力。她的讲话，只用照录，就可以原样发布出去。

讲话赢得媒体记者们的一片掌声。讲话一结束，许多记者都围住她做专访。

5

丛小林在报道“黑心包子馅”事件后不久，升了副主任，说话的分量不同一般。

晚报这次整整用了三个版做了深度报道。两个版是新南方的举措与林青萍的专访，一个版的链接，将外国品牌零售商的诚信经营方式，还有中国近年几起公款购物引发的腐败案，搜罗排列出来。对比之下，更显出新南方此举的难能可贵。

开头很热闹。电视台每天跟踪报道，不断地有团购上门。

林青萍让人在门外设了指示牌，专为来团购的人指明道路。

老总办公会上，林青萍特兴奋。新南方开店一年多，就等待这一天。原以为要等到厚湖新城大多楼盘都入住之后，没想到这一天提前到来了。暗自叫苦不迭的，是张扬，他的那些团购哥们儿都不来了。不光不来，还发短信骂他，断了他们的财路。

丁零中午吃完饭，到街上走走，绕着大道转了一圈。碰上夹着小黑皮包的中年人问路：“你知道这新南方怎么走吗?”

丁零招招手："跟我走吧。"

夹包人说："你也是来团购的吧？我猜就是！嗨，都是被逼的。我们私下都议论，也不知这个新南方给了市领导什么好处，要不就是这个新南方有特殊背景。不就是开个发票，至于吗，你说是吧？发了文，还唱反腐的高调——噫，你笑什么？你该不是市政府的吧，要是，我就死定了！"

丁零一笑："死不了，我就是新南方的。我不是笑别的，是笑你的猜测。事情很简单，就是我应邀参加了一个政府的座谈会，我是想建议全市商企联合起来，一起做这件事，没想到市里会发文。这里面没有任何交易，你们误会了，真的。"

夹包人惊讶地站住，睁大双眼重新打量丁零。

虽然林青萍很看好这次团购的前景，但丁零认为，靠文件和领导号召推动的营销，不具有可持久性。

林青萍说："你要维护新南方的利益。你是新南方的高层，听说你跟来团购的人说了些泄气的话，千万别这样。"

丁零苦笑："连你也误会我了。"

第十六章

过了两周，市政府的开会通知又来了

1

过了两周，市政府的开会通知又来了。

这次没信件，王副秘书长亲自打电话通知的。

王副秘书长夸奖丁零上次的建议提得很好，还问新南方团购近来是否暴涨。

丁零笑说：“暴涨说不上，确实来了不少。没想到市场经济搞了这么多年，政府的批文与指令，还这么管用。”

王秘“嚯”了一声说：“谁说不管用？说这话，说明你不了解国情，至少是了解得还不够真切。我们的市场经济离不开政府的主导。吴市长不仅是常务副市长，还是市委副书记哩。你可能不懂这个，有的副市长连常委都不是，这样的副市长说话就差多了。吴市长在市委班子里是最年轻的，前途不可限量，都知道他是潜力股，不敢马虎的，不然也没这么快就发文。当然，还是你的建议提得好，跟反腐挂了钩，一下子就打动了吴市长。这次再接再厉，争取再立新功，哈哈哈……”

什么叫提得好，我想说的话，根本就还没说出来哩。丁零忍了忍，才没说出难听的话来。

他心里还憋着。上次最关键的时候，被吴此轮副市长的插话给打断了。这次，他作了准备，要么不开口，开口就把话说全，至少要把上次的补齐，不能留下遗憾与误解。

2

会还是在那个会议室开。

吴此轮副市长仍然坐在长方形的桌子迎门那个长边的中间，连位置和坐姿都一如既往。还有他一脸不变的微笑，也是一如既往。

他脸上的微笑，不是笑，只是笑意；眼睛微眯，目光温和，嘴角的笑纹浅浅地拉开。他就这么望着每位进来的与会者。

人们心里爽爽的，就像从夏日阳光下走进凉爽的会议室一样。

王副秘书长仍然前前后后地忙着，偶尔会很小心地走到他身边，俯下身子请示什么。吴副市长说话时，他则不停地“嗯”，不停地点头，既殷勤，又诚恳。

看上去，吴副市长是个笑容可掬挺和气的领导嘛，王副秘书长犯得着这么卑怯吗？没必要吧？

丁零觉得王副秘书长过分了，有点可笑。

会议准时开始。本期议题，关于城市文明与管理。王副秘书长在电话中提前打了招呼。

王副秘书长站起来说了开场白，他说因近来网上有帖子，认为本市市民文明素质不高，乱吐乱扔，影响城市形象，所以今天就围绕这个专题，集中地听取建议。

与上次的冷场不同，一开始就有人发言。首先一个中年人站起说：“我叫张亮，上次吴市长希望发言要有建设性，这次就准备了一下——”

吴副市长打断了说：“张亮，你坐下说，坐下说。还有，丁零，上次你的一个建议，我们下了一个文件，这可是没先例的啊。”

王副秘书长马上跟上说：“我们吴市长查过，为一个市民的一个建议下文件，还真是前所未有的事情啊！我们吴市长就这样，要么不干，要干都落到实处——”

吴副市长打断了说："以人为本嘛。啊，哈哈。"

吴副市长一笑，王副秘书长马上也很配合地笑起来，边笑边调皮地做个怪相说："我们吴市长真幽默。"

幽默吗？一点都不幽默。丁零觉得，王副秘书长的表现倒是真幽默。丁零经常看到报上有领导幽默地说什么的句子，可是后面引用的话，根本就不幽默。

说话是否幽默并不重要，重要的是，吴副市长很谦和，常常微笑地环顾四周。与人目光相遇时，他主动点头打招呼。对视者似乎受宠若惊，赶紧以连连点头来回应。

吴副市长又转过头望着丁零说："丁零同志，我们的文件有效果吧？"

丁零愣了一下，他看见张亮有点尴尬地望着吴副市长。张亮一句话都还没说完就被打断成这样。丁零想等张亮把话说完，轮到自己发言时再细说。张亮向他抬抬手，示意他赶紧回答领导的话。

丁零坐在吴副市长的对面。吴副市长笑意款款地看着他。在场的目光也都投向他。他成了会议的中心和焦点。大家都在等他说话哩。不说不行了，那就抢先把自己的话说了吧。

他"嗯"了一声说："是的，文件发了以后，确实是有效果。这几个星期，来团购的是挺多的，可……"

吴副市长打断了说："看看，效果出来了吧。这就好嘛，说明全市的事业单位都动起来了嘛。我们做一件事，就要狠抓落实，就要做出成效，不能蜻蜓点水浮在面上。"

说到此，吴副市长似乎想到张亮的发言才开头，就朝张亮微笑地点点头说："张亮同志，你准备的意见是什么？我也想听听。"

张亮愣了一下，像刚醒过来似的说："我的意见是，城市文明不光是硬件问题，我觉得软实力也很重要。比如说市民素质的提升，就是文化软实力，可能比架几座立交桥，比地面铺上彩色砖什么的，更能体现这个城市的文明素质，像乱吐乱扔这样的习惯不改，就是再……"

吴此轮打断了说："对，文化软实力，这个提法好。我到过美国、英国、德国、日本几个国家，人家那素质，绝对看不到乱吐的，也没乱扔的。当然我不是说国外样样好，只说乱吐乱扔的问题。我们的城市文明，就要从文化素质开始，从乱吐乱扔这些司空见惯的小事抓起。今天的会，提出市民素质问题，提出文化软实力问题，很有成效嘛。我们争取开一次会能解决一个问题。丁零同志，你那里人多起来，是好事嘛。下一步，要争取在全市铺开，不能留死角。没去的机关和事业单位，以后采购也要到新南方。"

丁零赶紧说："我刚才的话还没说完呢。"

吴副市长似乎愣了一下，丁零抓住这个停顿瞬间加快语速说："这一周人数确实是多了，可是很多人都是冲着文件来的，这证明文件是有效果的，这是事实，可是我担心这个办法是否具有可持续性，我……"

吴此轮打断了说："你不用担心这个。我告诉你，只要你发现哪个事业单位到其他商场超市开假发票，直接向我投诉。只要我还在这个位置上，我就要管。我要一管到底。在这个问题上，绝不会心慈手软！”

他的目光再次落到丁零脸上：“丁零同志，你好像还有顾虑。你可以讲出来，没关系，这个你放心。”

丁零有点哭笑不得。过去在大学，校领导和学术权威来参加会议，都是一个一个地把话说完。这个吴副市长倒是热心办事，可是哪能这么开会。他故作失忆地拍拍头说：“我刚才没说完，说到哪儿了，我都忘了。”

在场有人捂着嘴笑起来。没有声音，只有笑的表情和动作。

王副秘书长不笑，回翻记录本说：“我这记着哩。你刚才说到，担心这个办法是否具有持续性，对吧？”

丁零用双手做出一个暂停的动作说：“那好，我再次接着说。不过，我要向市长提个建议，下面我长话短说，尽快说完，绝不超过十分钟；但我希望，市长不要再插话了，不要打断我，按会议的程序，一个一个地讲，行不行市长？”

吴副市长脸上掠过一丝不易觉察的不悦之色，但他很快就露出开怀而坦荡的笑容：“好好，你讲，你讲。这次，我们都不插话，静听丁零同志作重要指示。”

大家马上都“轰”地大笑起来。

丁零也不理会这个，就用很快的语速接着讲。他希望不只是靠发红头文件来杜绝团购中可能出现的不良行为，不能用树典型的方式来制止假发票，应该让全市的商企联合起来，共同守诺与守法，需要制度化的措施，对开假发票的行为依法制裁，同时还要引入电脑网络等技术手段，废除手工开发票的方式，以机打联网的方式开票，真正使物与票统一。

他讲的时候，吴副市长真没打断他的话，可也没怎么听。大多数时间，他轻声与旁边的王副秘书长耳语。王副秘书长边点头，边小声回应。

丁零的话讲完，静场了一会儿，吴副市长才停止耳语，笑着说："说完了，好，很好。行行，接着开吧。"

丁零不知道吴副市长说的很好指的是什么，或者什么也不指，只是客套。不过，他的表情依然友善，微笑也一如既往。

回到家里，殷雪红以女性少有的哲人口气断言："你公然顶撞市领导，断送了你和政府的联系，王副秘书长和吴市长都不会再理你了。看吧。"

真的吗？我顶撞了吗？没有吧，讨论问题是顶撞吗？

丁零没觉得自己有什么不妥的地方。他说："算了，要是这几句话就得罪了市长大人，我也没办法。说实话，靠政府文件引来的团购，不来也罢。"

3

新南方的团购潮，很快就开始退却。

本市的商场与超市，看着新南方独家夺走团购的大蛋糕，怎能善罢甘休。他们暗中酝酿并配合，阻断了舆论的推波助澜。

许多大型超市和商场，都是本地媒体的广告大户，他们以撤回广告的方式施压。别看媒体平时公平正义什么的叫得响，广告客户一发飙，他们的膝盖就软了，低三下四地暗送秋波，宣传的调子降了下来。加上市政府发文以后，也没再盯这事，媒体察言观色，纷纷作鸟兽散。

岳会计中午吃饭时翻看晚报，发现已设置半个多月的《新南方团购追踪报道》的专栏没了。这个专栏自新闻发布会后一直没断过。

夏末初秋的雨，下起来没个完，像是无法拧紧的水龙头。天气阴郁的某个下午，张扬发现，这一周来团购的人明显少了。

林青萍下意识地看了看天空，灰蒙蒙的，雨丝像盘在电脑机箱内的线圈，密匝匝，乱纷纷的。会不会是这周雨天比较多的原因呢？

过了一周，天气晴朗，初秋的凉风怡人，来团购的人更少。

就像列车抵达车站之后，出站口开始是人头攒动熙熙攘攘，没多久，人就开始少了。等你意识到少的时候，已经所剩无几了。林青萍站在人丁稀少的新南方大门口，就像在出站口没等到预期的来客一样心神不宁。

新南方的团购，几乎锐减为零。

媒体撤了，那些察言观色的机关事业单位，也都按兵不动，静观其变。林青萍望着空落落的团购收银台，不免有些着急。

张扬说："丁副总啊，我们现在可是前后无路了。过去团购的哥们儿得罪了，新的也不来了，这事是政府挑起的，现在瘫痪了，停摆了，还得去找找那个吴市长。市场的路早断了，不找市长找谁啊?"

林青萍在心里暗暗赞同，她觉得张扬说得有道理。

整个八月，新南方的团购盈利近百万元。现在左右为难，只能再找政府了。

丁零上次开会回来，他瞒着没说出会上的实情。再去为新南方的团购呼吁，无异于自取其辱。

丁零没吭声，回到自己的办公室。

林青萍过一会儿跟了进来。

见丁零一个人在办公室发呆，她走进去坐在他对面。她竭力劝说他："我知道你不想找政府，也知道你对行政命令弄来的团购很反感。可是，踏上了这条不归路，只能硬着头皮往下走。"

丁零苦笑："错事是我做的，看来我得一错到底，居然要自愿地去做不喜欢做的事情。"

林青萍也陪他苦笑："言重了吧？你这人，就是太坚持。"

丁零看着她认真地说："要是现在我捡了你的包又告了你，你还会请我来做这个副总吗?"

林青萍愣了，说不出话来。

4

一连两周，丁零都没接到市府的开会通知，也没有王副秘书长的电话。

丁零记得第一次开会时，王副秘书长就说过，这个会要成为一种制度。既然是制度，不会两次就没了。

林青萍心急如焚，建议丁零打电话问问王副秘书长，是不是有通知没收到。

丁零给王副秘书长打电话，响了几声没人接。他又给开会认识的一个环保人士打电话。环保人士说上周因为吴市长出差了没开，本周的通知已接到，这个星期四开，就是明天上午，没变。

是不是把自己漏掉了？丁零再给王副秘书长打，响了漫长的七声，王副秘书长才接。丁零没拐弯抹角，直接问明天开会怎么没接到通知。

电话那一端迟疑了一下才开口："哦，是吗？那……等我问问。"

电话无声了一会儿，王副秘书长接着说："是这样，这次人员好像做了一点调整。我也不是很清楚。要不，我再帮你问问，有情况给你打电话吧，好吗？"

丁零紧接着说："关于团购的事情，有些意想不到的情况，想再反映反映，单独谈谈也可以的。"

王副秘书长“哦”了一声说：“吴市长这段时间比较忙，我找个方便的时候先跟他汇报一下。如果能约到时间，我再通知你，好，再见。”

挂机了。

丁零想到了殷雪红的断言。

5

总经理办公会上，张扬手机响起。他拿起手机出门说话去了。

张扬接电话的时候，林青萍拿着笔，胡乱地在本子上画来画去，同时自言自语地说：“这个吴市长，他没下文件还好一点，他好事做了一半，叫我们真是左右为难……”她重复着，絮絮叨叨，边说边继续在本子上画来画去。

丁零终于忍不住说：“我给王副秘书长打个电话，再试试。”

林青萍心中暗自笑了，仍然不动声色地在本子上画。

手机通了，王副秘书长以为丁零又问开会的事，马上说：“我现在不管这事了，可我还是帮你问了，他们的意思是不想固定人，每次根据不同的议题，有针对性地请不同的人。他们说了，什么时候请你会通知你的。”说着就要收线。

丁零马上声明并不是问开会的事，他说：“我是要向吴市长反映，他推广的团购，下了文件，可是，现在团购的人都不来。我估计假发票的事又有抬头，我想提些建设性的应对措施。”

那边王副秘书长笑笑：“这事啊，吴市长事后也征求过意见，大家都认为，市场的事情还是交给市场比较好，政府尽量少干预。现在不是提倡小政府大社会，提倡服务型政府嘛，政府主要是做好服务。我马上有个会，有时间再聊吧。”

又收线了。

丁零放下电话，苦笑：“这次市长大人倒是跟我一致了。”

林青萍将笔一摔说：“小政府大社会都提几年了，既是这样，起先他们下什么文件，扔下这个半拉子工程，谁来收场？他们这是托词，完全是托词！”

张扬说：“你顶撞了市领导，他和你一致了，新南方遭罪了。”

林青萍说：“是啊，我们现在是进退失据。”

大家都想不出更好的办法。林青萍打电话给岳会计，让她查查近一个月的账面情况。过一会儿，岳会计来了，她说：“这段时间，全店就珠宝有进账。若不是这一块儿，连水电费都付不起了。”

张扬笑说：“团购没了，现在全仰仗林总，仰仗新世纪珠宝了。”

第十七章

在团购日渐冷落的当口，林青萍又无可挽回地把陈红霞给得罪了

1

在团购日渐冷落的当口，林青萍又无可挽回地把陈红霞给得罪了。

这事说起来，林青萍像吃了一只苍蝇。

起因是，陈红霞约她到家里打麻将。她刚好跟崔仁杰有约

会。崔仁杰下周出差，为一笔很大的官司，到上海去一个月。临行前，崔仁杰把这次私密约会看得很珍贵，心急火燎地盼她来。

林青萍有段时间没见他了，也有点想他哩。新南方这么烦乱，也很想跟他聊聊。

崔仁杰虽然有些夸夸其谈，但点子多，又善解人意。就是没聊出好方法，排解心中郁积的烦闷，抚慰身心，他也是最佳人选。

她回复陈红霞说："这两天身子不大舒服。"

陈红霞半开玩笑地追了一句："你不是故意回避我吧？"

她很肯定地回答："怎么会。"

陈红霞一直看重她的诚信，很相信她。跟陈红霞打交道，她比较实在。新世纪有次算回收款，居然少算了，她主动提出并如数支付。陈红霞又感谢又感叹，如今欺诈太多，真东西少，连亲友也都是些只认钱的白眼狼。从此陈红霞对她加倍信任。

陈红霞说："那行，你就好好休息，我就再找人吧。"

两人互致"拜拜"，挂了电话。

林青萍出门不久，接到崔仁杰的电话，出差临时有变，对方要求今天就到。这年头，生意场上的事，真是风云变幻，他说现在知道什么叫人在江湖，身不由己了。他改签了飞机。接着他讲了不少致歉与好听的话，请她原谅，若有得罪之处，回来任打任罚，一并补偿。

林青萍大度地劝他："这种事，谁都难免。没关系，可以理解。你去吧。"

理解归理解。林青萍车开到半路，一下子竟然空落落的，也不知往哪儿去。路过思念咖啡屋，她鬼使神差地进去坐下了。

刚坐下，一个年轻男子就坐到她的对面。

思念咖啡屋是连锁店。林青萍就喜欢长江边的这家分店，是这里的常客。她喜欢这里的情调。典雅富丽，有些贵族气息。没人知道，她的初恋是从这条街开始的，也是在这条街埋葬的。她高中毕业后就和体育老师恋上了。她同班许多女生都暗恋某个中年男老师。她的初恋，正是崔仁杰婚姻三段论中第一阶段的真实写照与诠释。这段经历连她父母都不知道。

每每坐在这里，她都会发呆很长时间，回想逝去的初恋，真切地在眼前闪过。

"小姐，发什么呆？"

又是一个帅气的小男人，面相陌生，大概是新近招来的。她扬眉扫了一眼，一副"认错人了吧"的神情。叫她小姐是对的，她最讨厌的就是有人见面就叫富婆，真是俗不可耐。称呼对了，但并未讨得她的欢心。她不太喜欢这种看见女人就贴上来的男人。这种男人长着一个好看的脸蛋，内囊却是空的。有些还是乡下来的孩子，读过小学或者中学，被店里的老板当作富婆的情感杀手招进来，经过一番训练和包装，专门引诱那些内心空虚的有钱女人。她是有钱，但她不认为自己三十多岁就老得可以称作富婆，也不认为自己的内心空虚，需要靠吸取这些小男人的青春来滋补身心俱伤的容颜。

这些小男人早已训练有素，看她不理不睬，坐一会儿就识趣地走了。他们年轻，大概觉得自己有的是时间，下次他们还会出现，很有耐心地再来。你不理，他们也不恼，仍然会微笑着等待下一次。直到你都觉得有点不好意思了。

陌生小男人刚走，陈红霞包的小帅哥像苍蝇似的嗅过来了。

林青萍听说了，他打着陈红霞的幌子在外面弄了点小钱，陈红霞不高兴，这段时间故意冷落了他。

“林小姐，你今天下午来，陈姐又不在，这可是少有的事，是不是想来看看我呀?”

林青萍扫了他一眼：“你哪里学的这一套，你还这么花心，对得住陈姐吗你?”

“她哪里赶得上你，看见你，我的魂都没了。”

她撇撇嘴笑说：“你是现在这么说，陈姐来了你就要吓死!”

“谁说的，哼，她来了我也敢说!”

她心里有点可怜陈红霞，怎么就没看出这小子不是什么好东西，就说：“陈姐那样疼你，你还说这样的话。”

“哼，谁要她疼，她长得像只大肥猪。她若有林小姐这样的魔鬼身材，我就不说这话了。”

说着他居然就在她身边坐下来了，接着手臂环上了她的腰。

她急忙扒他的手但没扒开。争执之中，他的嘴就往她脸上凑过来了。

她扬手就给了他一嘴巴。

他由此得到鼓励，反而更猖狂了，就不管不顾地紧紧地搂住了她。

事情就这么巧，陈红霞进来了，进门一眼就看到她的小帅哥和林青萍搂在一起。

也是合当有事。陈红霞打牌约了几个人，竟然都走不开，她的安排被打乱，心境烦腻，就顺便到店里来看看小帅哥。冷落了他几天，她有点想他，她以为小帅哥对她也是动了真感情的。

两人看到她，本能地往两边闪开。这个下意识的规避动作，笨拙得如同欲盖弥彰，放大了陈红霞的误会。

陈红霞自小就在城市的小巷滚大，能把生意做出来，靠的就是泼。劈面碰到这情景，当时她就大骂起来。

“好哇，这个婊子！我还一直把你当朋友，原来在骗我！我约你打牌，你说身体不舒服，你到底是硕士，有文化，会使计谋，趁这个空当来找快活。这小白脸，他用得着勾引吗？我早说过，你想玩随时送你玩，贱货！没想到你比这个小混混还贱，不光是贱，你还骚！”

这话要多难听有多难听。众目睽睽之下，林青萍哪受得了这种窝囊气，顿时火冒三丈，也指着她的脸说：“你不要侮辱人，我才没勾引他！”

陈红霞一听这话，变本加厉，竟然双脚跳起来："呸！——呸！骚婊子，你还抵赖！你要是认了，我今天也就看在好朋友的份上，不跟你计较，你这样，我就不依你了！"

她夺步冲到林青萍面前，马上有人上来拉她。她一边奋力挣脱，一边又跳又叫地让围上来看热闹的人给评评理。

林青萍知道，这个气氛，根本没法讲理，站在那里，无异于当众受辱。

假如陈红霞冷静地把她拉到一边单独谈，她想跟她说点知心话，告诉她跟这个小帅哥别动了真感情，小帅哥背地里很不地道，她要当心点；假如陈红霞顾及朋友的面子，只是不高兴地说几句气话，她会主动和她推心置腹，告诉她真相，这是可以澄清的。

可是，陈红霞就是一个街巷的泼妇。粗俗的本质，靠穿戴一身的珠光宝气是绝对改不掉的。怪不得说尊贵的气质需要三代人培养。

林青萍知道无法用道理和她沟通。最好的办法就是，再也不到这种地方来，再也不和她这种人打交道。

就这样，她在陈红霞开始新一轮撒泼叫骂的时候，就"呸"了一声，昂首阔步地走出了咖啡屋。

当她出门发动车子的时候，她才后悔不迭地意识到，这对新南方，无疑是一次近于灭顶的重创。

作为支柱和招牌的珠宝柜，会彻底垮掉。

陈红霞这人，从来只相信现世现报。

2

果断泼辣的陈红霞，第二天就下手了。

她自己没来。她在思念咖啡屋用手机指挥。小帅哥像只乖猫似的偎在她怀里。来的是一帮五大三粗的男人。租来一辆武装押运的运钞车，从驾驶室下来两个押运员，头戴钢盔，双手紧握钢枪，枪口朝下，如临大敌。

近来新南方经营欠佳，资金匮乏，进来的珠宝也欠款未付。陈红霞彻底翻脸，将珠宝悉数卷走，一件不剩地装上车。运钞车呼啸着扬长而去。

原来流光溢彩的柜台，经过一番洗劫，像被拔光了牙齿的口腔，干瘪、破败、丑陋，要多难看有多难看。

林青萍站在“拔了牙”的货架前发呆。她站在那里，放开嗓子大叫了一声：“撤！撤就撤，让这个臭婊子撤！”

她看到下属员工眼神中的惊异和疑惑。大概是从未见过她如此吼叫。

没听过硕士毕业的林总骂人是吧？没听过开宝马车的林总骂人是吧？骂了，老娘骂了，不骂不解恨！她在心里狠狠地说着，用眼神去抵御那些惊慌和疑惑。

大叫了一声“臭婊子”，心里才觉得畅快一些。心想，人到愤怒之极，还是来粗的解恨。

是因为涵养太虚弱无力，还是因为自己素质较低？她一时也找不到答案。

很想找个有见地的人聊聊苦闷。崔仁杰到上海去了，她就约丁零到厚湖新城的岁月如歌咖啡屋坐了下来。

他们谈得并不投机。丁零不是安慰人的高手。话都没错，就是听上去不怎么贴心贴肺。

“珠宝拆了就拆了，没什么遗憾的，也不可惜，新南方终究是要走市场的。靠一两个熟人关系，不可能长期支撑一个店，这不符合现代经营理念。”

他就是这样。这事有什么可说的，拆都拆了，说也说不回来了，就不能找点高兴的话说说？

林青萍心里有火，就说：“算了算了，不跟你说了。”

她拎起爱马仕跟丁零告辞了。

林青萍回到新南方，看到进门处没牙口腔似的珠宝柜，越发不快，就叫人把珠宝柜给拆了。

张扬在现场没吭声，跟在她后面走进她的办公室。

“林总，这个珠宝柜还是别拆了，拆了，进门就少了珠光宝气。”

林青萍不知他是什么意思，有些不高兴地瞪了他一眼。

“你脑子是不是进水了，找不到低折扣的进价，眼下还能做珠宝生意吗？”

张扬却不慌不忙地在她对面坐了下来：“怎么不能做，要是能进到低价位的珠宝首饰呢？”

林青萍有些意外地看了看他，心里涌出喜悦：“你能进？”

“一个哥们儿，做珠宝的，过去很熟，有段时间没联系了，我把他找到了。他很同情新南方的遭遇，答应拉我们一把。”

林青萍平时最听不得他说哥们儿哥们儿的。要是以前，早就烦了，一番劈头盖脸的冷嘲热讽。可今天她没有，而是有些惊喜地看着张扬。

能让珠宝柜重生，给陈红霞一个响亮的回击，这是她现在最想要的，是比任何倾诉和陪聊都重要的安慰。

稍有遗憾的是，张扬的这个哥们儿，不是老板，只是副总裁。但，办这事儿还是够了。

张扬为林青萍挽回了面子。品种没有陈红霞提供的多，价位比陈红霞高零点二个百分点，也够低的。

新南方一楼迎门的珠宝柜台，林青萍特意请人重新设计装修一番，比过去更显金碧辉煌。

3

保住了珠宝柜，顶住了陈红霞的无情打击，张扬功不可没。

林青萍对他的态度有了改观。有些过去不能原谅的事情，现在也网开一面。

张扬那些哥们儿来找他，都是些违规的事，比如买小东西开大发票，还有的什么也没买，也来要发票。收银员小肖想到丁零的交代，就问是不是跟丁副总说说。张扬大手很自信地随意一摆。

“算了，林总同意了的。”

“林总同意了?”

“是的是的，林总跟我说了，团购的财务，准备让我负责，马上就会宣布。”

连没买东西的都来开发票，丁零到收银台找小肖核实情况，小肖只有如实相告。

张扬不知从哪里冒出来。他瞥了丁零一眼，旁若无人地哼着曲子，晃晃悠悠地从丁零身后绕一圈，走了。

林青萍在经理办公会上宣布了决定，由张扬重新启动他的关系户团购，并且团购这一块儿单列，包括团购财务，也由他全盘负责。

这是没办法的办法。

这么决定的时候，林青萍有种掌自己嘴的感觉。

张扬皱着眉头，仿佛浑身不舒服似的伸展了一下手臂：“我也不想，又去求那些婊子养的，让他们看笑话。没办法，为了新南方能摆脱困境，我只有拉下这张老脸。”

别看他显得很难受的样子，把团购接过来其实是他一直都想的。林青萍在心里笑了笑。要是过去，她会讥笑他的显摆和粗俗。

张扬现在对丁零已经没有任何顾忌。他不再瞒天过海，而是明火执仗。

过去，团购的人来找他开假发票，他会趁丁零不在的时候，带他们到团购收银台。现在，他则大摇大摆地带人去开。

团购收银员小肖，虽说已经三十多岁，但看上去就像二十多岁。她眼睛小，笑起来眼睛眉毛弯得像月牙，长得不算漂亮，却很讨人喜欢。说话或不说话，她都是笑眯眯地望着人。你面对这笑眯眯的样子，想说重话都拉不下脸来。

丁零心里不高兴。这么明目张胆地开假发票，我还是管财务的吗?

小肖笑笑说："我也是小虾米，只能听领导的。林总说过，这一块儿，由张总全盘负责，一竿子插到底。"

丁零呼了口气："既然这样，我还管什么财务?"

小肖仍然弯着脸上的月牙："你们老总的意见一致，我们下属才好办事，我也没办法。"

丁零不想找张扬，也不想找林青萍。找了也是白找。

他想，不能在新南方待下去了。

他想到郑大滨许诺的退路，动了离开的念头。

4

丁零想探探殷雪红的意见。没有她的理解或同意，他哪里也不能去。

他很委婉地开了口，小心翼翼，像在黑漆漆的暗道里爬墙摸壁，试探着移动——他刚说了新南方不太适合他，这么待下去不是办法。刚开了个头，殷雪红的脸色就沉了下来。她上上下下地看着他。看得他有点不知所措，赶紧闭了嘴。

她冷眼看他，看了一会儿，一顿指责劈头盖脸而来。

“你想往哪儿去，你还能往哪儿去？你以为你找工作容易吗？当初不是林青萍收留你，给你一个副总的位置，你现在还不一定能找到工作，不信是吧？我看你是昏头了！”

这个时候的殷雪红，不像是小他十二岁，倒像是一个训斥不良少年的恶声大妈。

他不再吱声。

在殷雪红的怒斥之下，他什么脾气都没有了。他给她打水，边帮她洗脚边说：“我这不是跟你商量嘛！”

殷雪红有点被噎住似的瞪了他一眼：“你少跟我兜圈子，你要走，有人接收你吗？你总不能让我来养你，窝在家里吃软饭吧？人往高处走，只要找到更好的地方，哪个都会走。你要走就走，别又跟上回那样就行！”

丁零暗自好笑。她一定以为他再也找不到地方。有她这句话就行，找到了地方，再跟她摊牌。

丁零仔细地给她把脚擦干净，又去给她贴黄瓜片、敷土豆泥。贴好敷好后，再打西红柿汁。她只是躺着，微闭双眼，任他不停地忙着。

丁零并不感到苦或累。有她这态度，他就放心了。他不认同男人呵护女人就是怕女人。所谓男女平等，就不应先天地派定性别的社会位置与家庭角色，只要出于自愿，就是最好。

他今天贴得特别仔细。虽然她在很多人眼中是个好吃懒做、撒谎成性、借钱不还的女子，但并不妨碍她是他的最爱，是他心中的太阳。

当他跟郑大滨说到想去私立实验中学看看时，郑大滨像是一直在等着似的，很自信地“哈哈”大笑起来：“我就知道你会来找我的。张扬和你不是一路人，你在新南方肯定搞不长，我就知道！”

丁零给他送退款那天，郑大滨说了真心话。他说，丁零，实话，我的铁哥们儿多得很，那都是口头上叫着热闹，没有友情，只有利益。你不一样，口说不算，你以后看行动。

郑大滨亲自开车送丁零到位于城东的新天地实验中学去看了看。

不用拐弯抹角，他领着丁零直奔范校长办公室。

范校长是郑大滨表妹夫的姐夫，虽然关系有点绕，但交情还不错。听口气，范校长对丁零并不陌生。

郑大滨真是没掺一点儿假，他早就跟范校长举荐过丁零。

范校长用双手紧握着他的手：“久仰久仰！你能来，敝校真是蓬荜生辉呀。不瞒你说，我们现在最缺的，不是物理老师，也不是英语老师，就是像你这样有个性、有思想，对素质教育有自己想法的语文老师啊！”

第一次见面就说这句话，说得丁零浑身的血都欢快地唱起歌来。

这里才是自己的用武之地。

丁零内心最想做的还是教育。他一直都想在教育上做一次有成效的尝试。与范校长的见面，激活了他深藏在意识底层的趣味与欲望。

到底是私立学校，没有任何繁文缛节，直接说事。范校长明确表示，当天来当天就可以上班。

一般人认为语文老师好找，不把语文老师当回事。实际上，素质教育上不去，缺的首先是语文，不是数理化，更不是英语。所有科目里最重要的是语文，学会语文就是学会表达与交往。一个连表达都不会的人，怎么能在工作和生活中思考并且传递思考呢？这是他的一贯看法。

就凭这一点，他与范校长英雄所见略同。

分手的时候，范校长反复叮嘱，要他尽早拿出一份教学计划。

5

丁零吃了午饭，没按惯例到街上散步，而是到林青萍的办公室坐下了。

他没有立刻请辞，而是从团购发票乱开说起。

他说他知道这一块儿单列给张总了，他虽然不喜欢张总的个性，但没有个人恩怨。乱开发票是不可持续的做法，偷税漏税是违法行为，这样下去，很危险，与新南方在团购中刚刚树立的诚信形象不相匹配，没准儿哪天会出事。这无疑是自杀。

他用了自杀这样骇人听闻的比喻，意在唤醒林青萍已然沉睡的品牌意识。

林青萍好像并没有苏醒的意思。

她显然不愿意深入这个让她有点为难的话题。她有些疲惫，抬起眼皮看了他一眼，无奈地翻着手中的《商界精英》杂志：“有些事，也是没办法，我也不想这样。新南方，现在首要是生存和温饱。张总的做法，肯定是短期行为，权宜之计。把这个店支撑下来，等到五十万白领住户都到位了，你想想，那个时候，我们才有可能考虑发展，你说是不是？”

丁零知道她没兴趣谈这个。这样也好，便于他把下面的话说出来。

丁零觉得是时机了。他调整了一下坐姿：“我想走。我在这里，已经没什么意义了。我不是跟谁较劲，是真的请辞。”

林青萍合上杂志，睁大了画着眼影的双眸。

“你在这里没意义？谁说的？你怎么能说没意义。目前，我说了，只是权宜之计，来日方长。你理解我，千万别有误会。这里是需要你的，只是时机而已。”

丁零早有准备。他有点诡秘地笑笑：“不妨做一次民意测试。只是测试，让大家给副总投票。如果我的票少，我就走；我的多，我就不走。行吧？”

林青萍估计，真要投票，他不一定有张扬多。难道他真的就看不到这一点，还是他真的想走？也许真要一次民意测验，他才能认清自己。

她也诡秘地笑笑：“让我想想，行吗？”

6

林青萍有段时间没见到崔仁杰了。

崔仁杰从上海回来的当天，就给她打过电话。她那天正忙，没答应立即见面。

林青萍一直很看重崔仁杰的见识，重大事情，还是要听听他的意见。就打电话给他。她故意拨打律师事务所的座机电话。

“喂——”

就一个“喂”，上次打电话还说你好，现在浓缩成了一个字。林青萍故意不开口，看他怎么办。

崔仁杰在那边也不开腔。静止的傲慢中，夹带着催促，好像是在宣告再不吱声我挂机了！

林青萍还是不说话等着，想再听听那边会不会吐出象牙来。

“说话！”

话筒另一端吐出的不是象牙，是压抑的低吼。

林青萍笑出声来了。崔仁杰马上道歉。

“哦，是你呀，对不起对不起！你怎么打座机呢？打我手机呀，座机也没来电显示——嗨，刚遇到个扯皮的，吵了一架，正上火呢。抱歉抱歉！”

林青萍一笑：“你接电话风格一变，我还真有点不习惯哩。”

崔仁杰也笑起来：“上次跟你解释了嘛，你要是喜欢，以后只要是你，我就绅士地说，你好我是崔仁杰请讲，只要你不觉得累。近来忙不忙？抽时间见见吧。”

林青萍握着手机无声地笑了。想让他把见面的意思说出来，果然他开口就发出了邀请。

女人只要沉得住气，总是能笑到最后。

林青萍嗯了一声：“行吧，我也有事要听你的高见哩。”

见面地点还是在崔仁杰家里。

崔仁杰今天兴致很高。林青萍刚坐下，他赶紧拧开一瓶可口可乐。她也怪，任什么高档饮品都不合胃口，独独钟情这种大众饮料，就好这一口。他全心呵护她的嗜好，把饮料倒进一个带着大耳朵的翡翠色口杯，口杯下支着一只同等颜色的方形托盘。

林青萍在一次闲聊时说过，杯子是圆的，托盘就不应用圆的，该是方形的才好看。似乎是随意的一句话，他就听进去了。这就是崔仁杰。

在林青萍惊喜的目光中，他双手举案齐眉似的递到她手上。

林青萍笑了笑。亲热了一番之后，他们坐在沙发上聊起来。

话题离不开丁零的去留。崔仁杰兴致很高，坐在她旁边，一只手搂着她的肩膀，滔滔不绝地大谈丁零的难得。他说中国需要大量的丁零，如果中国一般人的素质都达到丁零这样的水准，中国绝对可以在最短的时间成为发达国家。

林青萍有点愕然地看着他："你又变了，上次你怎么说的？告诉你，我不是来上课的，听你讲中国需要什么。我关心的是我需要什么。我管不了中国的事，我操不了那么多心，说我那个新南方！"

至爱面前，女人总是很任性。

崔仁杰愣了一下，笑了："当然是说你的新南方。你不是要走品牌的路线嘛，我上次说了什么，没说错什么嘛，我上次也说丁零是属于未来的。整个厚湖新城的繁荣，不就今后一两年的事情嘛，那个时候，不是正用得着他嘛。这就是我上次说的前瞻性，我没变。"

林青萍说："你八面玲珑！现实的，前瞻的，你屁都放了，样样都是你正确，你是永远正确。可是，摆在我面前的是，现实和前瞻不可调和，现实不让我前瞻。从理念上说，丁零来了以后做的事，没一样不正确。可是，他不仅没带来效益，连原有的效益都受影响，你知道吗？"

林青萍接着说："要不，你跟丁零谈谈？"

崔仁杰立马推托："我怎么跟他谈，我又不是新南方的人。再说这段时间我忙得很。"

林青萍最看不惯他这点，就是动动嘴，要他做事，他就推。

她瞪了他一眼："你就知道往后缩。你知道我有多难，工资都发不出来了，我都要跳楼了！你不是新南方的，当初推荐他，你怎么不说你不是新南方的？就知道耍嘴皮子！"

林青萍说着说着，竟然被自己感染得生气了。她从崔仁杰的搂抱中挣脱开来。

崔仁杰伸手拉她，被她推开了。

崔仁杰愣了一下，讨好地笑笑："我也知道你难，也许扛过这一阵就好了。风雨过后是彩虹，黑夜过后是黎明，我的意思是，你要从长计议。"

林青萍认真地看了他一眼："扛，我也想扛，怎么扛？我也不知道我能扛多久。手上的资金链断了，能撑多久，一点儿把握也没有。而且，万一我负债累累地扛到最后，还没出现转机，怎么办？谁能担保扛到最后就一定能赚钱，你替我想过没有？"

崔仁杰显然没这样想过。

他有点迷茫或歉疚地看着她："你说得也对。既然丁零提出要弄个民意测试，不如就顺着他试试，看看大家的意见，可以帮助你下最后的决心。再说大多数人，也许比我们两个人看得清楚一些。"

一次没有收获的会晤，林青萍满心不悦。但最后这句话，她倒是听进去了。

第十八章

林青萍准备贷款，对新南方作些改造

1

林青萍准备贷款，对新南方作些改造。

为贷款的事，她跟老公吵了架。

他们有口头协议，在儿子面前不吵架，这是她的提议。不要因为父母矛盾影响儿子的心理健康。有不少家庭，父母无所避讳地争吵，导致子女心态扭曲。自从儿子住读以来，林青萍和李洪川不再怕吵架了。

有时吵得很厉害。左邻右舍都能隐约听到。有人担心这一对夫妻迟早会离，但是他们自己知道，只要没有发生不共戴天的事变，他们不会离婚。

维系夫妻琐碎与冗长生活的，更多的是习惯。彼此太熟悉了，由熟悉而生发的了解，刻骨铭心的熟悉与了解，最终定格成习惯，谁也离不了谁。就像笑话说住宅边的火车声一样，真的迁走了，没了声音，更睡不着。这就是习惯的魅力或力量。

林青萍觉得，天下的乌鸦一般黑，天下的男人大同小异，就是把李洪川换成崔仁杰，真是在一个屋檐下过日子，还是断不了大吵小吵。只要不是吵到不共戴天，没什么大不了的。

李洪川也这样认为。

两人在观念上常有不合拍，在这一点上，却是惊人的一致。

所以，外人看着紧张，他们两人心里明了。就跟吹气球似的，眼看鼓胀得越来越大，外皮越来越薄，好像随时都可能爆炸，旁观者都尖叫起来，他们在恰到好处时停了下来。看着大家尖叫，他们不仅不慌不忙，反而有点暗自得意。

一得意，他们就更不会离了。

随着厚湖新城的住户渐渐增多，林青萍想在新南方的顶端竖块霓虹灯牌，里面也想再整合装饰一下，增设一个品牌化妆柜区。这是主管陈汉生的建议。犹太商人有句名言，赚钱必须盯住女人的钱袋。

主意是好主意，可是缺乏资金。林青萍打算贷款。找谁呢？陈红霞出手很爽，过去林青萍偶尔应急要用钱，都是找她。如今这条路断了，还真没多少人可以开口。

多好的朋友，借什么都行，就是别谈钱。借不到不说，朋友也没了。

她没找崔仁杰。他有也不多，拿个八万十万的还可以，不顶用。她的目光向内搜索，看到了李洪川。

李洪川原本投资让她做新南方，就是想让她有点儿事干，玩玩，并不想她真干出什么事来。没想到她是玩真的。再往里投，他是不会的。又不好说不给，刚巧他现在在购地进军房地产，手里也没多的钱，这是最好的理由。他还是给她出了个主意。

“新南方后面不是还有块空地嘛。”

“你又不是不知道，那是特意留着以后做停车场的。”

“以后是以后嘛，现在空着不也是空着。你不卖地，租，你租还不行？一租钱就有了，还到处贷什么款！”

林青萍心里一亮。还不得不佩服老公的生意头脑，到底是大老板，一下子就点住了要穴。

要是崔仁杰想出了这个好主意，她会凑到他脸上亲一口。老公就免了。

这就是夫妻。就跟女人打扮一样，全是应付外面，不是给家人看的。

2

林青萍想多听些主意。在总经理办公会上，说到贷款的难处，她请张扬和丁零想办法。

丁零摇摇头，表示一时没什么想法。张扬也没想出什么主意，倒是想了个找主意的办法。

他生意场上的朋友多，由他找几个来开个座谈会，一起吹吹，看看他们有什么说的，说不定能吹出个金点子。

林青萍似乎有点动心，看着丁零，一副“你认为这办法怎样”的表情。

丁零点点头：“可以试试。人家花钱买金点子还不一定能买到，如果座谈会能出个金点子，当然是好事。我想，张总认识的这帮朋友，都是市场打拼出来的，他们的建议，可操作性会比较强，说不定有可取之处。”

林青萍很欣赏丁零的胸怀。他不喜欢张扬，对张扬那帮朋友也没好感，谈事却不带偏见。

张扬请来的都是生意人。会前，大家围着新南方四周仔细转了转。

不约而同，他们全都看中了新南方那块留着建停车场的空地。他们的金点子与李洪川如出一辙：出租这块空地。

林青萍原本希望他们能想出更好的办法。她到欧美一些国家看过，那里的超市，一般都有大停车场。她曾为新南方拥有这块地自豪。本市许多早先兴起的超市，都没有预留停车场地。今后，一旦经济发展，私人小车暴涨，没停车场的超市，就会面临一个致命的发展“瓶颈”。新南方的这个停车场，会是一个了不起的优势。

座谈时，大家都认为，手上缺钱，这地方就应该利用起来。关于怎么利用，他们也贡献了金点子。他们发现厚湖新城的中心菜市场离这里较远，近处有个小菜市场，是在楼房的侧面搭的简易顶棚，里面狭小拥挤，管理也没跟上，四处脏乱不堪。若新南方在这里开辟宽敞气派的菜市场，肯定能火起来。

整个座谈会就围绕这块地讨论了大半天。

等这帮人酒足饭饱走后，林青萍召集张扬和丁零作最后取舍。

张扬自然是赞成，他的激情又上来了。他说这是个自救的好办法，用不着到处求爷爷告奶奶地贷款。

丁零一言不发。林青萍让他也说说。

丁零说：“我有犹豫。如果这里办一个优质安全的现代菜市场，确实是个很好的选择，现在中国人对食品安全太不放心了，做出了品牌，功德无量。可是一旦做出了品牌，我们会遇到下一个麻烦，开车而来的顾客猛增，这里却没有停车的地方了。不知你们想过这个问题没有？”

林青萍心里紧了一下。

张扬说：“都是你的想象，真的会有很多车来？这一带空地很多，不会找不到停车的位置。再说，做生意，首先是眼前得利，无数个眼前相加，才等于未来。”

林青萍愣愣地看着张扬。她没想到他能说出这样有哲理的话来，忍不住笑了：“自从你儿子去北大学哲学，你也成半个哲学家了，有进步啊。”

张扬有些得意，也有些不好意思，挠挠头：“这句话还真是我儿子说的，他在短信里说的，我引用。”

她说：“要说，你还得感谢丁副总，他是支持你儿子读哲学的。丁副总，你的担心我也有过。可是又一想，新南方要准备这么一个停车场吗？会不会是杞人忧天呢？”

丁零嘴角一咧：“我只是个人意见，供你们参考。”

张扬瞪着眼睛说：“怎么说你们，你，你不是新南方的老总？”

丁零没吭声。

林青萍知道丁零决定要走。她用目光制止了张扬的追问。

3

丁零给林青萍发短信：我真的想走了，我已经没必要待在这里了，真的。

林青萍回：不走不行吗？我挽留你。

丁零写：不必，这里已经不适合我了。

林青萍回：没那么严重吧。

丁零写：走之前，做个民测吧。

林青萍回：都要走了，还在乎这个？如果评价好，是否就不走？

丁零写：好不好都走，想看看，有多少人认可我。

林青萍回：好——吧。

林青萍亲自主持了民意测验。测验针对新南方高层三人。

林青萍预计，张扬爱发脾气，很多人怕他，私下有些嘀咕，如果用无记名投票，难免会趁机回报一个叉叉。至于丁零，她估计也不会高。

张扬倒是信心满满。看着人们一个一个地往投票箱走去，他笑着跟从他身边走过的人点头微笑，偶尔还招招手，跟接见似的，眉宇间显露着轻松与快乐。

丁零不跟人打招呼。坐在前排，一动不动，也不看任何人，像在听从宣判结果。

验票结果，林青萍全票，这很自然。老板不可替代，若不是太过分，都会打勾。丁零四十二票，张扬七十九票。

张扬对自己的票数并不满意。他恨恨地笑着说："我知道谁没投我的票，我知道谁在跟我作对。"

林青萍看着丁零，一副"你知道谁没投你吗"的疑问表情。

丁零明白林青萍的意思，他笑笑："大多数人没投我，我想不会是私怨，而是不认同。如果是竞选，这就是失败了，我尊重这个结果。看来，我应该滚蛋了。"

林青萍事后也问过一些人。回答大致相似。

有的说："丁零人挺好，就是做的事，没一样出了成果。"

有的说："张总虽然脾气不好，但他玩得转，能为新南方带来效益，带来实惠。"

4

林青萍请丁零到"岁月如歌"深谈了一次。

丁零虽然铁了心要走，但内心还是有些愧疚。丁零说："仔细想想，我确实没给新南方带来什么好处。"

林青萍打断他的话："也不能这么说，你的一些想法，很多人是认可的，还有人念叨哩。我估计你找的新地方，会是你的志向所在，是吧？"

丁零点点头说："你知道，我一直想去中学的，这个想法一直没变。那个校长雄心勃勃，立志要改变应试教育的格局，开辟素质教育的新天地，他一直苦恼语文教学难以突破，让我去试试。我们不谋而合，都认为语文是中学生素质教育的关键，难得这么投缘。我想去试试。"

林青萍说："这样一说，我还真的不好意思留你啦。我还是把话撂在这儿，要是想回来，随时欢迎。你那天突然提出想走，我还真有点儿意外。"

丁零迟疑了一下："要说意外，我有件意外的事，一直没说。就是那天引发火警的扫帚，是我无意放在侧门的。那天，我因为胆怯，担心自己下不了台，没吱声，蒙混过了关。很不应该。时过境迁之后，更不知该怎么说，始终很内疚。”

丁零脸涨得通红，不安地看着林青萍。

林青萍“扑哧”一声笑了：“我当什么事呢，我当时就猜出来了。”

丁零感到意外：“你怎么猜出来的？”

林青萍说：“从你脸上的表情就看出来了，女人的直觉。”

丁零说：“早知你看出来，我该早点坦白从宽，不致内心一直很忐忑。”

林青萍说：“没事，你也别太介意。我想知道，你教语文，有什么想法？”

丁零说：“简单说，就是回归常识。有个作家写过一篇文章《虚伪的教育》，说的就是我们现在的语文教育，他是这么写的，我念一段给你听听——”

他拉开挎包拉链拿文章，林青萍一笑：“算了，别念了，我也是过来人，不陌生。说到这里，有一个提醒，倒想说说，你的理念，或者观念，我赞同，就是，有时候，必要的妥协，还是需要的。希望你到新地方，能够有所调整或改变。”

丁零说：“这个学校是私立的，校长和我一见如故。你的提醒，我记住了。”

第十九章

丁零很快就到新天地实验中学上班了

1

丁零很快就到新天地实验中学上班了。

私立就这点好，说去就去了，没什么繁文缛节。

正式签合同之前，丁零提交了一份方案，题目是《找回语文的尊严和趣味——语文课改方案》。

范校长只看了标题就连连称道："好好，很有见地，正是我心中所有，笔下所无的东西。好！”

范校长笑眯眯的，一副和蔼可亲的模样，说话也彬彬有礼。比丁零接触过的大学校长还要斯文儒雅。

丁零心目中的领导，就应该是这样的。遇上儒雅的范校长，是这份新工作带给他的最大愉悦之一。

丁零认为，目前中学的几门主课中，语文课最受轻视，而语文课与人生联系最为紧密。他要扭转这个局面。

他是带着野心来的。

丁零提交的课改方案，重在教学中体现语文课的人文含量和个性魅力，一改过去语文课的枯燥与僵化，要让学生感受到汉语的韵味，体会到文章的美趣。要达到此目的，就要建立平等和谐的新型师生关系，营造宽松愉悦的课堂氛围，给学生一片自由的天地，让学生驰骋思维，畅所欲言。

他特别看重作文。语文里最重要的是作文，作文的要义就是把话说清楚，不说假话空话，说真话和真性情的话。作文是对语文能力的集中检验。

范校长将高二（3）班的学生作文拿给他看。他发现绝大多数作文不写真话。一个《我身边的好人》的同题作文，很多同学都是在编故事。好人不是在危急关头跳水救人，就是得了绝症仍然坚守岗位。人物语言也虚假。没一个写日常生活中亲眼所见的凡人小事。

为什么不写亲身经历的真事？是没有，还是写真事讲真话得不到高分？作文不写真事不讲真话，怎么能有健全的人格？

这样的学生，一代代进入社会，怎么得了？

他想到林青萍讲的崔仁杰女儿宁死不肯再回国读书的故事，想到在新南方见到的“80后”群体的圆滑逢迎，想到一位知名大学的中文系教授撰文说，中学生进入大学后，我们的第一项工作，就是让他们忘掉高考作文的写法，从零开始，重新对自己的生活经验和人生进行阐释和表达。

这样教作文，还不如不教。

他的要求是，作文与做人互为表里，不说谎话，更不写说谎话的作文。

他将采取的很多做法不同于过去。他将语文课细分成阅读课、生活课、辩论课、表演课四大类。

在阅读课，他开出的课文有顾准的《科学与民主》等；在生活课，他会让学生在风雨来临前出去观察风雨变化，会让学生在父母休息这一天观察他们的言行，然后用文字如实记下，再互相讨论与品评，看谁的更真切生动，同时比较阅读相关内容的文章，增进作文水平；在辩论课，他将同一个问题剖成两个对立的部分，让他们各取一方进行辩论，以此锻炼口才，培养多角度思考问题的能力；在表演课，他会设计《两代人之间》、《沉溺网瘾》一类的题目，让学生以不同角色来即兴表演。

总之，他要让学生在审美与互动中，享受语文课的独特魅力。

按他的要求，范校长将他的语文教学方案的大纲，给家长们也发了一份。家长们的反馈也是称赞。

校领导和一些老师也看了方案，差不多一致叫好。

范校长不停地摇头感叹：“这，就是我们要找的语文老师。众里寻他千百度，没想到，此人近在眼前啊！”

2

丁零的第一堂课，就大获成功。

丁零的开场不同于既往。

讲课之前，他向学生简要介绍了语文课改。他说，平等交流与和谐互动，是我理想中的新型师生关系，从现在起，我们来共同营造宽松愉悦的课堂氛围。在讲到作文时，他特意说明，要坚持作文与做人的统一。我们遇到不喜欢的事情，可以沉默，但绝对不可以说假话。我希望，同学们以这个标准来要求我，同时我也以这个标准来要求你们——说到这里，他没有停顿的意思，也没有抬高声调，坐后排的戴黑框眼镜男生廖伟自发地鼓起掌来，接着全班同学不约而同地一起鼓掌。

开场的气氛，出其不意地热烈而轻松。

青春的面孔，淳朴而率真。丁零有点激动。看来，同学们和他有着同样的期盼。

他觉得没必要再说什么了，提前结束了开场白，直接讲课。

这一课是写作课，他讲作文要写真情实感。他翻了同学们此前的作文。《母亲在我心中》的同题作文，竟有三分之一的作文写母亲患了重病，明显是编造。有的写了很多动情的眼泪，得了高分。他特意说明，要是他批改，零分。他要刹住说谎造假的文风。

最后他说，做人与作文应该一致。生活中有诚信，写文章才有真情实感。修辞立其诚，这是皇权专制时代的古人说的，新时代的青少年，应该比古人站得更高。不骗人不说假话是做人的底线，我希望同学们以这个标准来要求我，同时我也会以这个标准来要求自己和你们。今后，同学们发现我讲了假话，可以举手发言批评我，或者不听课，都行，不算违反纪律。

这一堂课，对学生是全新的。他们第一次听老师以否定的方式讲解写作。

范校长对这堂课也很满意。陪同来听课的老师也连连点头。他们心中也是这么想的，私下里也会这么议论，区别在于，他们未能用于课堂，而丁零讲出来了。

一堂课讲完，同学们竟然自发地站起来鼓掌。

范校长和旁听老师也都情不自禁地站起来了。

丁零度过了从大学辞职以来，最愉快，也最有成就感的一天。

3

需要贷款，林青萍第一时间想到了银行。将空地建成一个规范化的菜市场，怎么也得上百万元。

银行没同意。

最嫌贫爱富的就是银行。新南方隆重开业时，银行找上门要给她贷款，她没贷；现在经营受困，再上门借贷，没说两句就被冷淡地一口回绝。林青萍以决绝的大步走出银行，来宣泄心中的愤慨。

张扬关系户多，她叫他也想想办法。

张扬说："我现在也明白一些了，生意场上，杀熟！越熟下手越狠，找不得。我看，还是用市场的办法，我们也搞个招投标怎么样？"

她眼睛一亮："行啊你，你有变化啊！"

张扬笑说："你不是老夸丁副总，现代商业规则嘛，我看了大半年，总要学点什么吧。"

丁零离开前，张扬想请他吃顿饭，算是告别。

丁零连连摆手。

张扬很有诚意。他预订了酒店的包房，订金几天前就交了。

丁零推托事多，执意不去。

张扬退了酒席，买了罐装的美国花旗参片，临别时送到他手上。还特意叮嘱，你身体不好，瘦，这是正宗西洋参片，我一个朋友学中医，跟你一样瘦，他跟我说的，每天服用这个，放两片在舌下含着，一定要含在舌下，让口水自然浸化，慢慢地咽下，最有利于吸收。

丁零不喜欢张扬，也没打算收他的礼物。

张扬好像知道他要说什么，就瞪起眼，凶狠地说："少啰嗦！这个，你不收也得收！"

他用善意的粗暴，强迫丁零收了。

丁零拎着提袋出门时，陈汉生悄悄地走到他跟前，小声地告诉他，这礼品，是张总自己掏钱买的，不是别人送的二手货，是真心送礼品。

见丁零没怎么在意，陈汉生接着说："他就在我们店买的，我看见他付钱了。他还跟我开玩笑，丁副总是个认真的人，我也不能马虎，送他的东西，不能掺水分。他还是挺尊重你的。"

丁零淡淡一笑："他尊重我，你搞没搞错，不会吧？"

陈汉生说："我知道你讨厌他。他还跟我说，你来，他学到了不少东西，也明白了一些东西。真的，他真是这么说的。"

丁零哦了一声。

陈汉生心高志远，表面温顺，实际上内心也看不起张扬。他是张扬招进来的，又一手提起来的，张扬待他不薄，他有怨气也说不出口。张扬挡在他前面，他也升不了，待在这里，很难有上升空间。

陈汉生跟丁零透露，如果有地方要他，他也许会步他后尘，离开新南方。

第二十章

丁零走后，新南方似乎比过去顺利一些了

1

丁零走后，新南方似乎比过去顺利一些了。

丁零在时，林青萍会觉得有一双眼睛，无处不在地观察着新南方。

丁零走后，她莫名地有一种放松的感觉。

新南方的事情，有点儿时来运转的味道。

林青萍听从张扬的建议，在晚报上登了则招投标的启事。

一连三天，没一个应标的上门。

第四天，来了个电话，竟是崔仁杰打来的。

他帮一个做建材的彭老板打过官司，由此熟识，经过他一番怂恿和游说，彭老板答应融资建设菜市场，然后与新南方合股经营。

原本想用市场的办法，结果还是朋友管用。林青萍不免暗自感叹。

崔仁杰说："还有什么可犹豫的，不用你掏一分钱，就把事情做成了，多好！"

这正是林青萍想要的。借没借着，贷没贷到，手头正缺钱。

新南方出地，彭老板施工，建成后，经营的利润两家分成。双方没什么异议，唯有一点，林青萍犹疑不定，彭老板坚持要签三年合同。

三年，太长了。趁彭老板去洗手间之时，崔仁杰劝说林青萍："没三年，别人投资不划算，这事就黄了。"

林青萍想想，也是。事隔几个月后，林青萍回首往事，她怀疑彭老板去洗手间是一次事先设计的合谋。

彭老板做事干练麻利，不过一个多月，宽敞大气的新型菜市场竣工了。

林青萍紧锣密鼓，竣工之前就在附近张贴了招租告示。附近零散摆摊的卖菜小贩，一直在路边人行道就地经营，看见城管的制服闪现，胡乱将铺在地上的塑料布卷起一拎，撒腿就跑。饱受逃离之苦，他们早就盼着有一个正式的集贸市场，看到告示，纷纷到新南方来租摊位。

建菜市场的确是个好建议。

林青萍现在直接管财务，每天都看财务报表。看到新南方开始小有盈利，她觉得很踏实。虽然不多，毕竟有了好的开始。

岳会计有点担心，最近店里假发票开得肆无忌惮。税务来过，要求使用机打发票。张扬拖着不用，工商来查，他说机子坏了，送出去修了。总不能回回来检查都在修吧，下一次再找什么理由？躲不是办法。

林青萍似听非听地哦了一声："你不是有亲戚在工商税务吗？私下打点一下，叫他们检查之前透点风不就行了吗？"

岳会计担心有一天会被重罚。

林青萍哼地一笑，心里说，全市开假发票的不止我一家，多了去。我的点子就这么低吗？这年头做商企，就要急功近利，先把钱挣到手再说，到手的才是真的。这是李洪川常说的话。没多少道理，管用。

她不想解释，只朝岳会计摆摆手。岳会计知趣，不再说什么了。天塌下来，谁高谁来顶，用不着她一个小会计操心。她提醒了，责任也尽到了。

岳会计自嘲地笑笑，算是给自己一个宽慰。

从主城区通往厚湖新城南大门的入口处，新建了一个大型购物超市，广募人才，正暗中拉拢新南方的主管陈汉生。

陈汉生是新南方最优秀的中层骨干。他想去，又碍于情面不好跟林青萍开口，毕竟新南方待他不薄。这个重要的信息，无意中被岳会计获知。也许，一个及时的劝阻或人情慰藉就能力挽狂澜。

岳会计本来是想向林青萍报告的。林青萍刚才哼地一笑，其中暗含的轻蔑刺痛了她。

她用隐而不报的方式实施了一次报复，要让林青萍为她的轻蔑付出代价。

她不想破坏留给林青萍的忠诚印象，回到家里，她给林青萍发了一条叮嘱短信：听说明天税务要到厚湖新城一带查访。

林青萍立即回复：好的，已作了安排，谢。

2

秋天席卷了城市。风轻云淡，像是屋顶的天窗打开了，豁然通透明亮。

从高阔的天空往下看，高楼像是顽皮孩子胡乱堆砌的积木，又像是大型露天货场堆放的集装箱，高高低低、杂乱不堪地摆在柏油路两旁。路边的树，也稀稀落落。俯瞰之下，一切都零乱不堪，全不似在地面看上去那么井然有序，那么赏心悦目。

一条柏油路从城区直吐出来，接近市郊，从外环线斜刺的辅路下去，穿过一片凌乱的楼群之后，老远就看到一个造型欧化的开放式大门。大门由一排移动的钢铁栅栏守护，里面是一排排长窗闪烁的教学楼与校舍。

这就是郑大滨向丁零推荐的新天地实验中学。

这里离中心城区比厚湖新城还要远。因为在郊外，学生们以住读为主，老师是否住校，可以自选。

教师中男性居多。未婚的，住这儿脱离了爹妈的唠叨管教，正中下怀。至于已婚男人，更不想回家，绕开了老婆的监控和指使，逃避了柴米油盐的琐碎家务，随心所欲地回归婚前的自由之身。上哪儿找这么好的事情啊。老师也以住校居多。

丁零是个例外，他舍不得殷雪红。明明两人在同一个城市，人为地两地分居，他觉得不合适。

殷雪红小他十二岁，处在一个敏感的年龄段，不能让她独守空房。

“随便你，你要是不想跑，就去住嘛。”

殷雪红倒是很开明。丁零哪里放得下。

“我去了，谁来给你洗脚，谁来给你做美容？到你这个年龄，做美容和不做美容，效果就是不一样。”

这话说得殷雪红心里那个舒坦，比做了一次美容护理还受用。

她躺在床上，脸颊贴着黄瓜片，双眼四周敷好了土豆泥。一会儿，他打好了西红柿汁，她喝了，再躺下小憩时，悄然睡着了。不知过了多久，他给她轻揭下黄瓜片，擦净眼睛四周的土豆泥，她醒了。

她兴致有点高，照着镜子端详着。几个月下来，眼皮下方那道很小的细纹，几乎没了。脸颊右耳边黄豆大的灰黑斑，也越来越浅，浅到不易被觉察。

她望着他，难得地抿嘴羞涩地一笑："你真好。"

他最喜欢看她笑了，就凭这笑，足以让他舍生忘死。他巴结她说："天底下，除了我，别人做不到这样。你信不信？"

这个表露太直白了。说完，担心她会回敬一个冷脸。

没有，不但没有，她还依顺地点了点头。自从跳过裸体舞后，她冷冰冰的性子，有点小改变。

她点了点头，似乎来了性子，轻轻地骑在他身上。

她说："你别动，你这几天跑得太累了，让我来。"

受宠若惊，她说出这样体贴的话，他感动得要落下泪来。

不住学校，他可以天天陪着她，呵护她。不仅做美容少不得他，她是个懒人，扫地，清理衣物，全不做的。丁零不在家，屋子不知会乱成什么样。

他是这个家里不可或缺的角色，是谁都不可替代的存在。

当范校长向丁零递上宿舍单间的钥匙时，身边的校长助理特意说明，这是范校长对你的关照，新老师第一年，一般都是住双人间的。

"谢了，谢了，我太太一个人住家里不习惯，我开车，挺好的。"

校长笑了。

"嗬，惧内，'妻管严'是吧。你别辩解，胡适先生当年说过，怕老婆是民主意识的体现，是进步的表现嘛。”

“看来我和胡适先生是英雄所见略同啊。要是范校长也这样看，那就再加一个略同。”

两人都开怀地笑了。范校长将钥匙塞到他手上，紧握他的手，左右摇晃，仿佛两人是老相识。

“这样吧，你拿着，留着给你午休用吧。”

范校长如此关切，如此器重，丁零双眼潮热。

3

丁零对学生答案的要求是开放性的，与过去的老师迥然不同。他的打分也是开放性的，能自圆其说就行。

在师生对话课上（这是丁零新开的课，每月一次），那个坐后排的戴黑框眼镜男生廖伟，现在是学习委员，他说从幼儿园到现在，从来都是只能按规范答题，第一次碰到让学生充分展示个性的老师。

谈起应试教育之苦，同学们竟说是罄竹难书，都称赞：“丁老师真好。”

丁零特别强调讲真话写真情。他发现高一时，这个班有篇作文在全市作文比赛中得过一等奖，内容竟是写老师得了癌症还坚持上最后一课。一问范校长，瞎编的。前任语文老师许然，身体健壮。可是许然给了这篇作文99分。

他说：“以后凡是在作文中造假说假的，一律0分！”

他当然不知道，他已经得罪了许然老师。

他倡导的学习态度是，尊重生活，尊重事实，尊重想象力。比如答题，有的题本身就不是一个标答可以穷尽的。他的题目，有几个标答，只要符合其中一个，就是对的。

有一道题，冰化了是什么，有人答是水，没错；有人答是春天，也是对的。之所以这样判分，他在课堂上特意作出解答。

他说："答水的同学，实事求是地说出了冰在温度作用下的变化，没错；答春天的同学，运用文学的想象，描述了季节的更替和心里的感受，也完全正确。"

过去的许然老师不这样，只有一个标答。能不能得分，全看标答是怎样写的。丁零认为，这是僵化。既是思想的僵化，也是教学的僵化。

丁零不仅设计了多样化的标答，还进行了令人信服的分析。

他认为，答水的同学，忠于事实，答得很规范。但是，语文课不是物理课，在答题或作文时，可能要求融入和呈现情感的体验，要适度运用和张开想象的翅膀；答春天的同学，发挥了情感与想象的成分，是较为浪漫的文学表达。他的分析，既有新意，又让同学们明白其中的区分和道理。

他鼓励思想开放，鼓励对一件事情可以有不同的看法，提倡多思和多元的态度。

他讲出了语文的多样和丰富。同学们倍感新鲜，心智顿开。一堂课总是在浑然不觉中结束。

那些过去听语文课昏昏欲睡的学生，现在都从课桌上抬起头来，兴致勃勃地聆听。过去，高中同学都不看重语文课，没学的兴趣，甚至听课时，也在复习数、理、化或英语。

听丁零的课，同学们再不感觉语文无关紧要，一扫过去的厌倦情绪，听得兴致勃勃，欲罢不能。

4

下课，他刚出教室，听到后面有脚步声。是廖伟追了上来。

廖伟的脸是红的，一米八的个子，并不鲁莽，还有点文艺青年的气质。喜欢文学，为人真诚，情感细腻，容易冲动。

他站在丁零面前，脸红了一下说："丁老师，不是我当面夸你，你讲得真好，比许然老师讲得好多了。许老师从来就只允许一个答案，不许有两个，也不讲道理，不许质疑。"

丁零说："你不要这样比，这样对老师不礼貌，以后不要这样说。"

廖伟看看左右说："我知道，你不是要我们讲真话嘛，我说的是真话实话，没人的地方可以说吧。"

第二天，历史老师张秋林在教师楼外碰到他，就悄悄将他喊到一边说："你怎么教都行，你干吗去说前任许然老师呢?"

丁零说："你听到什么啦?"

张秋林说："许老师都告到范校长那里去了，说你在学生面前挑拨离间，用贬低他的方式来抬高自己。范校长是开明的，劝他别偏听偏信。我想你不会这样，肯定是有误会。"

第二十一章

廖伟的母亲王芳，很早从国企买断回家了

1

廖伟的母亲王芳，很早从国企买断回家了。

廖伟的父亲在做建材生意，开了个小店。近些年房地产火爆，建材生意也好做，家里也算小康水平。

王芳闲不住，平时就做两件事，上午到股市去，用她的话说，混时间。下午就弄一餐好吃的，给廖伟送去。孩子住校也

是万不得已，学校食堂营养差，晚上得补补。

股市近年每况愈下。原先以为2008年北京奥运会能延续2007年的大牛市，她说服老公，拿了十万元进去，没想到股市暴跌，十万元缩成三万元。听从一个老股民的建议，她又投了六万元，想摊平损失，只等时来运转，挽回损失。结果一直解不了套。初涉股市，她就绝望了。证券大厅里股民们的愤怒议论，让她长了见识，最偏激的话是，中国的股市连赌场都不如。据说还是一个非常有名而且非常有责任感的经济学专家说的。她也觉得，中国的股市实在令人捉摸不透。现在她只能听天由命了。

这几天股市冷冷清清的，前几个月还有人在打牌，现在连打牌的人都没有了。她上午都不想去了。去菜场买了菜，为儿子的晚餐作准备。中午坐在家里，接到一个家长电话，聊起新老师，王芳没见过，但是儿子曾带回一份征求意见的家长信，后面附了新的语文教学大纲。她看了，觉得蛮有新意，跟过去有些变化。新老师来后，听说讲课跟过去很不一样。至于怎么个不一样，儿子也没细说。

她不放心，就给许然老师打了个电话。她和许然老师很熟，过去儿子的学习动向，许老师经常私下向她通报。

电话一通。许老师回应含混，似有难言之隐。她有些焦急，就说："有什么你跟我讲真的，没关系，我不会说是你跟我讲的，没人知道的，过去我什么时候出卖你了，没有吧，你还不相信我？"

许然老师停了一会儿才说："我也不能瞎说啊，丁老师比我年轻，他的举措也一反常态，中学生嘛，少男少女，情窦初开，比较喜欢。听说下午丁老师要将课堂挪个地方，到学校边的湖畔去上课，很新潮，带着孩子们一起玩，有意思吧？"

再问，就不说什么了。

放下电话，她老觉得不对劲。她最怕孩子会早恋。她原来听许然老师暗示过，廖伟有点儿喜欢坐在他后面的宁倩，一个富豪的女孩，有段时间分了心，还是她及时地说服了廖伟。新老师把男生女生带到湖畔去上课，这是干什么？

她越想越不对劲，就打个的到学校去了。

2

新天地实验中学在郊外。在全国城市房价尚未大涨之时，这块地很便宜，投资人慧眼独具，连同周边的小湖泊，一次性地圈了四百亩。

如今学校的占地堪称全市一绝，就是学校不办了，光卖地，管全校老师富裕地退休养老，都不成问题。这句话，是范校长招揽人才的口头炫耀，也是实情。

学校西门边有个湖泊。湖泊倒不大，湖的对面，是一排高高的枫树，张牙舞爪的枝枝叶叶，阻隔了后面一片片大兴土木的建筑群，营造出一派梦天福地的迷离景象。

枫树环绕，云雀在树梢鸣叫。正值秋季，澄澈的湖水上，漂浮着被秋风吹落的片片枫叶。湖畔的菊花，花间杂生着小草。一切全是野生的，景色宜人。没有游人踪影，难得的寂静与原生态。

午饭后，有两个小时的闲暇，丁零喜欢在这儿散步。在中心城区，只有在凌晨刚洒过清水的长街，才能享受到片刻的视觉空旷。

下午的作文课，结合课文《故都的秋》来讲风景散文。他特意带学生到湖畔的小路边席地而坐。

丁零带的高二（3）班，文科班。这两天地理与历史都在赶课，学习紧张，有的同学躺在床上也难以入眠，白天听课萎靡不振。他们需要放松，排解郁闷的心绪，放松绷得过紧的神经。

殷雪红随刘莉做头发去了，下午就短信告之晚上十点后回家，丁零难得有这样不必匆忙回家的下午。

青少年，大多喜欢情景交融或语言别致的文章，《故都的秋》很合他们的口味。

同学们这几天都累了，他让同学们放松身心，或观赏眼前的良辰美景，或闭上眼睛凝思。在习习凉风中，他将文章朗读了一遍。然后，他旁征博引，融会贯通，将写秋景、写城市的中外名篇名句，作了一次串讲，集中讲解氛围营造与景色描写的技巧。讲完后，再让同学们自由发言，剖析各种写法之间的角度差异与美学取向。

语文课的学习，已经有了进步。市教委和市作协联手举办了新作文大赛，全市很多中学生都参与了竞赛。他们班上有两位同学的作文获奖，本地一位作家还在报上写了篇文章，将几篇未能获奖却很有新意的作文夸奖了一番，其中重点推介的几篇，都出自这个班同学之手。

丁零有一种前所未有的成就感。

他有时会感慨，早知如此，真不该到新南方去做什么副总。又一想，不是去新南方，如何会邂逅郑大滨？不是郑大滨举荐，怎能到这里来？看来哪一步都不能少，人生就是这样，无数个偶然，连成一串，像是环环相扣的铁链，一环都不能少，也不会少。可能只要拿掉某一环的偶然，人生和世界就没了来龙去脉，全乱了。

他笑了。

3

丁零和同学们都不知道。他们在湖畔热烈地讨论，有一双偷窥的眼睛，远远地躲在树后，那是廖伟母亲王芳的眼睛。她听不清儿子和同学们在讨论什么，只听得到男生女生混杂的一片喧哗和欢声笑语。

她认为这是大祸临头。想想，一群少男少女，在上课时间，不在教室里正襟危坐，居然“嘻嘻哈哈”地坐在湖畔说说笑笑。这叫什么？这不危险吗？

当天晚上送饭到学生宿舍，王芳碰上一些学生家长。就跟他们讲了下午在湖畔的所见所闻，讲了她的担忧。

有女生的家长，到学校送生活用品，听她这么一说，更加不安。女孩多半早熟，家长们最担忧她们会早恋。听说丁零居然带男生女生坐在湖边聊天嬉笑，十分惊讶与不解：这不是为早恋创造了机会吗？上个月还有新闻报道说，某校一个初中女生在学校厕所里生下孩子。联想到这些，他们更感事态的严重。

第二天，就有家长打电话到范校长办公室，诉说他们的担忧，质疑丁零的教学方式与能力。

4

夫妻中，若一方有外遇，最晚知道的，总是其身边的另一方。

这句话，适用于大多数不利流言的传播和知晓顺序。

高二（3）班近来不断有家长打电话给范校长，对丁零的讲课方式提出意见，有的直接闯进范校长办公室，与范校长发生了争执。

这事儿差不多全校老师都听说了，唯独丁零浑然不觉。

历史教研组的张秋林老师特欣赏他，有点不忍心，就找个没人的地方悄悄告诉了他。

哦，有这事，范校长怎么不跟我说说呢？

丁零将信将疑。

中午他在食堂吃饭碰到范校长。他进门，范校长出门。范校长笑着点点头，擦肩而过时还亲切地拍拍他的肩膀，似乎有鼓励的意思。

他直接去了校长室。

丁零陈述了自己的理由。

“当初我这个方案，经过了学校的审核，也发了家长信，都有回执的，好像全是赞同。可现在，家长们变了，下一步的教学怎么弄，我是进退两难，希望范校长明示，我该怎么办？”

范校长长吁了一口气：“是啊，素质教育应该没错，肯定没错，我们立校的口号是什么？就是素质教育嘛，这些家长也是冲着素质教育来的嘛，招生简章上也都写明了嘛，”——连着三个嘛，范校长似乎被自己打动了，他突然挥挥手，像是挥去嗡嗡乱叫的蚊子，“算了，先别理他们。车到山前必有路，若真闹上门了，我来对付。”

范校长深明大义，丁零也就坦然与放心了。

范校长的话并没讲完。他接着埋怨道：“你说得对，家长信都签了字的嘛，这些人怎么能出尔反尔？他们若再来，就用他们的馒头塞他们的嘴！”

丁零后来才知道，这位范校长当面是不责怪人的。一张笑眯眯的脸，是主动示好的见面礼仪，无论亲疏，他都能无私地及时奉献。这是他的交际特色。谁跟他反映问题，他都会表示同情，会跟你站在一起，会愤愤不平地将缺席的另一方埋怨几句。

埋怨完，范校长接下来的讲话，从刚才的坚持中退了回去。

“这样吧，下月月初要开家长会，你在会上跟家长们介绍一下情况？沟通沟通，你看好不好？”

家长会上，范校长特意安排他讲讲他带班后的变化。

丁零做了充分准备，却被家长们给搅乱了。

人们常说，当下最准时的会，是家长会，最安静的会也是家长会。孩子的成绩和前途都捏在老师手上，家长哪还敢不认真？这一次则不然。他在讲台上讲他的，家长在下面，有的绷着脸，有的还在交头接耳议论着什么。看神态，互相说话的家长，显然很快就达成了一致。一个在说，其他的则连连点头。下面一片混乱。

丁零不是戏子，任下面如何吵闹都能心如止水。他没这本事，讲着讲着，越来越没了情绪，原来准备的详尽解说，竟是丢三落四，显得语无伦次。

他走下讲台时，都不知道自己讲了些什么。他只知道，今天很糟糕。

下面有很多家长在摇头。一副“这老师什么水平”的表情。

他讲完，范校长微笑着走上讲台。

5

丁零觉得该回避一下，他在里面，家长有话不好说。

家长们却没他这么君子，也没他想象的那么多顾虑。他还没走出门，身后就有家长喊起来。

“听听他刚才讲的话，你们听懂没有？这水平还不如许老师呢。”

“怪不得有人说他讲课常常脱离课本，高考大纲说了，出题百分之八十都不脱离课本，他这样子搞，我们的孩子全毁在他手上。”

接着，附和声此起彼伏。

“是的，他打着素质教育的旗号，拿我们的孩子当实验品，这可不成！”

“孩子要是考不上大学就惨了，不是我们家长要分数，高考要！”

“我们要求换语文老师！”

“换，都赞同！”

声音越来越激昂，声浪越来越高涨。

范校长有点惊慌，原打算为丁零说些捧场的话，全被打压回喉咙。他堆着笑脸：“我……我也觉得丁老师的某些教学方法不够完善，有待改进。我这就让他作些调整。丁老师还是有水平的，做过大学老师，是我们特地挖来的人才。我看大家也冷静下来，丁老师的教学，究竟怎么样，最有说服力的，是到了高考，看结果。到那时候再看，大家说好不好？”

按常理，上面问好不好，下面回答都肯定是好。这已是中国特色的问话套路。一般，没这把握，也不会这么问。范校长以为家长们会齐声说“好”。会场的局面就扭过来了。没想到，下面的家长，先是无语，僵持了一会儿后，有人小声说了

“不好”。仿佛受到鼓动，马上家长们就异口同声地说：

“不好！”

范校长有些惊讶和意外，他大睁着眼睛：“不好？为……为什么——不好？”

他竟然有些结巴了。

一个高颊宽面的中年女人举手叫道：“等高考，等到高考，孩子都毁了！”

她就是廖伟的母亲——王芳。刚才带头说不好的也是她。她给丁零打过电话，她怀疑儿子在早恋，心思没用在学习上。丁零问她是否看到过什么，她说没有，她凭女人的直觉。丁零明确地告诉她，经过他的观察，廖伟没有早恋。但，他的观察并没能说服她。

她是今天发言的主角，她一开口，应和的声音此起彼伏。

“我们等得起吗，等不起啊，范校长！”

“是啊，范校长，我们只能靠您，您得为我们做主啊！”

慢慢地，家长的语气一声声软下来。大概明白，硬碰不是办法，终究还是得靠校长来解决问题；毕竟，孩子的前程在人家手心里捏着。

家长们的语气软了下来，眼睛里竟然有泪光在闪动。脾气下去了，煽情上来了。

范校长暗自松了一口气。讲情，来软的，局面就比较好控制。

范校长心里松了口气，脸上却不动声色。他以情动情，眼睛湿润地望着家长们，泪光在双眸浮动。

“我比你们急啊，家长们！我跟大家有承诺的，录取率达不到百分之六十，凡没读上大学的，我会全额退款。我想退款吗？肯定不想！退款我得跳楼啊，所以我们的心情是一样的。你们急，我比你们还急！”

王芳也算是伶牙俐齿，很快地回应：“范校长，全额也退不回孩子被耽误的时间啊，真要复读，我们和孩子都得崩溃！范校长，我们上这个学校，差的不是钱，钱对我们来说不是问题啊范校长！”

范校长凝重地点点头，用浮动泪光的双眸，一排排地从家长脸上缓缓掠过。

“我懂，我知道，我懂家长们的心情，我知道大家最看重的是什么。这样吧，下个月月底，市教育局有个摸底考试，这个摸底考试，历年都和高考的结果基本上吻合。如果摸底的成绩倒退，今不如昔，我们一切照家长的意思办，坚决换老师，毫不手软地换，行吗？”

家长们没有说话，面无表情地看着范校长。

他们不开口，就是基本同意的意思。

范校长暗自长吁了一口气：“你们的意见都表达了，我们也知道了，总要给我们一点儿时间吧。再说，不能凭感觉来判定好和不好，总得经过一次大的考试，过一次堂，让实践来检验一下是不？摸底考试就是个检验的机会，这个比一万句话都能说明问题！”

他没有再问好不好，停顿了一下，直接说："我看今天的家长会就开到这里吧。"

倒是王芳解了围。这个高颊宽面的中年女人，是发难家长的带头人。她望了望范校长，又望了望其他家长，没再提出让范校长难堪和难以回答的问题，站起了身子："好吧。"

6

高二（3）班的成绩进步，能否在一次摸底测试中立竿见影地呈现，丁零心里也没底。何况摸底考试的试题，不可能脱离应试教育的框架。这样的摸底，很难检验出素质教育的成效。

范校长看见站在走廊的丁零，笑了一下："这帮家长，我不怕他们。办这个新天地实验中学时，董事长就说了，前三年用来打名声，他不在乎眼前一点小利，他是做大事的人，有长远眼光。没关系，你别怕，我不会轻易向这些家长妥协的。你也想想，在摸底考试前用什么办法，或者作些调整，争取成绩别倒退就成。"

丁零感到些许的安慰。范校长在这样的压力下，仍然谈笑自若，尽力保护他。仿佛在他身处摇摇欲坠的平衡木之时，范校长在下面铺上了厚厚的防摔海绵垫。

第二十二章

新南方新开的菜市场红红火火

1

新南方新开的菜市场红红火火。

菜市场自开业起，每天人来人往。厚湖新城南大门这一片，忽然冒出这么一个气派的菜市场，既方便了周边居民，也给小贩们带来了商机。

厚湖新城内的建筑民工，不少都带来了老婆。这些女人有的在路边擦皮鞋，有的做保姆，有的在超市或餐馆打工。新南方的菜市场开了以后，有几位改做蔬菜买卖。有个黄瘦黄瘦的三十多岁的女人，过去擦皮鞋，平时都没见她穿过一件像样的衣裳。她做蔬菜批发很有经验，一下子发了。有天下午穿着名牌牛仔 Lee 在大街上走，林青萍差点都认不出来了。

林青萍天天盯结算。一个月下来，进账不多。张扬说："我们租金定得不高，和彭老板两家一摊，更薄了，倒是肥了那些倒菜的贩子。"

她想也是。辛苦一场，大头让人家赚走了。心里不免又急又恼。

回到家里，也发呆似的想该怎么办。李洪川安慰她："能盈利就不错，盈多盈少总是盈嘛，跟打麻将似的，别老想着大和，小和也是赢。再说，你一个女人，做到这样，已经不错了。"

这不是小看人嘛，林青萍一听更急更恼。

"这说的是什么话?"

"什么话，我说的是好话嘛。"

"好话？好话到你嘴里怎么成这样，我听着不舒服!"

她还在筹划新南方时，李洪川就跟人说，给她两个钱，让她去闹腾，她能做什么生意？就是混时间嘛，待在家里闲得慌，没事干，有个事让她忙着，免得在家里没事就拿我当靶子盯着。

这话传到她耳朵里，跟他吵了一架。

李洪川不跟她吵，一笑说："我没别的意思。你搞个小超市，零打碎敲的，不起眼，这样挣，一生也挣不出个大老板来。就一点儿小生意，你们女人做做可以。"

她半躺在床头靠背上，斜视着他："你别小看人，我说不定会做大！"

李洪川还是笑："你做大了，我在地上爬。"

她恨恨地说："等着，说不定有这一天！"

她是咬着牙说这句话的。

她咬牙瞪眼发狠的样子，要是用特写镜头定格，满含誓师般的坚定和期望。在影视剧中，只要一号主角发狠起誓，后面一定会兑现的。即使看上去是不可能完成的任务，最后肯定也要让一号如愿以偿。而一号的冤家对头，最后会受到羞辱，自食其果而无地自容。不然，戏就收不了口，留下一个大悬念和大遗憾，观众也不答应。

可是，现实不全是这样，甚至多数时候不是这样。

李洪川说了爬，可是他爬了吗？一直还没爬。林青萍想起来就心有不甘。

2

近一两个月，厚湖新城的建设，加倍提速。据说市里新定由吴此轮常务副市长来抓这一块儿。此人虽然微笑常挂脸上，工作起来却很霸气，盯得紧，隔三差五来视察，视察之后就坐下来作指示，作完指示接着就逼问与查证：他上次的指示落实了多少？

他找出上次的记录本，一条条地检索与核对。

在经历了瞠目结舌和头冒虚汗之后，厚湖新城委员会的头头儿们紧张了起来。

分管领导换过几任，都是一番高屋建瓴的指示之后，由秘书或司机将领导的礼品塞进小车，然后挥手而去。怎么可能下次再来，还一条条地核查指示的落实。

也没见吴副市长拒收礼品。礼品照收，不同的是，他一来再来，来了就核对。新城委员会的头头儿们只有如法炮制，天天到工地去核对落实。领导的每一条指示，他们都放大十倍，声色俱厉地往下传，督促完成。要说吴副市长的指示也没其他，就两个字：进度。

中国的经济建设就这特点。虽说是市场化，但政府的主导地位仍然举足轻重。一旦领导重视了，事情的进度就明显加快。印象中到处是半截子工程的厚湖新城，近一两个月纷纷竣工。

一片片的楼盘开始入住。中心城区通往这边的几条道路也渐次开通。住户，也开始陆陆续续地搬进来。

厚湖新城热闹起来。

新南方的零售，明显地有了起色。

林青萍心中燃起了希望。

3

林青萍用一年多的时间苦撑危局。她四处借贷，又出租了仅有的一块空地，总算顶住了亏损的压力。

现在，她应该迎来盈利的春天。

可是，她遇到了发展的“瓶颈”。

这个“瓶颈”，竟是她自暴自弃的结果。

最初做新南方的选址调查，专业调查公司在交给她数据分析与调查报告时，就提醒，这里居住的多为有车白领。她虽然未雨绸缪早有准备，却没有坚持或挺住。

什么事情不到眼前，不会真切地感受到现实的紧迫与不可逆转。

原来只设想这里的居民会有私车，没想到会有那么多的私车。

几年前，一辆铁壳似的手动挡小车也得十来万元，如今配置讲究的自动挡也就十来万元。许多家庭都两辆私车了。这几个月，全市的车市异常火爆，有钱没钱的，都攒着劲买辆车。

厚湖新城入住人口锐增，各式小车像是从地下冒出来似的，过去空荡荡的街道，现在路两边都停了一排排的小车。

每天上下班高峰时，什么高档名车都能看到。有些年轻人，车不够高档，他们在车身重新喷了五颜六色的卡通画，鲜活俏皮，像嬉皮士在大街上游荡。

按理说，率先在这里建一个具有宽敞停车场地的品牌超市，是非常具有前瞻性的英明决策。

可是，英明决策因为没能一贯到底而留下了遗憾。

如今，新南方和中心城区那些知名商城一样，遭遇了车位紧缺的发展“瓶颈”。

新南方门前的大道是不能停车的。新南方和菜市场之间，有条细长的小路，是厚湖新城南门通向主城区的便道。这条便道人少车稀，一直是新南方就便的停车场。紧挨路边停一排小车，小路还可以容下两辆小车缓慢地通行。

很快，这条原本宁静的小路，也不宁静了。

这条小路差不多一千米长。从这里到中心城区，既省了路也省了时，有人视之行车宝典上传到网上，于是进进出出的车，都抄近路走这条便道。结果，大道都疏通了，这里还堵着。这里的堵比大道更难疏通。

这条小路虽然没画行车线，但一来一去各走一边，还是挺舒服的。停车占了一股道，就舒服不起来了，得小心翼翼地才能擦肩而过。有时会有卡车过来，两车遥遥相望之际，必须有一辆车高风亮节，找个空地避一避，让对方先过才行。

道路总是跟不上买车的步伐。从开始有车，到开始堵，真的像是一夜之间的事情。越来越堵，越堵越凶，是必然的结局。有堵，必有刮擦；有刮擦，就有争吵，也有逃逸。

很快这条小便道成了刮擦与扯皮拉筋的多发地带。

林青萍与张扬商量对策，张扬也拿不出什么办法。他相信要来买东西的，总会找到地方停车。

林青萍暗暗着急，总担心会出什么事。

当初，正是张扬“做生意首先是眼前得利，无数个眼前相加，才等于未来”那句话，让她下了最后的决心，跟做建材的彭老板签了合同。

可是现在，她后悔了。

后悔的时候，她会莫名地想起丁零。

4

这条小路，很快在厚湖新城出了名。

厚湖新城的网民多是高端用户。他们将小路的堵车纪实，还有刮擦争吵的视频与图片，一并发布到厚湖社区论坛上。市电视台的《网络掠影》时段，主持人还播发了其中的视频与图片。接着交警大队派人到实地查看了一番，在小路中央划了条黄线，竖了“免停车”的警示牌。小路的中段，有块凹进去的空地，划了十来个停车位。要停车只能按规定停。

平安了几天。不久就有图一时方便的小车，匆匆地在路边停一会儿。接着就有车效仿，渐次，小路边又停了一条长龙。这些车，多是到新南方来购物的临时性停车。

又开始堵了。尤其是高峰时期，堵在里面进退维谷，也没有交警来管。偶尔会有司机下来，充当临时疏导，待自己的车能走了，再上车出发。

厚湖新城论坛上，有博客称这条道为新城第一堵，同时报怨新南方作为一个新型购物超市，居然没考虑消费者的停车需求。

论坛的意见领袖叫“南望乡客”，向网民爆料，新南方为赚点小钱把停车场给出租了，这个拥堵他们有责任。

后面跟着响应与谩骂的帖子，拉下看一大片。

林青萍不免暗暗叫苦。

她问张扬看见“南望乡客”的帖子没有？张扬一脸疑惑地望着她。她猜到他没看，说了也白说，摆摆手：“没什么没什么。”

接下来，冲突在新南方上演。

一个戴茶色眼镜的三十多岁男子，到新南方珠宝柜买了条手链，出来看到他的本田车被擦了，一长条划痕像道被撕开的伤口。肇事车早就逃之夭夭。

乳白色的本田新车，被糟蹋成这个样子，“茶色眼镜”气得像被疯狂的子弹击中一样呆立着，接踵而来的疼痛感让他在路边发出长长的咆哮。

他返身进了新南方，直奔张扬的经理室，要求索赔。

张扬正给远在北京读哲学的儿子打电话，话筒悬在手臂上，粗喉大嗓地望着“茶色眼镜”说：“你乱停放关我什么事？谁让你乱停车，索什么赔？我看你是想钱想疯了吧！”

“茶色眼镜”认为，新南方号称这一带的品牌店，这么大的地盘，没预设一个停车场，致使他的车只能停在小路上，而且新南方门前立有“此处停车”指示牌，箭头就是指着这条小路的，怎么能说没责任。

张扬剑眉扬起：“你说话也不打心里过，我凭什么要给你准备停车场，你知道停车场得多大地方，我做了停车场，店往哪放，我看你是站着说话不腰疼！”

他块头大，嗓门大，双眼凛然，裸露着义愤与强悍的劲道。他生相如此，本无恶意，看上去却挺吓人。

“茶色眼镜”文质彬彬的，身材中等，衣冠楚楚，是那种标准的公司小白领，没见过这阵势，愣了一下，没敢再说什么，一副“你等着吧我不会罢休”的表情，一声不吭地走了。

林青萍预料，“茶色眼镜”这种人，不会来武的，不会去找黑社会，他若不罢休，也肯定是来文的，要么造舆论，要么弄诉讼，会以遵纪守法的文明行为来实施报复与打击。

5

比林青萍的预料更糟的是，这个“茶色眼镜”，就是厚湖新城网上论坛的意见领袖“南望乡客”。

这是个呼风唤雨的角色。

当晚，“南望乡客”在社区网上发帖，陈述了自己的遭遇，用夹叙夹议的方式描绘了张扬的态度和语言，于是从新南方领导层的素质一直类推到这个所谓的品牌店名不副实，水平低下。在毫不留情的讥讽和贬责之后，他发起倡议，希望厚湖新城的居民，凡是有车的，都到品位量贩去。这是一个新开的很有档次的量贩店，那里的停车场像一个广场，就凭这个停车场，就值得去。

“南望乡客”在网上很有号召力，这一招很损，对新南方的打击近乎于釜底抽薪。

他推荐品位量贩，在网上制作了开车的便捷路线图，从南大门的一条小道出去，在临近中心城区的道口，路边竖有“品位量贩”的指示牌，看到指示牌一拐弯就是，全程二十多分钟。

第二天就有人回帖说，按图索骥，去了，真不错！

一周时间，响应的帖子多达十几个页面。

“南望乡客”深谙谋略，知道经济打击是现代商业社会最致命的打击。他步步紧逼，招招封喉，接着又在论坛上呼吁，厚湖新城有车一族，这个周六去品位量贩可享受优惠——他与卖场总经理联系好了，凡参与团购，没有会员卡，也一律享受会员待遇。

响应者爆了棚。有的跟帖表示，带一家三口去，让老婆孩子到市区转转，游玩购物两不误，过一个圆满的双休假日。

林青萍叫苦不迭。这是断新南方的财路啊。

到了周六这天，由“南望乡客”组织的去品位量贩的团购车队，招摇过市地从新南方门口经过，车门上贴着“去品位量贩双休团购”的字样。

坐在新南方里面，就能听到外面此起彼伏的鸣笛声。

新南方的员工全看到了，大家议论纷纷，人心浮动。岳会计与几个主管看到这情景，显得有些闷闷不乐。上个月，陈汉生主管说是送母亲回老家一去不回，人心就浮动了一次。

张扬也被这场面给镇住了。岳会计在一边小声说："这样下去，不如把菜市场改成停车场，品位量贩那么远，依我们新南方的地理优势，应该更有吸引力。"

几个主管都点头附和："是啊。"

林青萍正心情烦乱，瞪了岳会计和主管们一眼。

张扬一跺脚，冲着几个主管叫道："什么叫是啊？现在说这个不是犯贱！菜市场的合同，签了三年，你们是真不知道还是装不知道！"

他几乎是在咆哮。这几个主管，都是张扬一手提起来的。赶紧低下脸，鼻子里喘着粗气，不敢再说一个字。

林青萍用眼睛制止了张扬，然后苦笑着望着岳会计与几个主管："后悔的话就别说了，一个人，对自己做的事情要有信心。我这人，对自己定下的事，从来不后悔的。"

说是这么说，可林青萍心里早就后悔了。当初，要不是崔仁杰怂恿，也不会签这么长时间合同。

她回到办公室，想来想去，忍不住给崔仁杰打了电话："你能不能问问彭老板，那合同，能不能改改？"

崔仁杰几乎想都没想就决绝地回答："这是签了合同的，哪能朝令夕改。商场如战场，违规是要受处罚的！"

林青萍说："我认罚。"

崔仁杰说：“那你就算算，哪样成本高？”

林青萍想，只要新南方有了停车场，人气上来了，就是受罚也值得。

崔仁杰在手机那一头叫起来：“你能保证有了停车场就万事大吉了？我看还是你们经营有问题吧？”

她没吭声。她在心里暗暗地想着该怎么反驳他。

崔仁杰大概是觉得占了理，接着往下说：“中断合同的成本，不光要算罚款，还要算诚信的成本。传出去，以后谁还敢跟你玩，谁还跟这种没诚信的人做生意。你看着办吧！”

崔仁杰似乎动了气，手机“啪”地挂了。

他从来没有率先挂断过她的电话。他总是那么绅士，总是要等她到没话的时候，才说挂电话吧，祝你今天好心情，或说早安、晚安什么的，然后等着，直到她挂了他才挂。他一直是这样的。

看来他今天是真恼了。

恼什么呢，是他从中拿了好处，还是真的为诚信缺失而生气了？

她拿不准。

她忽然想给丁零打个电话。她在手机上搜出丁零的号码，看了看，又关掉了。

第二十三章

廖伟捡到一包密件

1

廖伟捡到一包密件。

廖伟住在中心城区，星期天晚上从家里赶回学校，在转车的路上，捡到一个用透明胶封了口的大纸袋，上有印刷的三个红色大字：档案袋。右上角，还有“密件”二字。

他站在那里等了一会儿失主，也没有什么结果，他想找到失主的地址信息或联系方式，就打开看，里面是一拨处级官员们到美国考察的行程与开支。这个以技术交流为名的考察团，行程表上，只有第一天上午是在纽约与企业代表座谈一小时，除此之外，则是好莱坞影城、迪斯尼乐园、拉斯维加斯赌城、自由女神像、夏威夷海滩等旅游胜地，将时间填得满满当当。

全团开支，一人五万元，六人共三十万元。

他觉得不对，就带到学校交给了丁零。

课间丁零把廖伟叫到办公室，问清了捡到文件的来龙去脉。他想听听廖伟准备怎么处置这份密件。

廖伟是同学们公认的思想家。他中考后的那个暑期，囫囵吞枣地读过柏拉图的《理想国》，进入高中，他乘兴浏览了几本商务版的汉译世界名著。他打算，在归还密件之前，将这些处级干部的考察行程在网上公开。

丁零问他为什么想到要公开。

廖伟说：“我想，他们这样用公款旅游，不是花我们纳税人的钱嘛，拿到网上晒晒，曝个光，让大家都来监督，看看某些官员是不是合格的公仆。论年龄，我是成年人了，又是中国公民，这个自觉性还是有的吧？”

丁零用欣赏的目光望着廖伟。他想到在民国读小学的姥姥，七十多年前就上过公民课。公民当然不是臣民，共和国的公民比民国时期只会更具现代品质，接近成年或已然成年的高中学生，应该有这个意识。

班上有同学到了十八岁，他送给他们的成人礼很简单，就是一起重温国家宪法中关于公民的章节，弄清自己的权利与义务所在。看他们平时打打闹闹嘻嘻哈哈的，像是年少懵懂或胸无大志，其实都听进去了。

2

上个月，班上有小半同学到了十八岁，其中就有廖伟。丁零带着全班同学为他们做了一次成人礼。

有同学提议到湖畔去，想到上次家长会上的意见与误解，丁零没同意，选择了教室。从教室三楼的窗口望出去，可以看到湖面。

下午，湖那边很安静，秋末冬初的阳光像来自长者的温暖抚摸。有同学看到湖对面有辆大卡车轰隆隆停在湖边，倒下一车建筑垃圾，扬长而去。太不像话了，同学们惊呼起来。

班上一帮爱好时政的男生，经常在一起切磋与争辩时事，比如“9·11”后的世界格局，房价为何居高不下，食品安全该怎样保障，惩治腐败如何有效等问题。女生心仪时尚，男生关注时政。女生上台发言，一般会说我爸我妈说什么或怎样说。男生则不同，一上来就是中国怎样，世界怎样，时代怎样，我要怎样等，一派天降大任于斯人的趾高气扬。

在男生的影响下，一帮女生也加入进来。全班讨论的风气很活跃。

看到湖水被污染，廖伟说下课后就打电话到环保局举报。也有同学认为现在是学生，以学习为主，少管社会上的事。争执不下，他们想听听丁老师的意见。

丁零认为，不管是成年还是未成年，都是中国公民，看到公共利益受损，不能袖手旁观。他说："我跟同学们讲过一个道理，如果你今天看到恶举横行不闻不问不管，明天发生在你身上，到了你需要帮助的时候，也找不到人帮你，这是简单得能够换算的常识。"

廖伟捡到密件，全班同学都知道了。大家的意见和廖伟比较一致，应该举报。

三个月时间，这一拨同学进步了很多，不再是过去那个只知道赶作业和应对考试的学习机器，而是关心社会进步的具有责任感的青少年。

丁零被同学们的变化所感染。

他说："我赞同你们的想法。不过，过两周就是全市摸底考试，同学们的注意力要集中到复习上来，不宜分散。这件事就交给我来办，大家相信我，我会做到让大家满意。"

同学们明白，他们的家长，都睁大了眼睛，以百倍千倍的警惕，屏声息气地张望着、等待着、关注着摸底考试的结果。这个结果好或坏，将决定丁零老师的去留，决定这个班的学习取向。

有同学在宿舍里给爸妈打电话说："我在这里很愉快，学到的全是健康向上的知识，没做任何对不起父母、对不起党和政府的事情，求你们别闹了，别再闹了！”

家长们并不轻信，常常会在晚上给孩子送衣物和营养品时，悄悄地窥探一番，同学们都看在眼里。

3

丁零当晚就把“密件”上传到网上去了。他反复考虑，为这则信息注册了一个新网名：公民叮叮。

当晚，跟帖几万条，声势浩大，波澜壮阔。

丁零明白，如果没有媒体的推波助澜、摇旗呐喊，仅仅在网络闹腾，用不了多久就自生自灭了。媒体借网络之名上位，蜂拥而至，立马就可以产生强大的监督效应。

丁零给丛小林打了电话。

丛小林拿起电话就说：“看了，我猜到是你！”

她似乎在考虑这事该怎么进行，停了一会儿才说：“这个事啊，发生在本市，可能比较敏感，估计本地媒体不会动，我先跟外地媒体联系一下，让他们发，我们再跟进比较好。”

果然第二天，本地的媒体都按兵未动，倒是外地的媒体纷纷发出。第三天，本地的全部媒体才一拥而上。各类报纸，电视的各类频道，全上了，堪称地毯式的轰炸。

一下子就引爆了大众的情绪，这条新闻成了全城热点。

第四天，本地各媒体在显要位置，刊出市委副书记与常务副市长吴此轮的批示：要严查，一旦属实，绝不手软！

吴此轮在市里的地位确实不一般。市纪委接着就派出了调查组。

很快，事情的处理有了结果：全部赴美考察人员的费用，均自掏腰包。分管领导以及当事人，都有行政处分。

闪电般的速度，快刀斩乱麻，吴此轮的作风一如既往地硬朗。

事情并没有完全了结。接着，人们的注意力转向了举报人叮叮，网上、报上、电视上，都在寻找公民叮叮。

人们的视野所及，不仅拘泥于一次公款出游的例行批判。

人们猜测并议论，作者署名公民，意在唤起并强调公民意识。如何做一个公民？公民的权利和义务是什么？怎样才是有责任感的好公民……这些问题的链接和展开，变成了一次普及常识的重温或补习。

殷雪红有天夜里起床去卫生间，看到丁零正在网上浏览。她这才知道，原来人们寻找的叮叮就是他。

这可是出名的好机会！她怂恿他赶紧公开身份：“你只要一亮相，马上就可以成为名人了！你要借这个机会炒作，让自己上位！”

殷雪红说到名人与上位时两颊红晕，双眶闪亮。

丁零笑了：“中国有十几亿公民，要是公民就可以出名，这个名就和身份证一样，有多少身份证就有多少名人，还有什么意义，没意义了。”

殷雪红气不打一处来，用愤怒的食指点着他的脑门：“谁说没意义？你看看网上，男女老少哪个不想出名，都想疯了，什么丑事破事都敢往上面粘贴，你有机会还不抓住？你现在的处境不妙，你要搞素质教育，家长要升学率，要是摸底考试没出好成绩，范校长能留你吗？如果你是名人，那就另当别论，谁待你不好，谁就是网民的公敌，等于给你上了一层保护色，怎么没意义？”

丁零压根没想由此登堂入室，暴得大名。

由网上举报肇始，终止于一次有益的观念传递。他觉得已经超出了预期。够了。

4

课间，丁零接到陈汉生主管的电话。

陈汉生已调出了新南方。没等丁零细问，他就大倒苦水，诉说新南方的种种弊端。他说，自你走后新南方全方位倒退，一切陋习和违规做法全都死灰复燃，开高额发票，赊账，做假账，中午喝酒，比过去更有过之。我现在还年轻，再过几年就不年轻了，我耗不起，不能将自己的大好年华给误了。其实我一直想走，一直有顾虑，再不走就没机会了……

他说到憋屈之处，情绪像压缩文件被释放一样，迅速地铺展开来。

下节课的预备铃响了，丁零很抱歉地打断他：“我马上要上课了，你是不是有什么事？有事，你就先说事。”

他猜想，陈汉生专程打这个电话，不是来诉苦或聊天的。

“别挂！”陈汉生立即说：“我还有点事找你哩。”他这才说到应邀到品位量贩做了副总，有点不便启齿似的，吞吞吐吐地说出本意，“你在新南方起草的那套激活零售的方案，虽然没用上，却给我留下了很深的印象，我想借来参考参考，不知你舍不舍得？”

丁零“哦”地一笑：“没有不舍得的。一个理念，或是一个设想，我没能实现，能在你那儿得到推广，利人而不损己，你说有什么不好？说得更干脆一点，不管是谁在推广，只要被推广，我就很高兴。”

陈汉生在手机那头忘形地叫起来：“那好，我现在就来取！”

丁零说：“不必。告诉我一个邮箱，课后传给你。”

5

陈汉生以不辞而别的方式离开了新南方。当发现时，他的桌子和衣物柜全清空了。

林青萍失望地摇着头：“这是新南方的骨干。说走就走，也不怪人家，关键是我们没做好。”

张扬说：“算了，两条腿的猪难找，两条腿的人，满街都是。现在最讨厌的，是那个‘南望乡客’，好像不把新南方搞垮不罢休。我在想，用什么办法把他摆平。”

林青萍扫了他一眼：“怎么摆平，找人把他打一顿？”

张扬连连摆手："没，没说打。他没完没了，我们不想办法，他就无休无止，你说怎么办，我听你的。"

林青萍让店里的年轻人潜入厚湖新城论坛，跟"南望乡客"唱反调，大夸新南方购物的优势，比如就近方便，省汽油费，别店有的东西，新南方全有，没必要舍近求远，往品位量贩跑。那里的东西不见得比新南方便宜，也不见得比新南方好。

帖子刚出笼就遭遇围剿，四面八方的板砖和口水以灭顶之势扫荡而来。

"南望乡客"身为意见领袖的强大功能，再次得到明证。他指明要发帖子的人站出来，不站出来就是托儿。

这一招堪称一剑封喉。论坛的声音仍是一边倒，品位量贩购物的好处被无限放大。停车场的气派让人心旷神怡，要说贵，又能贵到哪里去呢？来厚湖新城的，都是有车一族，不差钱。优质环境和优质的服务，是我们的最爱，我们不为省那两个小钱儿受气，这才是最重要的！

接下来的双休，"南望乡客"启动了又一轮团购。

他们在浩浩荡荡的车身上，挂出"快乐团购——品位量贩"的大幅标语，到新南方这条路上喇叭齐鸣，炫耀着招摇过市。

6

新南方外，汽车喇叭声充满了挑衅意味。

张扬的脸紧得像钢丝蹦床，背着手，在新南方小会议室踱步。

林青萍说："你晃来晃去有什么用，要想办法。"

张扬摊开无所作为的双手："有什么办法，这帮人，我一个也不认识。"

林青萍用了个小资女性的昵称：馨月，潜入厚湖新城论坛，七聊八聊，总算跟"南望乡客"套上了。

一聊，两人竟然是大学校友，"南望乡客"就称她为师姐。深入一聊，两人的爱好与趣味，竟然有许多的一致。

她乘兴约他出来吃饭。他应得爽快，答应找个双休时间。男女之间，即使并无非分之想，也比同性更易接近与通融。林青萍暗喜。

到了双休，"南望乡客"主动打来了电话，彬彬有礼地叫她师姐。他解释因为公司领导安排他出差一段时间，等他回来再约时间吧。

她在厚湖新城最高档的酒店订了位置。这事不能再拖了。她迟疑着不知说什么好。

大概是冷场时间长了点，他笑问她是干什么的，为什么要请他吃饭。

几次聊得很畅快，"南望乡客"是个开朗的年轻人，她觉得没必要再隐藏，就亮明了身份，并坦诚地表示，他的车被刮擦，新南方有责任，她想当面表示道歉与赔偿。

"南望乡客"迟疑了半刻，然后笑了，很爽快地笑了："哦，原来这样。那，吃饭和赔偿就免了。你是师姐，还有什么事，你直说，没关系。”

她清了清嗓子：“这事，怎么说呢，有些事，我是后来才知道的，不管怎样，我作为新南方的法人代表，该向你表示歉意，车场原本预留了的，几个月前厚湖新城的入住率很低，空着挺可惜的，别人要租就租了，现在毁约有个诚信问题，我们正在想办法，所以，还请你多多包涵……”

林青萍说着说着，自己都没信心说下去了。没想到“南望乡客”接上说：“我明白你的意思了，你要我做什么，你说吧。”

她一下子没反应过来，停了一会儿，“南望乡客”在手机那头说：“是不是要我停止集体采购，给贵店改过的机会？”

她连说：“是的，对对，有这个意思，谢谢你能理解我。”

“南望乡客”在那头说了句：“好吧。”就挂了。

第二天早上，林青萍走进新南方，岳会计迎上来说：“‘南望乡客’的帖子都删了！太好了，这事搅得我们焦头烂额，你一个电话就搞定了，真有本事。”

林青萍昨夜就看到删了，这只是暂时的，停车的问题还搁在那儿，根子还在，怎么能说搞定了？

林青萍近来情绪不大好，惹恼了，难听的话，会像鞭子一样抽来，打得人遍体鳞伤。岳会计知趣地闭了嘴。

张扬也明白，他嘀咕：“删是删了，不一定哪天惹了他，又会来。”

他自认社交广泛，一直认为，这个城市每个旮旯里都可以找到熟人或朋友，什么事都可以找到人搞定，现在遭遇网络，他一筹莫展。

林青萍没好气地说："早知如此，何必当初。"

张扬愣愣地望着她，不知她是说不该出租停车场，还是不该跟"南望乡客"发生冲突。

两件事，都跟他有关。他发愣地望着她。

女人的情绪一旦失控，比疯狂地冲出跑道的赛车还要无所顾忌。张扬不接腔，闷着头用力地抽烟，腮帮子鼓动着，像水池的下水孔被堵用拔塞使劲疏通那样吸拔。

第二十四章

丁零上午接到李洪川打来的电话

1

丁零上午接到李洪川打来的电话。

他们没什么联系，李洪川直接来电话，还是第一次。

他告诉丁零，是王副秘书长先看到网上举报的密件，再向吴此轮副市长作了汇报，然后，才有后面引人关注的处理结果。

“你还不相信吧，全是王副秘书长，他猜测是你举报的。

但是，他还是向吴市长推荐了。”

丁零不出声，知道他下面还有话，等着他往下说。

果然，李洪川见他不语，就直奔正题告诉丁零，王副秘书长希望在市委已经作出果断处理之后，丁零将网上的东西给删了。

李洪川压低声音说：“王副秘书长让我别说，这实际上是吴市长的意思，这事有负面效应，常挂在网上，影响本市形象。”

帖子可以删，道理不是这个道理。丁零弄不明白，这与全市形象有什么关系，更谈不上不利影响。就今年，从 2009 年 1 月 24 日起，美国有十九个大小城镇出了枪击杀人案，死亡五十九人，也没听说这些个城镇的形象就臭名远扬了，两码事嘛。实际上，越是捂越是不透明，才越影响形象。

李洪川又说：“王副秘书长让我打电话，就是要我做个中间人，帮忙说说话。你现在虽然不在林青萍那儿做了，可是我们一直都很关心你，你不会不给我面子吧？”

丁零哭笑不得。

“这不是面子问题。你是本地知名企业家，是利税大户，比一般人更有社会责任。我们都是公民，看见有人损害公共财富，发帖举报，是我们的分内事，你说是吧？”

本来只是心里这么想，可是没控制住，竟然脱口而出，全说出来了。

至于帖子，删就删吧。他正要接着说删帖的事，李洪川却

“啪”地收线了。

他在收线时愤慨地自语道：“就知道这个浑蛋不肯删。”

他不知道丁零听到了。

过了一会儿，丁零接到林青萍的电话。

“洪川找了你吧，你别理他。”

丁零静默了一会儿说：“没关系，我马上就删，不让他为难。”

林青萍说：“哦，那，我谢谢你。”

丁零也笑了。心里说，到底是一家人啊。

2

丁零这段时间很忙，好几天每天只睡三四个小时。家长会后，他反复忖度，为了在全市的摸底考试中考出像样的成绩，他打算遵从校长的意思，调整一下教学方案。在课堂上，相应地改良与变通了授课方式。

郑大滨的突袭式造访，让他下了部分变通的决心。

郑大滨是忙人，他从不做没目标和无意义的来访，他的每一次出发都任务明确。他的交际宣言是，不把时间用在没效果与收益的闲聊上。他无所避讳的坦率作风，丁零还比较喜欢。

一见面，郑大滨热情地向他伸出手掌：“好久不见啊，还好吧？”

丁零没跟他握，扒开他的手：“你直接讲你来的目的吧，免得我心里七上八下的不踏实。”

郑大滨仰头抚掌大笑起来。

郑大滨说：“知我者丁零也，好好，我讲，范校长认为你有才，很赏识你的。怎么，你还不信？跟你直说了吧，一般情况，像你这样的初聘老师，家长们唱衰的呼声这么激烈，早就换人了。”

郑大滨接着说：“他没炒你鱿鱼，为什么？很明显，就是希望你能自觉地作些改进，他在静观其变，静观其改，就是以观后效，看你改变以后的效果！”

郑大滨还说：“我跟你讲，现在办个学校也不容易哩。官场与市场，哪样都不能得罪，就跟在夹缝里游泳似的，左右都不能碰，能顺利地游到终点，才算成功，才算高手。否则，不是碰得头破血流，就是伤痕累累。不容易啊，你明白吗？”

郑大滨滔滔不绝且声情并茂。

他好像被自己的讲解感染了，像影视里的大人物一样双手插在裤袋里，在丁零的面前走来走去。

他的个子虽矮小，但身板笔直，昂首挺胸。他的踱步随着他的语调和声音时急时缓。

最后，他在丁零面前站定，弯曲的食指像叩门那样轻轻地敲了敲丁零的胸。

“识时务者为俊杰，这是成语，现在的讲法是，与时俱进。这些孩子毕竟是要读大学的，不读大学，他们将无法进入社会生活的轨道。同时，他们这一届的升学率低了，以后招生就困难了；招不到学生，没了生源，学校也就关门歇业了，这是很简单的道理。无论从哪个角度考虑，你都得识这个时务，你想明白没有?”

丁零想明白了，他已经在着手微调或改良教学方案了。

郑大滨仿佛大功告成似的笑着点点头：“好，很好！不管是为了谁，你能这样想就很好。我相信范校长也会认可你的选择。”

令丁零感到奇怪的是，范校长碰见他时，笑眯眯的，亲切着哩，这些话，为什么不直接跟他说哩。

郑大滨说：“那你就是不了解范校长，他是个友善的人，他不会轻易批评或否定谁。我今天是主动提出上门游说的。我和你什么关系？铁哥们儿！有些话，只有我才会直接讲给你听。你在新南方，就是太坚持你的理念，一点儿都不肯变通。你要是在这里又没搞好，你怎么跟你的小美人儿雪红交代。你想想，把这些方面的因素都想透。你总要别人多想一想，你也应该多想一想，你会明白的。”

他再次用弯曲的食指，像叩门那样轻轻地敲了敲丁零的胸。

丁零在家长会后的反复忖度中，已经想过郑大滨说的这些。丁零也想到在新南方的经历。也许，必要的让渡，不侵犯底线的妥协，是需要的。他想试着作一些改变。

3

调整与改良了教学方案后，丁零想听听范校长的意见。毕竟，先前素质教育的方案是他大加赞赏的。

可是范校长好像很忙，几次碰面，向他招招手就匆匆走开了。

特意去范校长办公室请教，那里面总是有人在谈话。

这天在学校大门口，他进门，范校长出门。范校长还是笑眯眯的。他不再放过机会，在门口堵住了范校长。

他刚说到调整与改良，范校长就拍拍他的手臂："知道了知道了，我要到教育局开会，找时间再说吧。"

至于认可还是不认可，范校长一个字都没说。

丁零有点失落与失望地望着范校长的背影。

这样一个性情柔婉的人，办一所具有先锋意味的实验学校，听上去不可思议。事实却刚好相反，范校长很受宠。也许是人们遭遇了太多锋芒毕露的创新人才，他温顺的交际方式抵消了某些挑剔或阻挠，轻而易举获得了普遍的信任与好感。全市私立中学，他最得宠，推选市人大代表与市政协委员的名额，教育局向上报的候选人中都有他。有媒体要求采访私立学校，教育局也总是极力推荐新天地实验中学的范校长。

他既赢得了官场，也赢得了市场。

丁零想，在不丧失底线的同时，作一些妥协，也许是必要的。

他连着一个星期，每天都在殷雪红睡下后，修改教学方案，忙到很晚才入眠。

4

丁零明白，若失去了这份工作，不仅要远离热爱的教学，也无法给殷雪红一个交代。

他迷过一阵金庸的小说，现在想起来，最让人羡慕的，倒不是绝世武功，而是那些长年漂泊江湖的武林中人，任何时候都能从口袋里掏出大把银子来，从不为衣食发愁。就凭这一点，足以让人心驰神往。

他到新天地实验中学的前夜，给殷雪红擦洗双脚时，她就用手指点着他的额头："你这次再干不好，那就滚得远远的，别再让我看到你！"

他抬头看到的殷雪红，双眼瞪得圆圆的，目光冰冷而锋利。

女人的直觉，可以惊天地而泣鬼神。她们总能捕捉到事物的神经末梢。在郑大滨造访之后，也是在他给她擦脚时，殷雪红突然直视着他问："范校长是不是对你的工作不太满意？"

他愣住了。想不出她是从哪里得到的信息。

她立即从他的迟疑中看出破绽，声色俱厉地望着他："问你话呢，是，还是不是？"

女人的直觉真是惊人的好，完全可以为她们超常的直觉申请一个群体吉尼斯，让自以为是的男人们蒙羞。

他想赖过去，就说自己累了，要她早点上床，给她贴黄瓜片敷土豆泥打番茄汁，弄完了，他也好早点休息。

“不行！话不说完，不准上床！”

殷雪红就是这样不讲道理。他就把郑大滨找他的事说了。给她洗脚时，他就坐在矮板凳上，沙发上的她，高出他一头。他仰视她，一副洗耳恭听的样子，等待殷雪红的重要指示。

老婆的话不绕弯子，是正面强攻，直接就用命令的口吻说话。

“我要提醒你，不管怎样，你都不能再瞒着我，你不能再做辞职的蠢事。你要吸取上次轻率的教训。我跟你说话呢，你听见没有？”

他向殷雪红保证，无论什么事，无论大小，在没得到老婆大人允许之前，绝不会采取单边行动。丁零早就想好了，他不会主动辞职，除非范校长解聘。

殷雪红感叹：“上次网上寻找叮叮，就是一次难得的出名机会，你要是出了名，就是明星似的人物，范校长动你就得考虑舆论压力和后果。你不听我的，再没这样的机会了，你就是一个小小的聘用老师，没人拿你当回事。”

丁零不再一意孤行。讲课时，部分地向应试教育靠拢。

他开始依循考试大纲的要求讲解课文，他用大量时间来分析段落大意，总结中心思想，解析字、词、句的语法原理。

讲了大半堂课，学习委员廖伟举手要求发言。

讲课时，学生可以随时举手发言，这是他定的规矩。其他老师认为不像话，可学生很赞同。外班的学生，都恨不得调到他这个班来。

廖伟站起来，扶了扶眼镜："老师，你这样讲课，又回到了从前，我们已经不适应了。"

他愣了愣神。同学们的话有道理。

妥协的过程，痛苦而无奈。不能溢于言表，在学生们面前，既不能流露，还要显得从容淡定。

他正考虑着如何回答学生的提问。廖伟朝他使眼色。原来门口走廊有个人影，像钉子似的一动不动，很像范校长。

直到下课铃响，那影子才悄无声息地消失。坐到窗边的廖伟说，他站起来才发现门外的人影，是范校长，吓得他不敢说话。

中午在食堂吃饭时，范校长主动坐到丁零旁边："我到教学楼转了转，也听了一会儿你讲课，好像有变化，紧贴了大纲来讲，同学们适应吗?"

丁零苦笑道："这也是我担心的，说不定两头都不搭，做了一锅夹生饭，同学们刚扭过来，又重返应试教育那一套，普遍不适应，也反感，效果出不出得来，我真的有些担心。"

范校长笑着拢拢他的肩，往自己身体靠了靠，宽厚的手在他肩上拍拍。

无言的肢体动作，似乎包含了万语千言。虽然什么也没说，丁零却莫名地踏实了一点儿。

这就是领导。他们只需一个亲切的小动作，就可以让下属心情松快。

5

丁零带的这个班，生源较差，多是没考上重点或有些调皮的孩子。家里比较有钱，但多数也并非富豪，指望子女将来成龙成凤，不惜血本就送来了。

前一任语文老师及班主任许然采用疲劳战，白天抓得紧不说，晚上加课时到八点不下课，接着做题，做到夜里十一点。饶是如此，摸底名次，估摸能上本科录取线的，约占百分之五十一。这样下来，会有百分之四十九的家长，他们花了大钱，结果却在期望值之下。于是联名找范校长理论，要求换老师。

丁零接手顶替。听说新换的丁老师做过大学老师，家长们兴奋过一阵。结果他们发现，孩子们太轻松太快乐了，还有早恋传闻。他们又开始怀念许然老师。虽然未出成绩，但抓得紧，至少态度让人欣慰。

上次家长会后，家长们按兵不动了。显然在等着看摸底考试的结果。像百米竞跑时俯下身子蓄势待发，就等一声枪响。

历史教研组的张秋林老师悄悄跟丁零说："你得小心啊，千万不能考砸了。"

丁零无奈地望着张秋林一笑。

他现在的语文课，是素质教育与应试教育的混合。

他苦笑着向同学们摊牌："我也很纠结，家长们的意见并非故意刁难，可怜天下父母心嘛。其实，我自己也需要这次考试来证明。现在的调整，可能是一种妥协，这既是为了同学们，为了家长们，也是为了老师。"

他实话实说。他的透明与坦诚，同学们既喜欢也理解。

他们也希望这次摸底能考好。考好了，既安抚家长，也给丁零老师争了面子。他们私下都称这次考试为"争气考"。

小他十二岁的殷雪红，这个喜欢撒谎而且懒惰的女人，看问题虽然世俗，却能一语道破天机。

"你想过没有？学生还是那些学生，你来也就两三个月，凭什么到你这儿就要高分，你尝试新的教学方式，只要排名没掉下去，保持过去的水准，就应该肯定。再说，搞素质教育是范校长同意了才搞的，哪能这么变来变去的。你坚持搞素质教育，就是水平掉下去了，也怪不到你头上；他范校长怪罪你，你可以告他。你这么变来变去的，要是砸了，责任就全在你了，懂吗？"

殷雪红为他打抱不平，也为他想了对策。

女人就是这样，她们自己在社会或职场，常感茫然和无奈，却习惯垂帘老公的事业，底气十足地在幕后颐指气使，常常妙招迭出，语惊四座。

丁零听到这话，也愣了半天。

殷雪红继续说："范校长理解你吗？他不表态，你自己改了既定的教学方式，出了事谁给你兜底？你说呀，我说错了吗？”

6

林青萍踩一脚油门，从新南方开出了宝马车。

好久没见着崔仁杰。今天电话一来，她就应声而去了。

崔仁杰这次出差时间比较长，跑了江南的几个新兴城市，从上海刚回来，第一时间约会林青萍。

他心里总放不下林青萍。要说漂亮，太太超过了林青萍。但是，没林青萍有味道。

林青萍是单眼皮，内敛的目光特痴迷。一到床上，她的呻吟声，全不似太太高音喇叭似的凶猛与肆无忌惮，她细声软语，像是咖啡厅迷离灯光下的背景音乐，情致婉约而又绵长。也许因为这反差，崔仁杰觉得她特有韵味。

崔仁杰这段时间常常想起她，有时竟然感到骚动与煎熬。上次在电话中发了脾气，他也心存不安，不知她是否能不计前嫌。

林青萍着急的，则是另一茬事情。

她想提前终止菜市场的合同。虽然崔仁杰有点恼，但她还想再试试。

喉咙里像有个东西堵在那儿，就像光标不停闪动却打不开的文件，让她心有不甘。

她想尽早把那块地还原成停车场。

女人在被爱的时候，会格外自信。翻云覆雨的床上，是女人驾驭与制服男人的最佳时段。她要怂恿崔仁杰，让他去斡旋彭老板，把事情给掰回来。

她在厚湖新城苦熬了一年多，是该有回报的时候了。只要把停车场的事情搞定，她有信心让新南方火起来。

“南望乡客”跟她已是熟友，拢住他在网上的人气。还有一个开广告公司的校友，答应以最低价位为新南方做一次地毯式的营销轰炸。

她之所以没采取行动，就是因为停车场这个“瓶颈”卡在那儿，宣传攻势把购物者都吸引来了，结果没停车的地方，无异于自取其辱。

是崔仁杰引荐的彭老板，当初系铃是他，如今解也得他来解。

他上次粗鲁地挂了电话，她就有点儿不想再理他。他主动约她来，显然有赔礼的意思。

既然他服软了，她想再争取争取。

能否说动崔仁杰，她心里并不是很有底。

崔仁杰有变化。接电话的绅士风度没了，待人接物的方式跟过去也有些不一样。

崔仁杰真的变了，变得越来越没有样子。一进门，坐下来没怎么寒暄，也没好好说说话，也没个过程，径直就扑上来，粗鲁地抱住她往沙发上拖。

事后细想，过去他偶尔也会这样，她也没在意，会一往情深地跟他滚在一起。

可是今天，她有点烦。来时的心情全乱了。

她用力挣开他的手臂，还毫不客气地推了他一掌。

猝不及防的崔仁杰，像被扇了一耳光似的跌坐在沙发上。

“怎么，不高兴?”

“没。”

林青萍想到自己的使命，勉强地笑笑。

她想了想，整理一下情绪，抬手顺了顺头发，直接切入正题：“我这段时间，为停车场的事，弄得心烦意乱。就为停车的事，有人上网聚众抵制新南方，我总算摆平了。可是治标不治本，要从根本上解决问题，还得把停车场给弄回来。”

崔仁杰“哦”了一声，没了下文。

林青萍疑心了。他是否收了彭老板的好处费？不然，怎么一说这，他就讳莫如深，就沉默不语了呢？

他看出了她的疑惑。

他脸上的笑肌，像是QQ上免费提供的笑脸图标，为了讨好她而机械地拉开了。

她仍然疑惑地看着他。

崔仁杰收住略带尴尬的笑脸：“你别这样看着我。实话，人家当初是给了我点好处费，不多，我可以还给他。这没什么，关键是诚信问题，这样的事情不能做的。”

果然如此！

他果然收了人家的好处费!

这是在为她办事啊?他们是什么关系?魂牵梦萦的情人,她一直当他是至爱亲朋啊!

她不免悲从中来。有点鄙视地瞪了他一眼。她一直觉得崔仁杰很绅士,不屑于为蝇头小利做损人利己的买卖。

没想到他连跟情人办事都裹挟着利益分成。

也太龌龊了!真不是个东西!

她喘着粗气,呼呼地在心里骂了粗话。

崔仁杰有些警觉地望着她:"你……你说什么?"

林青萍轻轻瞥了瞥他:"没什么。"

她有点失望,还有点心痛。

在长达八年的幽会史上,她第一次没有和他上床就离开了他。她既怅惘,又有些说不出的遗憾与懊恼。

再不和他上床了!她决绝地在心里跟自己说。这种人,没什么可留恋的!

她在红灯停车时,下意识地打开手机,翻动通讯录。

翻到丁零的长条显示,她盯着看了一会儿,犹豫着合上了手机。

第二十五章

冬季的阳光，绵软无力，像是刚出炉的南瓜饼

1

冬季的阳光，绵软无力，像是刚出炉的南瓜饼。

阳光从楼隙间斜刺而来，照在学校办公楼外的告示牌上。牌上有通知：全体教职员工上午八点到五楼会议室召开紧急动员会。

原来，范校长在教育局的朋友暗自告之，下午两点，教育局领导将率领一个检查团，以不期而至的方式降临，主要是全面查看各私立中学的学习和学校面貌。此次是全市性的全面考察，结束后，会以优、良、合格三个等次来评定各校在全市中学的位置，评出的等级将在媒体上公布。根据范校长打探的内部情报，私立中学只会有一所进入全市优等的名额，而新天地实验中学夺优的呼声较高。

这个动员会，就是为迎接检查而作出的紧急应对。

动员会上，范校长的口头讲话长达三十分钟，颠来倒去反复讲，就一个意思，检查团的观后结果，直接关乎本校的生存大计。这是一个巨大的荣誉，只要评上了全市的优等，就大大提升了本校的知名度；而知名度，就意味着招生的保障，意味着学校的发展，意味着全校教职员工饭碗的牢靠与收入的增长。

再三再四地阐述了重要性之后，范校长布置了任务：

一、上午八点五十，各班停课召开学生动员会；

二、各班在上午九点十分前完成动员，动员主要针对检查团可能出现的抽查提问，一律按学校提供的标答来回复；

三、九点十五至十点二十各班进行大扫除；

四、十点二十五至十二点半全部到室外分片进行全校大扫除；

五、下午各班正常上课，不许请假也不许空一个座位。如果有空位，要及时报教务长，由教务长安排学生模样的人补充坐上。

进会场的同时，每个老师手上都拿到一份应对检查团的标答。

如被问到，学校做了迎接检查的工作没有？标答是：没有，我们根本不知道有检查团来。

如被问到，你们学校推行素质教育，家长们同意和支持吗？标答是：家长们非常支持。

如被问到，素质教育的效果如何？你们喜欢素质教育吗？标答是：效果很好，素质教育使我们视野更加开阔，激发了创造性思维，我们和我们的家长都很喜欢素质教育。

范校长最后说："大家等会儿再看标答，我再说一遍，这次检查，是决定本校能否进入全市优等名校的关键，是我校一切工作的重中之重，所以，任何人都要认真对待，不得马虎草率！好，散会！"

范校长以提高的音量结束了他的反复强调。他挥舞着手臂，一反惯常的微笑面容，也不再轻声细语，而是声音突然变得高亢响亮，与会者略微感到了意外与不适。

丁零举手，没等范校长点头就站起来："别慌，我有话要说。"

准备起身的老师们像被钉子固定在位置上。许多人半张着嘴，惊诧莫名地看看范校长，又看看丁零，然后互相对视，流露出数副"他要说什么——轮到他说话了吗"的不解表情。

丁零一直在犹豫。他知道，一散会，不说就没机会了。

他清了清嗓子，用平静与平缓的语调说："范校长，我一直觉得，我们的教育不是教授课本知识，中学生还是孩子，我们做的是打基础打底子的事情。一代又一代的孩子就在我们手上，也就是一代又一代的未来在我们手上，现在我们以老师、以组织、以集体的名义教他们蒙混视听，教他们公开作假，用这种方式来迎接上级的检查，不以为耻，反倒认为是一种正当的行为，这是件很可怕的事。我们的校园到处都写着"诚实做人"的大字，可是我们言传身教的，要他们实行的，却是背道而驰的另一套，不是真诚地面对世界，而是世故圆滑，蒙混作假，堂而皇之地以集体的名义作假，这样教育出来的孩子走向社会，会带来一个什么样的未来？非常可怕，如果我们完全不考虑这些，那就太……"

范校长打断他："丁老师，我们大家都没工夫听你讲这些大道理，你到底有什么话，你直说，三言两语行不行？"

丁零还是平静而平缓地说："好，我直说。我刚来的第一堂课您听过的，开场我就对学生说过，不说假话是做人的底线，我希望同学们以这个标准来要求我，同时我也以这个标准来要求自己和我的学生，现在，我怎么跟他们讲……"

没等他说下去，许然老师暗自得意地站起来了。他站起来，其他老师纷纷站起来了。许然高声说："范校长，要没我们的事，我们就先回教室作动员了。"

范校长马上醒过来似的笑着点点头："对对，大家快去吧。没事，我跟丁老师再聊聊，沟通沟通。"

丁零有些失望。面对背德或失德的不良作为，这群教书育人的老师竟以纷纷退席的方式，表明不屑介入或漠不关心。他们走出会场时，像什么事也没发生过似的，互相说些无关紧要的笑话。

会议室只剩下丁零和范校长两人。

2

会议室只剩下两个人时，范校长和丁零都明白，今天谁是胜利者，谁赢得了大家的认同和支持。

两人互望。

范校长心里早就恼羞成怒了，但他脸上仍然笑眯眯的，一副和蔼可亲的模样。

今天，虽然出现了意外的冒犯，结局却偏向了他。他是胜者。他笑得更和蔼、更可亲。

教职员工的集体退场已经表明，大家都站在范校长这一边，表明了丁零的提议，既不得人心，也不合时宜。

他用大人不计小人过的神态，笑眯眯地看着丁零。看他孤零零地站在会场边缘，像个无法收拾残局的小丑。

丁零心软，看见范校长这么笑着，就不知下面的话怎么说才是。

他并不知道范校长怎么想，内心是否有挣扎或负疚。

他望着范校长笑笑，离开了会议室。

丁零明白，无须再说什么了。该说的，想说的，已经说了。他不是校长，他无法扭转这件事的进程。

他只能在心里对自己许诺，不能加入这次集体作假的队列。不管别人如何看待或处置，我不加入。

“遇到不喜欢的事情，可以沉默，但绝对不能作伪证和说假话，这是我的做人的底线与承诺，同时希望也是同学们的做人底线与承诺。”

他当着全班同学的面，曾经有过这样的解说与互训。

既然有过，就不能公然说一套做又另一套。那会使学生失望，也许，比失望更糟，是绝望。

幻灭的到来，不在于假中见真，而在于真中见假。

新南方的“80后”，在高层面前低眉顺眼，世故圆滑。他们在中学时期就已经曾经沧海，老师和校领导早就将弄虚作假的一套秘籍，作为光明正大的行为艺术传授了。

老师课堂上讲的是，做人要诚实，而事实是，一切都是可以变通的。为了获取眼前利益，投机取巧与说谎作伪都是可以大行其道的正当作为。谁要是不这么做，反而是不正常的，是傻瓜，是作秀，是一根筋，是半吊子，是可恶和可笑的。很多时候，现实就是这样颠倒和反常。而且，同流合污是识时务的选择，既坦然又得意，仿佛捡了个大便宜。

丁零想好了，不论别人怎样，不论结果如何，不论有效无效，自己都绝不做底线之下的事情。

他内心激烈而脸色苍白地走进教室，想着该怎么跟同学们说这件事。

3

教室的气氛有点紧张。

同学们看着他，几十双无邪与期待的眼睛。

丁零按范校长的要求，作了传达，标答也人手一张地发了下去。

接着，他说，他想听听同学们的意见。

没人发言。班上很安静。同学们都看着他，他也看着同学们。

僵持了一会儿。班长朱静举手要求发言。她跟廖伟一样敢说敢为不盲从，不同的是，她的成绩全班第一，很得丁零的赏识。

她站起来："丁老师，以个人的意愿，我不同意做大扫除，也不同意这个标答。可是，考虑到您的处境，学校要做大扫除，那就做吧，我们不让您为难，这是其一。其二，关于标答，是抽查，抽到我，我就是照实说了，也和丁老师无关，学校敢处分，我就告他们，谅他们也不敢！"

到底是女孩子，善解人意，且情理分明。丁零有些感动。越感动，就越觉得不能委屈他们。

廖伟似乎不认同朱静的观点，他立即举起手来。丁零示意他说。

廖伟说："朱静同学将两件事分开来说，很有见地。可是，我只同意朱静同学提出的第二条，不同意第一条，不同意遇到难事就退缩。我们以后进入社会进入职场，会遇到比这更为难的事情，怎么办？我选择坚持。当然不是硬拼，有个原因，因为我们班前两天做过大扫除，平时又天天做清洁，原本就干净。我们就以这个来回答范校长，检查团就是来了也挑不出问题，学校找茬也找不出大问题来，不是两全其美嘛！”

“哇噻！”

同学们一致为他的建议尖叫起来。

这应该是个不错的想法。这个班的清洁完全经得起检查，无须为此而特意来做一次水淋淋的大扫除，一看就知道是突击应付的结果。

丁零也觉得这是两全其美的应对，他说：“你们等等我。”

丁零夺门而出。

他想跟范校长解释解释。这是可以通融的。

可是范校长办公室一直没有断人，为了应付突如其来的检查，时间紧急，工作千头万绪，做大扫除只是一小部分，文字汇报材料的字斟句酌、标语口号的张贴方式、欢迎场面的氛围营造、会场布置的排名座次、如何不露痕迹地奉送礼品等，不断有人匆匆地进进出出，外面还有人在坐等，不时伸着脖子朝门里窥探。

校长助理在门外站着，听到里面有告辞起身的声音，他就招手让下一个准备进去。

丁零想到一班学生还“嗷嗷待哺”地等着，他不能在这里久待，又颠颠地往回跑。

进了教室，他脸色凝重，从同学们脸上一一扫过。

他郑重地一字一句地说：“可以，我同意朱静的建议和廖伟的补充意见。不，不是同意，这就是我的意见，同学们就照我的意见做。”

4

全校师生都在大扫除的这个上午，丁零带领全班，坚持上课不动摇。

校园内，一片欢声笑语，一片喧腾热闹，仿佛欢度节日。独有丁零的这个班，异常安静地，一如既往地在上课。

有人看见了，不敢相信。汇报给范校长，范校长也不相信。

他到教室门外一看，果真在上课。

他快要气疯了。

一向笑眯眯的范校长，也一改和蔼可亲的模样，眉毛眼睛鼻子嘴巴，全变了形。他真的怒不可遏了。

范校长就站在教室门口，面目严峻地站在教室门口。丁零视而不见，依然故我地上着课。

忍无可忍的范校长，在众目睽睽下走进了教室。

他一语不发，就站在讲台的台阶下面。他双手叉腰，双目怒视，像一尊突然叠加高耸的变形金刚。

他就这样一语不发，双眼瞪着丁零。

一切倒过来了，丁零的表情，则像范校长平时一样，笑眯眯的。他迎了上去。

他用平静的声音与平缓的语速说："范校长，您别生气，我们班有卫生课代表，天天下课前都有专人做清洁，就前天还做过一次彻底的大扫除，我们的教室和课桌平时就排放整齐，不信您看，如果哪一点不对，您指出来，我马上就停课来做。行吗范校长?"

范校长眼睛一瞪一眨、一瞪一眨的，连着瞪了三次又眨了三次，才醒过神来，明白丁零说了些什么。

他似乎意识到自己的某种失态。他横扫了课桌，是很整齐。他横扫了墙壁与地面，也很干净。他用手在近前学生的课桌上摸了一下，光滑洁净。他一声不吭，扬起刁钻的手，在门沿上摸了一下，手指上竟然纤尘不染。

他大概觉得，接着这么摸下去，会中了丁零的圈套。

他瞪了丁零一眼，下意识地走到黑板前。他看到黑板的边沿上积聚着白色粉尘。

丁零挡住他探出的手："范校长，这上面的粉笔灰是我刚才写字留下的。要是上课时，这上面连粉笔灰都没有，检查团来看到，麻烦是不是更大?"

范校长愣了。

门外有些等着看热闹的，在那里探头探脑。范校长继续怒目横眉。

他沉着脸说："丁老师，你这样子对抗学校的决定，很不好。今天我事儿多，先不跟你理论，等我把这阵子忙过了再说。不过，有一点我要说明，谁要是影响了这次检查评分，谁要是砸了我们学校的牌子，谁就是本校历史的罪人！不光是我饶不了他，我相信全校的师生都饶不了他！不信，就等着瞧吧！”

看惯了范校长笑眯眯的样子，听惯了范校长的轻声细语，原来，范校长要是沉下脸来，竟是很威严的。他的嗓子放开了，中气十足，声若洪钟。

门外的围观者，门内的丁零，坐立不安的同学们，都被范校长掷地有声的最后警告震住了。

虽然，丁零觉得自己并无过失，但脸上还是免不了白一阵红一阵的。

他低着头，像做错事似的听着范校长的训斥，偶尔会下意识地点点头。

也许，他的态度获得了范校长的暂时原谅。范校长长吁了一口气。

范校长用“这事没完”的严峻表情，大步转身走出了教室。

5

谁也没想到，谁也不可能想到，下午检查团来了以后，他们最为赏识的，并且大为夸奖的，竟然是丁零带的高二（3）班。

检查团比约定时间提前了十五分钟。

范校长本打算提前十分钟到大门外迎接，还没下楼，检查团的中巴车就突袭似的进了校门。

不坐，不抽一支烟，不喝一口水，下了车就开始检查。

一切都出乎范校长的意料。他想到检查团这次会秉公办事，但没料到会秉公到滴水不沾的地步。

虽然在日常的牢骚与议论中，他希望有这样的检查团，当真的遇到铁面秉公、滴水不沾的检查团时，他才发现已经不能适应了。

他心里空落落的不知究竟。还不如来个一切都照单全收的检查团，一收，你心里就踏实了。

带队的是教育局的刁一锋。一个思想激进的临近退休的副局长。

范校长跟他打交道不多，知道此人年纪在局领导中最大，思想却是不可理喻的最前卫。心想，早知如此，就该什么也不准备，这种人见多了前呼后拥的溜须拍马，遇上一个逆向思维的下属，有可能大叫其好。

“像刁一锋这种干部最可怕。有句话总结得好，人一退休就接近真理了，我看，快退休的人，也离真理不远，这种人像是憋了多年的洪水，终于找到尽情释放的机遇，绝对是玩真格的。没办法，平时对贪官恨得咬牙切齿，今天就想幸会一个贪的，结果还没这缘分，你说背不背？”

这是范校长在检查团走后，用玩笑语气表达的自嘲和埋怨。

刁一锋和检查团一帮人并非不苟言笑，相反，他们有说有笑，边检查边互相插科打诨显得很随和。

巡视完，他们说说笑笑地在二楼那个椭圆形的会议室坐下了。

刁副局长脸上略带笑意，不像是要大开杀戒。他在总结前，特意说明，由于下午要走两所学校，所以提前出发，来了就看，看了就要实话实说，不搞那些繁文缛节。

接着，他就开门见山地谈检查意见了。

他说："这次检查没有事先通知，就是防止各校搞突击应对，这是我的决定。可是，贵校和前面的检查一样，明显地看出突击应对的痕迹，有些地方还水淋淋的。想想，不过年不过节没到周末的，哪个学校会在周二的上午做大扫除？违反常识嘛！有的教室，课桌上居然一本书都没有，整洁是整洁了，可是这正常吗？当然不正常！"

讲到这里，刁副局长突然收住笑意，声音也提高了。

"但是，我要特别提出表扬的是，贵校只有一个班，高二(3)班。我看得很细，不知什么原因，他们没做大扫除，看得出没有任何特别的清理，他们是正常上课的样子，班主任叫丁零。我看桌上堆了书和文具，不是很整齐，但是不杂乱，有条理，我特意翻看了一下，摊开在桌上的书本，全是当堂课应该用的。如果贵校今天全像丁老师所在班这样，我要给今天的检查打满分。从昨天到今天，我还没给哪个学校打满分呢。我们今天的检查，我曾在局机关说过不许走漏风声，结果还是都知道了。所到之处，都作了准备，我也不想深究你们怎么会事先预知，我只想说，这个结果我不满意！其他的，无须再说什么了。”

说完，他带着检查团扬长而去。

6

整个过程，最难堪的是范校长。

面对刁一锋的诘问，他只是赔礼似的笑着，一句话都不说。他知道，这时候，话多必失，越描越黑，干脆什么也不说，用谦卑的笑来蒙混过关。

原本检查团座椅上放有礼品袋，礼品袋内除了本校宣传册，还有个信封，里面有张商场的千元现金卡，这是接待惯例，幸好，他密令办公室给收了，何时拿出，等他的示意。差点被抓了现行，罪加一等。

散会后，老师们议论纷纷。有人觉得刁副局长这么做过分了，也有人为这样的领导太少而频频感叹和遗憾。

有几个老师向丁零道喜。

说来说去，大家都认为，丁零这回是绝对的胜者，范校长颜面尽失。

历史老师张秋林跟大家的看法不同，他认为丁零的前景堪忧。

张秋林平素就喜欢谈三国，对官场和人际谋略总是别有见地。

他认为，此事一出，丁零很不妙。大家都不解地看着他，等着他往下说。

他的笑意中有几分炫耀。他笑笑说："曹操在大破强敌袁绍之时，意外缴获手下一拨人暗通袁绍的书信，谁都以为曹操会将这拨人一个个地点名杀掉，曹操却反其道而行之，当众焚毁了书信，结果，写暗通书信的人，个个感激涕零，从此死心塌地跟定了曹操。人们因此事而称道曹操的大度容人，殊不知，曹操的容人，只是容反对自己而被实践证明反对错了的人，至于那些被实践证明反对正确的人，如指陈曹操诗文不妥的刘馥，如谏言曹操击中要害的荀彧，如屡屡看破曹操心机的杨修等人，曹操则毫不宽恕，不是设障就是找茬，将他们一个个地残忍处死。人们都没看出这里面的道道儿。因为，你反对错了，愈加证明他的正确，所以他能容忍。你的反对若是对的，说明你道破了他的心机或弱点，揭了他的短，他心狠手辣的本性就暴露无遗。古今中外的权势者全这样，他们所谓的大度容忍，是有原因、有条件、有限度的。"

这话新鲜。许然说："你真该到中央电视台'百家讲坛'去讲三国，你这水平，这见识，比那些专家学者一点儿不差嘛。"

老师们哄然大笑之后，便四散而去。

一连几天，并无特别动静。

7

一个多月以后，人们渐渐把检查团的事给忘了。历史老师张秋林的预言，像是被删除到回收站的文件。

摸底考试的成绩出来了。高二（3）班和许然老师教的结果竟然一样，进入全市预估录取线的占百分之五十一，这部分多半能上本科。剩下的，能读大专高职的比例，也跟许然老师的一样。

没倒退，但也没一点进步。事实俱在，丁零暗自叫苦称奇。

同学们在这段时间非常刻苦和用功。时间和世界都按下了快进键，他们连走路都比平时快了。学习的动力，很大一部分来自于争气。

他们要考出好成绩，为他们的老师，也为他们喜爱的素质教育争气。如果考好了，他们可以理直气壮地让素质教育全面复活。

许多励志的影视剧或纪实文章中，但凡出现群情激昂的场面，结局一定是历经艰辛最后苦尽甜来。人们普遍地愿意相信，有志者事竟成。仿佛未成事或未成功者，全是因为志气的缺乏。

同学们在事后回忆，他们一点儿不缺志气，绝对称得上斗志昂扬。

可是，却没有出现苦尽甜来的结果。

若论在本校的排名，比上次摸底考试，还落后一名，上次在全年级排第三，这次排第四，实际上是并列第三，因学校有规定，凡排名比上一轮没上升的，并列则往后排。

同学们议论纷纷地找原因。

廖伟的小姨在市外语学校当老师，是尝试素质教育较早的典型，连续几年的文科高考状元都出自该校。廖伟把他们高中语文课教材的全套资料都弄来了，同学们仔细地比对着看，普遍认为丁零的教法更有新意。

廖伟总结说："关键是我们的素质教育没坚持到底，后面改为应试，弄夹生了，才没考出素质教育的水平来。"

闻讯而来的家长们则认为，范校长特意从外面聘请了丁零，替换了许然老师，应该比过去高明才对，结果一样，这个素质教育有什么用？还不如没有！

丁零不知说什么才好。他望着操场对面的教师楼发愣。历史老师张秋林从教师楼那边横穿操场走过来。

看他站在教室一楼的走廊，张秋林就安慰他，不要沮丧。

丁零摇摇头："我没沮丧，怪我，没将素质教育坚持到底，我有点悔恨。"

张秋林说："你这么说，证明你还是沮丧了。"

丁零又笑着点点头："对对，你说得对。"

8

闻讯的家长们再也坐不住了。

他们憋了近两个月的愤怒，终于找到了突破口。

领头的，仍然是廖伟的母亲。这个高颊宽面的中年女人，她带着家长们直接找范校长。手扬起来敲门只是个意思，也没管里面是否有回应，手落下就抓住把手拧开了门，闯进了范校长的办公室。

没容范校长起身或点头致意，家长们围在有半个乒乓桌大小的办公桌四周，争先恐后，你一句我一句，一句追一句地质疑起来。

情绪比上次家长会还激进。要求更直接，就是换掉丁零老师。

不换，他们就要退款。

理由很简单，考不上重点，我们的学费不是白出了？你校长答应过我们的，看摸底考试成绩，现在都出来了，还有什么可说的。我们坚决要求换，不换就退款！

范校长已经陷入十面埋伏，他无论怎样和蔼可亲，也不能全身而退，只有连说好好好，行行行。

“不行！这回，我们要一个时间表，你可以拖，我们的孩子不能拖！”

“对，就是，就是，要一个时间表！”

廖伟母亲的声音像玻璃破碎一样尖利。她一叫，其余的附和着一起嚷嚷。

丁零在课间去找范校长，他想谈谈本班摸底考试情况，商讨下一步究竟何去何从。上了三楼走廊，就听见校长办公室里面家长们吵得不可开交。

教务长在门外，看他来了，摇头："你这个班不好带呀，家长们太厉害，一来就没完没了，吵得吓死人。"

丁零就在走廊踱步。范校长办公室的门是开着的，里面的声音很清晰。

范校长说："好好，各位说的有道理，这事，我们怎么会不管呢？我们的素质教育不是乱讲的，肯定要跟成绩挂钩的。什么叫素质？不能说考不上好大学还叫有素质，难道考不上大学的，比考上北大清华的素质还高？这不是扯淡吗！至于时间表嘛，肯定会有，不是我一人说了算，我们总要开个校务会来定。这样吧，本周以内，一定给大家一个满意的答复，怎么样？"

范校长也够难的。

丁零能理解他。

也许，只有避开是明智的选择。既不让校长为难，也不让自己难堪。

他转身而去。教务长在后面喊着追，他没理睬。

第二十六章

林青萍放下新南方的烦恼，跟着儿子去品位量贩

1

林青萍放下新南方的烦恼，跟着儿子去品位量贩。

这天双休。出门前就有一场争吵。

本来是儿子要去买东西，她想跟着一起去，儿子问她为什么要跟。她说我看你会不会买东西，怕你上当。

一句话把儿子说烦了，坚决不让她去，给钱就行。任她怎

么解释都不管用。

处在青春期的孩子都这样。好像不叛逆，就无法完成从孩子到成人的蜕变。

林青萍在乎的不是钱。家里的钱给儿子买名车买别墅都不是问题。她的担忧没说出来，她是怕儿子过早染上富二代习气，大手大脚还没心没肺。

她拦住儿子，低声说："妈在新南方的经营遇到了问题，听你说过品位量贩，夸那里好，不是一般的好，还超级好，我也去见识见识，看看人家好在哪里，学习学习嘛。"

儿子立马就不争了。

儿子高中住校，就双休回。这几个双休，回来必到品位量贩购物，从吃的用的到穿的玩的，全在那里采购。林青萍最早是从"南望乡客"的帖子里知道这个新开的超市，那是跟新南方斗气，没想到儿子也喜欢，说那里购物舒服。

林青萍问："怎么个舒服法？"

儿子说："外面宽敞，里面也宽敞，看着舒服，还有里面东西的摆放，里面的设置，购物的方式，都舒服，还有个很大的停车场。"

林青萍像被刺了一下似的叫道："你也没车，停车场大小跟你有什么关系？"

儿子说："我今天没车，未必就永远没车。我就是一个没车的人，看着那儿宽敞，就觉得舒服，眼睛舒服，心情舒服行不行？说实话，人家不光是宽敞，服务也好，比你那个新南方绝对好。”

李洪川在一边冷笑。

林青萍扫了他一眼：“很好笑吗？”

李洪川说：“这是儿子说新南方不好，要是我说，那可不得了。”

林青萍瞪起眼正准备反击，儿子拉开了门，自顾自地往外走。

林青萍赶紧跟上，边走边从包里掏车钥匙。

2

品位量贩门前的停车场地，确实开阔，像个广场。场内的车行道，足有两股车道那么宽，对于非职业司机的私车主们，尤其是对倒车技术普遍不高的女性，不用打着方向盘左支右绌，如履薄冰似的一点点挪动，反反复复地进进退退，才能停车入位。

林青萍一下子就倒进了车位。

儿子说：“怎么样，从没看你停车这么快！”

林青萍说：“嗯，是的，没进来还不知道，很舒服。”

从进超市开始，儿子就不断地夸赞品位量贩的好处。

进门就有个很小的自选区，摆着一些并不常用、要用却不知到哪儿买的小商品。像别针啊、手机套啊、暗扣啊、小手电筒啊，等等，就放在货架上，标着价，自取，取后自觉投币。

儿子介绍说，这里有一种气场或氛围，任何人进来都会主动投币，就像走上红地毯就不会随地吐痰一样。许多第一次来的人，都会慕名来买样东西，或参观见证一下。

进去看，商品的分量和摆放，充分照顾到现代社会单身独居或三口之家较多的特征。悠扬舒缓的背景音乐，放的是《回家》。

新鲜瓜果，品种多是中小型的，便于一次吃完。各类点心及干货的包装，全是大袋或大盒里面分有小袋的。儿子解释，那些大包装里没小袋的，除非是集体会餐，一般个人或家庭，拆开大包装之后，留待下次再吃的，必须得找东西装，还要密封装好，才不致变味变质，很麻烦的。

这里有一个保质期倒计时专区，全是临近保质期的食品，过期的时限都清楚地注明，以临近的倒计时方式打折，有的打到一折。

儿子说："这里透明度多高，打折也打在明处。有诚信，诚信也是商机和吸引力。"

儿子说话像是打拼商界的成熟男士。林青萍有几分惊讶与陌生地看着他。

"还有新鲜的。"儿子又指着叫她看超市的导购员。导购员戴着类似于杂技小丑的尖顶小帽，脚蹬滑轮鞋。货架间的走道也特宽敞，导购员快速在货架之间来回穿梭，为顾客及时解答各种疑问。他们胸前有块小牌子，上注几个大字：召之即来导购员。

他们并不打扰顾客，只在周围穿行。你需要时招呼一下，他们就满面笑容地滑过来。

儿子说："你看人家的服务。我最讨厌那些超市，一进门导购大妈就追在后面问你要什么，你走到哪里问到哪里，很烦人的！"

林青萍微笑地望着儿子。她有同感。

店里生意不错。常有店员推着大拖车在过道上忙着补货。一个留着长发的店员推着拖车过来，看到林青萍母子，停下站在一边，让出道，等他们挑选完走后，才小心翼翼地开始上货。

儿子说："你看看，要是新南方，早就把顾客赶到一边儿去了。"

林青萍用余光扫了儿子一眼。她带他到新南方玩过，看他漫不经心像个孩子似的乱窜，原来他什么都清楚。

林青萍看着这一切，愣在那儿，觉得不对，恍惚中，有种似曾相识的感觉。

她想起来了，品位量贩的这些，丁零在那份未曾采用的试行推荐方案中写过，莫非……她疑团满腹，就向就近的"小丑帽"招招手。"小丑帽"身子一弯就滑过来了。

林青萍问："你们这儿有个叫陈汉生的吗？"

"小丑帽"点头："他是我们的副总，呃，他在那儿，陈总——"

陈汉生正在店里巡视。

他看见林青萍了，赶过来握住她的一只手："哎哟喂——林总大驾光临，怎么不事先告知一声。"

林青萍故作平静地说："我儿子很喜欢这里，带我来看看，没想到，会碰到你。"

陈汉生看懂了她眼中的意思，笑笑："林总肯定从这里发现丁副总那个零售方案的影子。是的，没错，是我找了他。他很慷慨，就把他的原稿给了我，我拿来做了点小修订。我们的老板很欣赏。说实话，我在新南方，得到了锻炼，学到了很多，我对你和新南方，一直心存感激。真的，我说的全是真的。"

林青萍若有所失地看着曾经的下属，一句话也说不出来。

3

虽然新南方的人气，比过去有所上升，可林青萍却高兴不起来。

新南方门前的自行车道上，新画上了雪白的停车线。张扬辗转结识了一个交警，请到高档酒店娱乐到大半夜，第二天就画上了线。

虽然停不了几辆车，却是一次安慰胜过实用的亡羊补牢，更是一次表明善意的改过姿态。

林青萍在网上跟"南望乡客"通报了这一示好信息。

自从上次网聊之后，他们常在 QQ 上聊天。抛去那一段并非私人的过节，他们挺谈得来，他们谈社会、谈读书、谈生活，审美情趣竟然有许多相通或相近的地方。

谈到兴奋时，“南望乡客”放了一句话，只要是新南方的事，尽管找他。

新南方上了新商品，林青萍就给他传一份，他马上就粘贴在厚湖新城的社区网上。新南方门前画了停车线，他第一时间发帖，动员大家去购物。

林青萍这天带儿子从品位量贩出来，一肚子话不知该向谁说，就开着车到了新南方。

她下车闷着头往店里走。

纵横的一排排货架中间，是长长的走道。林青萍张开双臂一比画，看上去好像比品位量贩狭小许多，一比，其实差不了多少。感觉竟然差多了。林青萍有很多感慨。

走道上有顾客在挑选商品。张扬叫喊着指挥人在补货。这段时间，张扬的情绪有了明显提升。一辆平板车咣当当地推过来了。

推车的小青年边推边叫：“让道让道！”

一个中年女子赶紧闪到一边，一个穿黑皮衣的男人横了一眼推车的，一副“我凭什么要让你”的神情，就是原地不动。

林青萍从货架的空隙处看到，推车的轻轻拍了“黑皮衣”一下，“黑皮衣”仍没动，推车的板起脸说：“叫你让你没听见是吧？”说着伸手要推搡。

林青萍一下子冲到走道中央，叫了起来：“你干吗？你上货就不能等一会儿？”

小青年一看是她，手定格在半空。

张扬一看阵势不对，赶紧走到林青萍旁边小声说：“林总，你来。”

他把林青萍叫到一边：“是我叫他补货的，今天双休，人比平时多，货得抓紧上。”

林青萍冷着脸：“什么为大？消费者为大！对人家又推又训的，像什么话，再忙也要懂得礼让嘛。丁零虽然走了，可是他过去的一些好的做法，我们应该坚持！不能丢！”

莫名地说完这句话，她转身离去，扔下脸色铁青的张扬。

4

林青萍克制不住想见见丁零。她打了电话，约丁零出来。

还是在厚湖新城的“岁月如歌。”

靠窗的小圆桌，桌子两端相对而坐，身后有半人高的隔板，一束酒杯般的柱形灯光从顶部投向圆桌。四周暗淡，有着情侣幽会似的小资氛围，也像是精心预设的偷情场所。

虽然并非偷情，但这种小资氛围是林青萍喜欢的调子。

她认为这样的场所，两个谈话的人，容易说出内心的真实。

她很想认真地跟丁零谈谈，看他有没有回来的想法。也许丁零的走，有赌气的成分。如果真是这样，她想再次聘请，就不知他肯不肯重新回来。

丁零没什么变化。他坦诚地述说他在学校的经历，以及现在的处境。

林青萍听着。她小饮了一口咖啡，将杯子轻轻地放在托盘上。她望着丁零，脸上的笑像通了电的显示屏一样明媚。

“你……你笑什么，我有那么好笑吗？”

丁零不知她为什么笑。她望着他竟然“咯咯”地笑出了声。

“这不正好嘛，我请你回来。新南方的人，也有人念叨你哩，真的。”

“原来你请我喝咖啡是为这事啊，嗨！”

丁零没想回新南方。

林青萍点点头：“我不能强扭，放个话在这儿吧。我的门随时为你敞开，你什么时候想回来，跟我说声，行吧？”

自从去过品位量贩之后，林青萍心情一直不佳。她在职工大会上，就管理问题，就对消费者的态度问题，说了很长时间，她说得很严厉。会场上鸦雀无声。

别看她个子小，可训起人来不留情面。张扬都有几分怕她，其他人更不消说。

会场上空只有她的声音横冲直撞。

会后有人悄悄问张扬：“是不是更年期提前了？”

即使四周无人偷听，张扬也捂着嘴小声说：“没那么快，四十岁还不到嘛。她老公最近也不顺哩，两人在冷战。”

林青萍一直不满意李洪川的“山大王”作风。他近来没过去那样如鱼得水了。转行做房地产，重金买了汉口北边一块地，才知道那块地不能建商品住宅楼，区政府卡住了。王副秘书长先是避而不见，后来还是打了招呼，只是态度有点模棱两可。人家也会看眼色行事，拖着。他把钱全投进去了，现在进退两难。

公司的大事，全是他一人拍板的。下面有几个副总并不主张进军房地产，都不敢开口。

林青萍早就劝他放弃独裁专制式管理。她的劝诫与安慰有点锋芒毕露，他根本无法接受。

“什么，我独裁专制?”他吼叫着拍了一下桌子，正要叫嚷，结果儿子的房门打开了——他戴着耳机听到外面的响声，不知道出了什么事，就出来看看。

夫妇二人看到儿子，都闭了嘴。由此开始了冷战。

林青萍也不想吵。她想起中国领导人在国际事务中说的一句话，先把中国自己的事情做好。

把自己的事情做好，这是最重要的。她该关心的是新南方。他说过如果新南方兴旺了，他就在地上爬。

怎样才能把自己的事情做好，她还没找到特别的好办法。

要是真有，她的心情也就不会这么糟糕了。

5

丁零没想回新南方。殷雪红建议他考虑考虑林青萍的邀约。

殷雪红说：“那个破学校有什么好？收入也不高。在新南方怎么也是个副总，我听说厚湖新城的房子近来卖得很火，新南方的生意会越来越好的，你是不想吃回头草？”

殷雪红又说：“好马，才不吃回头草。像你这样到处碰壁的马，吃点回头草，有什么关系？”

殷雪红还说：“你说你，在新南方，你坚持，失败了；在实验学校，你妥协，也不行。你怎么样都是不行，你说你有什么用，不是我小看你，这是事实！我有说错吗？”

殷雪红的话很难听。她的刺痛，已经升级换代。

有了十二岁的落差，有了丁零无与伦比的宠爱，殷雪红把任性发挥到极致。

丁零笑一笑。他的应对也随之升级换代。除了不吭声外，他还会淡淡一笑。顺从之下，也隐曲而可怜地表达了一丝不屑和不睬。

他根本不是怕吃回头草。他没这样的俗见。

他不想辩解，任殷雪红说去，怎么说都行，最好的抵抗，不是争吵，而是闭嘴。让她没有对手，就像高高挥起的铁锤，找不到可以敲打的铁钉；就像盼望奔腾的列车，找不到伸展的铁轨。

他不辩解。让她既能颐指气使地指点江山，又能痛快淋漓地自觉收场。

只要她高兴与满意，在她面前，丁零不在乎得失或荣辱。任她怎么损，他都不会恼，他早就修成了正果。

新天地实验中学的经历，已经让他纠结。一个男人想全身心地去应对事业的历练和磨砺，家庭的安宁，是最不能少的庇护。这是他个人的为夫之道。

在新天地实验中学几个月，虽然不顺，但是，他已摸索出一套经验与方法。

他教的学生，已经与过去有了不同。他们的精神面貌与情绪，大有改观。他们学会并且开始习惯独立思考，不人云亦云。他们说人话，守诚信，懂互助，这是人伦底线，是做人的基本常识——文化素质培养与政治思想教育，应该从常识开始，让常识像高楼的地柱一样深植人心。

为什么要学语文？人格的健全，心智的开朗，精神世界的独立与深邃，人文素质的充实与丰饶，不是最重要的学习收获吗？

此前，家长们曾认同他的想法，范校长也曾认同。

现在，一切都变了。

急功近利的应试指向，背离了求学的初衷与本意。一次摸底考试未见成效，曾经叫好的素质培养与人格塑造立马崩盘。

就这么半途而废，就此离开，他舍不得。

他思来想去，决定找范校长谈谈。

第二十七章

丁零找范校长，是想知道自己被留下，还是被撵走

1

丁零找范校长，是想知道自己被留下，还是被撵走。

大扫除风波，他知道范校长已经恼羞成怒了。机会来了，他有可能会借家长集体申诉的时机，痛下杀手，像张秋林预测的那样。

谈话反反复复像是来回拉锯。

范校长的苦衷和雄心都有来由。

他说："你说我当校长只考虑我个人行吗？不行！我要考虑学校的整体利益和发展，为了这个学校的生存，我不得不面对现实，现实，现实，现实就是这样，我们要顺应，顺应就是要慢慢来，现实，现实——"

范校长仿佛有点儿口吃，连说了几个现实，似乎要发起抨击。他说着，突然挥了一下手，显出一个温厚者少见的刚猛。

这个挥手仿佛是和前面告别。挥手之后，他放弃了抨击。突然收住了话头，盯着丁零，什么也不说了，一副"这些难道你不知道吗"的表情。

丁零也盯着范校长。他想好了，就是范校长撵他走，他也得把想说的话说出来。

丁零说："我不是没看到现实，我也很赞同慢慢来，不能指望革命一夜成功，就像不能指望一夜暴富一样，就像不能指望天上掉馅饼一样，走一条渐进的路是比较适合现实的路径选择。你点头了，我很高兴，证明我们都认同渐进的说法。所谓慢慢来，是要来，不是停止，更不是反着来，我们可以不前进，可是不能倒退，这可能是我们之间存在的不同之处。正因为认同慢慢来，我才认为教育非常重要，因为一拨拨、一代代的青少年，全是从学校走向社会的，把青少年都拨正了，未来就会越来越通透明亮，这儿是起点。相反，如果孩子们在学校里被灌输的是，只要为了现实的利益，可以圆滑变通，可以曲意逢迎，可以不诚实不诚信，想想，结果会是渐进的吗……”

范校长的手机响了，他摆摆手。

范校长的手机每过几分钟就会响。他的接与不接是有讲究的。

他觉得需要认真听时，他就将手指伸进口袋一按，手机就无声了。当他不想再听你说话时，他就会摆摆手，然后去接电话。

现在他就摆手了，然后掏出手机按下了通话键。

关上手机的时候，他很自然地接过了被打断的话题。

“你的做法是操之过急，家长们都不接受。就像你拍一部电影，你的想法很好，可是没有票房，亏本，你一部电影就赔光了，就没办法再拍电影了。这还是慢慢来吗？就不是了。你说我为了谁，为的是长久发展，为的是这个学校，为的是一百多号教职员工，为的是上千号学生，还有他们的家长，我是好心好意，我的动机……”

丁零用一个停住的手势打断了他。

他平静地说：“你别说了，很多事情，我们总可以找到一个冠冕堂皇的名义，以发展的名义，以效益的名义，以爱的名义，以集体的名义，等等。恰恰没考虑在这些名义的旗帜下，被损伤和被亵渎的，正是这些名义本身。你想想，这样成长起来的一代人，以后心中还会有敬畏和感动吗？获得这样的言传身教与潜移默化，他们走向社会会是什么样子？”

他接着说：“我真的不认为，你是假借冠冕堂皇的名义在行事，我相信你是出于好心好意，可是你不能把动机和结果混为一谈，好心好意的动机，并不能保证行为和结果就一定正确，你想想，你多想一想，就会明白的。”

丁零被自己的讲解弄激动了，双眼潮湿起来。

范校长听着，好像也有点动了感情，眼睛发直地看着他。

他不得不佩服，丁零到底是学哲学的，思辨的逻辑清晰直接，总能拨开屏障，直抵问题的深处。

眼睛直了一会儿，范校长长叹了一口气。

这一声叹息是范校长思路重返雄心的转折机缘。

他说：“我刚来时，想的就是去行政化，后来发现，我想简单了。中国是一个高度行政化的社会，每个单位，不管是私立还是公办，都必须纳入行政管理的轨道，办事才能通畅，才能有事半功倍少走弯路的效果。过去我说了空话大话，想简单了，我向你道歉。”

范校长垂下眼皮以示歉意，接着说：“可是，我的内心，从未放弃过素质教育的改革，这是本校的旗帜，是本校的特色，没有这个，本校就没有存在的必要了！”

丁零心里刚亮了一下，范校长说着说着，又转回来了：“可是，现在家长们在闹事，我必须要有个态度！”

他像是要发脾气了。丁零弄不明白他的意思。

范校长手机又响了，是教育局打来的。他接完电话对丁零说：“教育局要我去一下，我们找个时间接着谈，好吧？”

2

丁零上午到教室，同学们都关切地问，是不是不要他带这个班了？

他到教师办公室，张秋林问他跟校长谈得怎么样？

他心里是乱的。他也不知道，范校长说的必须要的“态度”，是坚持让他带高二（3）班，还是要挥泪斩马谡？

吃完饭，他在房间里休息了一会儿，心里还是乱的。他既不想放弃正在进行中的素质教育，也不想离开这个学校。可是，范校长的态度，是要他在放弃素质教育与离开学校之间二选一，还是不选，直接炒他的鱿鱼？

门口一个身影闪进来，竟是范校长。

此时的范校长，仿佛换了个人，丁零熟悉的那张笑眯眯的脸，重新浮现，像是瞬间死机后重启的电脑屏幕，一切又回到和蔼可亲的常态。

范校长拍拍他的肩：“我上午说的话，可能有些激动，包括大扫除那天，也是，你不要介意。说实话，我一直很欣赏你，我相信你会是一个出色的教师。”

丁零看了看范校长。

范校长的脾气，说去就去了。这点跟张扬很像。丁零想，我怎么就做不到呢？我要是跟谁发了脾气，很长时间不能释怀。人家发脾气是发脾气，该工作还工作，发了就跟没事似的，该跟你说什么照说，该笑的时候照笑。张扬自称是粗人，范校长是博士，人家都做到了，我怎么就做不到呢?

脑子绕了一圈，丁零不禁也笑了。

范校长看他笑了，也“哈哈”地笑开了。两人一笑，屋子里的气氛，像拔了塞子的气囊袋，马上松弛下来。

范校长说：“其实，我们的很多想法是一致的。不搞虚假，我是认同的。可是不能不面对现实。我们多数时间都玩真的，偶尔不真，也可以嘛，你说呢?”

丁零摇头：“不弄虚作假，应该是教书育人的底线。就像一个人不要流氓，不要违法，总不能说，偶尔可以耍一耍流氓，可以违一违法。要禁止，就要从一开始，就像踢球，球出线就输了，出线一厘米和一千米同样都是输，都要受处罚。”

范校长似乎变了一个人，任丁零怎么说，他都不再急，也不再恼。他笑眯眯地点头：“有道理，到底是学哲学的，有思辨能力，逻辑性强。你，确实是人才，也有水平，都怪我，太急了，一来就让你带高二，指望你立竿见影立马出成绩，是我考虑欠周到。我刚才去教育局，局里的意见，也是建议我们坚持素质教育的试点和闯关。我们这是私立实验学校，靠人才立校，我是很看重人才的。我想了一下，换一种方法，你可以从初一起，带一个班，带六年，直到高中，按你的素质教育的新思路，按你的渐进策略，一步步来，比较有系统，也便于出效果，便于检验。我一路上就想这个，越想越觉得这个办法好，你觉得怎么样？你，不会拒绝吧?”

这倒是一个办法。丁零有点儿舍不得高二（3）班那些学生。

范校长看他脸色不好，接着说："我的意思，很明确，不光要留你，还要让你的才能最大限度地发挥出来。我想好了，马上要放寒假了，你这段时间不用上班，工资照发，你休整休整，作好充足的准备，从下学期起，你到初中部去，从初一教起，按你的方法来试，我全力支持你，怎么样？"

范校长话语恳切，也算是委曲求全了。

丁零想，这个范校长，比曹操更能容人啊。

丁零笑了一下："我想想。"

范校长开心地笑了："行，只要你没表示回绝，就算同意了啊。"

3

新南方的零售渐渐地有了增长。五十万人的厚湖新城区已然成形。林青萍自从去品位量贩以后，让丁零重返的念头时时涌上心头。

在请丁零到"岁月如歌"商谈未果之后，她又跟殷雪红通了电话。她见过殷雪红一次，是个很温柔、很有气质的小美人。张扬在新南方，只要提到殷雪红就赞不绝口。

她知道，丁零对殷雪红言听计从。她让殷雪红劝劝丁零。她没从新南方的需要，而是从丁零的处境来谈的，仿佛要完成一次拯救。

“如果学校没法待了，你劝劝他，就来新南方，我欢迎，我们收入也提高了，现在。”

殷雪红从来就没有劝说丁零的习惯。给个好脸色，就是恩宠了。习惯成了自然。命令、呵斥、嘲讽，是她惯常的姿态。

她要是突然低眉顺眼地去劝丁零，不仅她不适应，丁零也会不适应。

外界，同事和客户，看到的是她抿嘴含羞微笑。当她是微笑天使。那些男同事和男客户夸她，捧她，追她，全是因为他们没看到她在家中的样子。她的躲避与远离，更加让他们心存感佩，也更心痒难熬。

林青萍哪里知道这些。她只是想当然地要她从妻子的角度来劝他，从离家较近的上班优势来劝他，从到新南方将得到不低于学校的收入来劝他，从新南方有她这样一个懂他并器重他的老板角度来劝他。

殷雪红在手机另一头笑了。

林青萍有些摸不着头脑。殷雪红笑了一会儿就止住了。

殷雪红说：“他从大学辞职，我就不同意。你说大学老师到中学，这叫什么，我觉得根本就不对。到新南方也蛮好嘛。你说他为一个大扫除检查的事，把校长气成那样。做个大扫除迎接检查，叫我说，那怎么能是撒谎呢，那不是撒谎。”

林青萍说：“要说这个，他是对的。我一个海归朋友，在美国待了好几年，他说美国人对中国留学生的印象，最不堪的，就是作弊与撒谎。丁零从青少年基本素质入手，他是对的，就看他能不能遇到真伯乐。”

4

丁零算了算，现在离寒假后开学，有两三个月时间，就开车到了永康里。好久没去了。

他去找过社科院的学者，找他要姥姥的那本民国课本。手机根本联系不上，回复是“欠费停机”。他就按姥姥给的名片，直接找到社科院去了。这学者在学术界小有名气，报刊会选摘他的文章或观点。他在网上也很活跃，常常尖锐地抨击时政或时风。

丁零一直从社科院找到他的家。就这么一个知名学者，他的回答是，这本民国课本前不久还看见的，可是现在就是找不到了，不知是被人拿走还是弄丢了，就是找不着。说着摊开双手，耸耸肩。接了个电话之后，就说马上要出门开一个会，把丁零打发了。

丁零无法相信。他开车去永康里的路上，不停地在心里质问他，你不是许诺三天内一定送来，都一年了你仍然不还，找上门你说前不久不见了，你这不是谎话是什么，你也太不配学者这个身份了。没办法，学者都这样，难怪范校长了。范校长还知耻，这个学者连羞耻感都没有。他都不知道怎么跟姥姥说这事儿。

冬天的永康里，有穿堂北风轻轻吹过，丁零拉上了羽绒服拉链。

姥姥家隔壁是个社区活动室。活动室里坐着一群十岁左右的孩子，墙上挂着条幅：社区小学生双休知识课堂。讲课的是个短发女老师。

课好像要结束了，老师以提问的方式检验讲课的效果。

老师问："路上遇到摔倒的老人，我们应该去扶他起来，去救他吗？"

孩子们的小手齐齐地举起。有一个小女孩被点到，她站起来说："不能，坚决不能！因为我一动手，那个老人会说是我推倒他的，我就成了肇事者，我爸妈还得替我赔医疗费。不能救！"

小女孩的声音童稚清纯。

丁零穿着厚厚的羽绒服，还是禁不住打了个冷战。

讲桌前的老师点点头，又接着问："路上遇到哭泣迷路的小弟弟或小妹妹要我们带他回家，我们应该答应他或她吗？"

这次没等他点名，有个小男孩就站起来了，自信地回答："不能，这是一个陷阱！"

老师再次点点头，又问："路上遇到有人要你帮他提一下东西，我们能帮他吗？"

这次没举手，小孩儿们一起大声回答："不能！"

清脆的童音里，传递的，没有人际的信任与互助，只有对这个世界的怀疑、猜忌和恐惧。

丁零连着打了几个冷战。

姥姥坐在窗前的靠椅上，身上裹着一条紫色花纹的毛毯，像巫师似的。

看见丁零紧缩着身体的样子和脸色，她说："冷吧，我知道，我也冷。"

老房子隔音效果不好，不知姥姥是否听到了隔壁课堂上的声音。

丁零苦笑。

姥姥拉了拉毛毯："你看你，怎么也在打战？姥姥怕冷，你也怕？"

丁零坐在床边，摇头："天倒是不冷，外面还有太阳。"

姥姥拍拍他的手："你看你，一下子都到中年了。你读小学一二年级的时候，姥爷还在，有次你问姥爷知不知道雷锋的故事，姥爷故意说不知道，你批评他，给他讲雷锋的故事，讲完还要跟姥爷比学雷锋，还约定，每做一件就画一笔，五笔就是一个'正'字，一个学期下来，看谁的'正'字多，还记得吧？还记得啊，你不知道，那段时间，姥爷为了配合你，就到街上去帮人，有时没找到可以做的好事，就帮人扫地，其实他不做就画一笔，你也不知道，姥爷说跟孩子做游戏一定要诚，长大了他们也会诚。"

他拉着姥姥枯瘦的手说："您别老坐在家里，出太阳的时候也出去走走。"

姥姥一笑："我现在出门少，腿脚不灵便，免得倒在路上，别人还以为是我设的陷阱。”

丁零赶紧偏过头，他害怕姥姥看到他的眼泪。

5

丁零眼泪奔涌的时候，接到郑大滨的电话，请他去一趟。

去干吗他没说。去就去吧，反正现在有的是时间。

丁零去过郑大滨的棋校两次，现在是第三次。

江南关山一带是较为集中的大学区，过去是城郊，尽显凌乱与空旷，现在则成了塔吊与脚手架肆意扩张的领地，大兴土木带来了日新月异或面目全非的改变。不过几个月，他都有些不认路了。

一条大道，刚铺就的水泥路面，路两边还是土路，到处是建筑遗留的垃圾与灰土。这是上次的印象。

现在呈现的，则是宽阔整洁的大道，大道中间是绿树丛组成的隔离带。路两边的树下是彩砖人行道。放眼望去，周围不少是尚未完工的楼群。在中国任何一个大城市，都可以看到相似的景观。

认不出路了。他给郑大滨打电话。

郑大滨握着手机从大道边侧路口走了出来。他的车已经来到棋校的路口。竟没认出。

没有客套与拐弯抹角的试探，刚坐下，郑大滨就直接切入了正题。

“你知道是谁让我来找你谈谈吗？你肯定想不到，是范校长。”

丁零笑笑，他想到了，并不意外。

“这个学校应该是适合你的，你是可以发挥作用的。范校长特意让我告诉你，他认为你是个人才，认为你会在这个学校干出一番事业。这次的检查冲突与误会，你要理解他，你要想想，人家范校长也有难处。人必须学会妥协，妥协不是投降！”

郑大滨又像演说家似的，双手半插进牛仔裤口袋，在他面前踱来踱去。说到重点时，他会突然立定，像冲天炮似的站在他面前。

“妥协绝不是投降。你想想，我上次专门跟你谈了一次，你要别人好好想想，你也好好想想，你是一个聪明人，不会不明白吧？”

丁零叹了一口气：“我告诉你，本来，我要是坚持素质教育不妥协，这次期中考试就可以位居前列了。可是，我没坚持，我妥协了，我修改了教学方案，把素质教育与应试教育搅成一团糨糊，做了一锅夹生饭。我后悔死了，你不提这个还好，一提这个，我就有气。”

郑大滨目瞪口呆，过了好一会儿才说：“不……不……不会吧。”

丁零说：“我上小学时，老师就教过我们这一套。我们从小学开始，每一步走过来，都培养了说假话的习惯。有时候，我真想去教小学，从头开始。”

郑大滨用难以置信的目光看着他："去小学？从大学到中学再到小学，你没病吧？你太太，那个小美人同意吗？你就是奋不顾身往苦海里跳，你就是不怕被世人笑话，你过得了她这一关吗？"

丁零一笑说："我没去小学就是妥协，你还说我不会妥协。"

郑大滨愣了一下，挥挥手说："算了，不扯远了。我跟你交底，范校长真的是求贤若渴，对你网开一面，这两三个月，你就在家准备教材，可以不用去上班，而且，工资奖金照发，怎么样？你想想，哪里去找这么深明大义的老板，你弄得他那么难堪，他反而不计前嫌。"

丁零同意地点头："是的，他比曹操更不计前嫌。"

郑大滨像傻了似的，不明就里地望着他发呆："曹操，什么意思？"

第二十八章

丁零从棋校出来，无论怎么拧钥匙，车子就是启动不了

1

丁零从棋校出来，无论怎么拧钥匙，车子就是启动不了。

他在驾驶室心急如焚。发动机像在躲猫猫，拧钥匙的时候，马达动，它跟着动；钥匙一松，马达停，它也停了。

这就怪了，刚才还跑得好好的，怎么坐了一会儿出来就不

行了呢?

他看见路边不远处站着两个青年，边说笑边看着他的车。

他从车窗探出头问哪有修车店，有个青年用夹烟头的手一指:“喏，前面有。”

前面，路边楼房的一层，一长排，全是挂着汽修牌子的小店。他走近，看见卷闸门内的汽修车间，一眼能望到头，里面乱七八糟的，地上散乱地扔着一些粘满污渍的扳手和拆卸后废弃的旧零件。门口一个中年男和一个青年男穿着油腻工装在下象棋。

中年男看看丁零，扔下棋子，跟他走到汽车跟前。

中年男在车头瞟了一眼，“啪”的一下揭开车盖，又瞟了一眼:“不用看了，小偷撬开以后，把行车电脑和ABS泵搞走了。”

丁零从驾驶室找出《使用手册》，看了介绍才明白，行车电脑是一块宽两百毫米、厚五十毫米的小芯片，作用近于人的大脑，没它，发动机就处于瘫痪状态。所谓ABS泵，是刹车的控制系统。

学车的时候，丁零就听教练说，开车就是开刹车，没刹车的车，就是死亡之车。

两样全是要命的东西，怎么就一下子没了?

看着丁零犹疑的眼神，中年男“噗”地吐出嘴上叼着的烟头:“翻什么手册，看这!”

中年男扯着丁零的衣袖拉到车前，指着里面的一个竖着的盒子，没盒盖儿，里面是空的，报警器和电脑的管线都被剪断了。

中年男望着他发呆的样子：“没什么好想的，偷这两样，不会超过两分钟。你别愣着，修还是不修?”

丁零用“能修吗”的眼神看着他。中年男放下引擎盖儿：“两样东西，优惠一点儿，收你四千元。”

丁零刚才看他的店，破败脏乱的样子，卷闸门的锈铁钩上，挂着一块旧木板，歪歪扭扭写着“汽修”两个字。

不像个正规店。他有些犹豫，就问：“你的东西是正牌的吗?”

中年男笑了：“绝对正牌。明说吧，就是从别人的正牌车上下的，一模一样，你要到4S店，至少七千到八千元，随你便!”

中年男似乎有些不耐烦，也似乎自信这一单跑不了，看都不看丁零，走了。

2

丁零回到车内，给耿小壮打了个电话。

耿小壮从小就爱汽车，多年发烧友，凡汽车的事，没他不知道的。

耿小壮“嗨”了一声说：“这种倒霉事怎么你遇上了。这段时间，就你这款车型，经济实用型的，被偷成风。过去专偷轮胎和电瓶，现在升级了，前盖儿一撬，这两样好偷又值钱。

有偷就有了需求，销量高了，修车店也忙了。我一个朋友两个月就被偷了两次，保险公司也赔不了。还有绝的，我小舅子那个小区，一夜之间八辆被偷了，一怒之下，八个业主一家老小联合起来找物业，把小区大门都堵了。”

丁零想知道有什么办法。

耿小壮又“嗨”了一声说：“你在哪儿，关山的棋校？又去那儿啦，告诉你，如今这一帮新生的小糙子，都是没入伙的，我都拿他们没办法，要是过去，我还能帮你讨回来，现在没别的办法了，你车动不了，非换不可。你别看不起那些小店，但绝对是正宗原装产品，关键是比4S店便宜，便宜一半还不止知道吧。换了再说吧，下次小心点儿，给车盖儿安个锁，只能这样了。”

丁零再打电话给4S店，那边果然贵一倍，开口就八千元。

举目四望，附近的汽修店都一样。

不同的是，有的店脏乱，有的店较规整。丁零过去问了问，脏乱店的价格全一样，规整的，价格就稍高一点，都在四千到四千五百元。天下乌鸦一般黑。

更可气的是，有个店没货，老板说马上可以拿到货。旁边的老板娘听说被盗，“咯咯”地笑起来：“我们昨天装了三个，都是这个价。这里的店，全是这个价。说实话，人家搞这有风险，卖给我们，比批发价便宜不了多少，我们赚头也不大。”

丁零愤愤地想，找这些店修，不是帮窃贼销赃嘛。

不想为虎作伥，更不想助长偷盗者的嚣张气焰。他给4S

店打了电话，让那边来拖走了。

他第一次到郑大滨棋校来，饥肠辘辘被撵出了门又挨了耿小壮的拳头。这一次车被偷了，赔了八千元。三次有两次都不顺利。跟上次不同的是，这次身上带了钱。万幸。

他感慨万千，想想只有打的回家。一辆空载的士“吱”地停在他面前。

从车窗探出耿小壮笑眯眯的脸。

“走吧，免费送你回家。”

“送我去晚报吧。”

3

丁零让耿小壮送他到晚报大楼。

丛小林一直很感谢丁零。她说就是丁零给她提供的几次线索，让她做出了舆论监督的深度报道，产生了轰动效应，引起了强烈的社会反响。她由此在报社与同行中声名鹊起，报社为她成立了小林工作室，开了以她名字命名的专栏《小林焦点》。不久又升任主任，她现在是报社的后备干部。

丛小林正在开会，听说他来了，抽身出来见他。

丁零把刚才发生的事情一说，丛小林惊讶地叫了起来。

“哇噻，这几天收到不少热线爆料，正在找这样的个例。你来得真是时候，又爆了一个猛料！”

丛小林像小姑娘一样兴奋地跳起来。

这个已然三十六岁的女子，是天生的媒体人，只要听到有价值的新闻线索，立马就能行动起来。

晚报接到热线举报，说的就是爱丽舍车配件被盗，她以为只是一般的治安个案。没想到问题严重得多，其中竟暗藏着配套完整的销赃链。

她用手一招，一个年轻的小伙子小跑着跟过来。

他们带上了录音设备，微型的，就像一支笔，夹在手上的笔记本里。小伙子还想问问什么事，丛小林头一摆："少废话，跟我走！"

两人小跑着出门。门口印着"晚报热线"的小车已经发动了，他们一上车，车子轰地就冲出去了。

临上车前，她拉住打开的车门，还握了握丁零的手："你是个好人，宁可自己多花钱，也不助长销赃的劣行。你真好，报道的最后，肯定要写到你。"

4

丁零从晚报出来，耿小壮的车还停在门口。

"你今天没车，怎么接嫂子，我就好事做到底吧。"耿小壮在里面拉长身子推开了车后门。

他知道丁零是不坐副驾驶的。有的乘客喜欢这个位置，觉得前面视线好些，但一旦发生碰撞事故，这个位置最危险。

丁零建议耿小壮向乘客提示坐副驾驶的危险，传播坐车常识。耿小壮按他的意思做了，可是乘客们多不领情，有的甚至怀疑他别有用心，质问坐后面他有什么好处。他气得当时就把人赶下车，此后不再管这事了。

耿小壮按丁零的指引，开到殷雪红的公司，再一并送回家。

上车时，殷雪红的脸，微微一红，抿着嘴羞涩地笑了笑。

耿小壮失声叫道："嫂子好漂亮哦。"

走进家门，殷雪红羞涩的脸立马拉下了。

她关紧门，按下门锁。转过身子的她，面色冷淡，指着丁零的鼻子用压低的声音呵斥道：

"我看你是疯了，便宜的零件不换，居然打电话叫4S换贵的。你就不能换了便宜的，再向媒体举报？"

到了餐桌上，她仍然余怒未消，边吃边说："天底下有你这样的傻瓜吗？找不出第二个！"

到了晚上洗脚的时候，她还没有停住的意思："你是不是以为你的行为很高尚？"

这钱花得太冤枉了，多花四千元。大半月的班就白上了。

"这是为什么，为什么啊?!"

殷雪红气得眼泪都要流出来了，斥责到床上还没停下来："你怎么做这样的蠢事，就是自虐也别拿钱自虐，你是不是有病?"

晚上，她气得不让他上床。丁零给她贴黄瓜片，敷土豆泥，打番茄汁，她没有拒绝。有一片是挨着鼻翼贴的，他贴偏了，她提醒他弄正。他以为她气消了，其实没有，到了他脱衣服准备上床时，她一脚踢来，击中他的膝盖。

5

不让上床，是女人给丈夫最骄横、最不讲道理的生理惩罚。

丁零趴在床边，跟她耐心解释。她就一个字：滚！

持续了三夜，丁零每晚的贴身呵护，她照单全收。就是不让上床。

到了第四天，打破这个僵局的，是丛小林的一个电话。

“你看这几天的晚报了吗？”

丛小林兴奋地在手机另一端大声问道。

丁零这几天蜷缩在沙发上浑身不适，幸亏这段时间不用上班。他夜里失眠，白天哈欠连天，精神恍惚，心情烦乱，哪有心思看报。

他还没来得及回应，丛小林兴奋地报出了意外的喜讯。原来是高副市长在报道上批了字，责令严惩。公安迅速出击，分分钟就捣毁了盗窃团伙的窝点，缴获的零件，将归还车主。

丛小林说：“你的失盗零件，我代你领回了。同时，我也去找了4S店，店老板看见媒体报道，也很上心，表示积极配合警方行动，在报上公开承诺，义务为这些被盗车安装归还的零件。而且他们还应读者的建议，发明了一种防盗装置，爱心价，八十元。尤其是他们听说你不支持偷盗而多花钱到4S店维修，他们决定退回你在4S店的维修费，还奖励你两千元，好消息吧？”

太好了，丁零被这空降一样的喜讯给镇住了。

丛小林在手机那头说："你也别激动，厂家和经销商不吃亏，他们这一招厉害哩，等于出两千元给自己做了个天大的广告。"

这是好消息，把丁零从晨昏颠倒的生活中拯救了出来。

更重要的是，让殷雪红，让许多人，看到义利之间和正邪之间的抗衡，舆论和公理的天平最终会向哪方倾斜。

6

丁零领回了车。

丛小林要他领了车到报社来一下。他没问什么事，他觉得应该去一下，表示感谢。

"你感谢我？错了吧，应该我感谢你才是呀，是你给我爆了这么好的料，你的行为受到很多读者的称赞，你怎么还要感谢我呢？真是奇了怪了。"

丛小林没等他说完就朗声笑起来。她圆脸短发，说话与行事有点儿男人风格。

丁零心里说，这话要是讲给我老婆听就好了，她就不会怨我三天三夜了。

丛小林笑着递给他一个有点厚度的信封。

丁零不明白信封内的意思："什么东西，这么神秘，不会是情书吧？"

丛小林笑而不答。

丁零从信封里掏出一叠百元钞票。

“给这么多钱干吗?”

“从现在起，我们报社给重点选题、焦点选题的爆料奖金，增加了额度。”

从小林仰起脸望着瘦高的丁零，她眼睛里闪出温润的光亮:“你，真是个好人。一般地，遇到这种情况，多半是闷不作声把便宜的零件装了，再愤愤不平地去举报。便宜归便宜，举报归举报。很多人都这样，一边大骂路人冷漠，一边自己遇到事情照样冷漠，一边大骂腐败，一面自己能捞的时候也在捞，我跑社会新闻，这些见多了。你不一样，很了不起，真的，挺高尚，我蛮欣赏你的!”

丁零笑了，避开从小林的目光，用淡定的语气说:“是吗，我第一次听人说我高尚，没那么好吧，我也很斤斤计较，你看到的，只是我较好的一面。我老婆了解我，她看到不好的，所以她总是鄙视我。”

从小林忽然想起什么似的问:“噫，你今天怎么没上课?”

丁零说:“校长开恩，放我一马，休到寒假过后，这段时间比较悠闲。”

从小林眉毛飞扬起来，像是听到什么好消息:“真的？有这么好的事？你们校长要是我们总编就好了，我们总编是工作狂，女的当男的使，男的当牲口使，我们都快被他逼疯了，我三四个月都没休息了，惨吧?”

她拿起桌上摊开的一份报告:“你看，这是总编给我下的任务，报社打算成立一个线人俱乐部，他要我来主管主抓。初次定三十人，凡签约的线人有爆料，一条线索，不管用不用，只要有价值，一次五十元，见报了一百元，若是这条新闻以后评上了奖，将根据市、省和全国的不同级别，再重奖。更关键的，私下跟你吹个风，我们是有野心的，线人俱乐部是一个过渡期，以后往公民记者路子上靠，分步来做。”

丁零“哦”了一声说：“公民记者？第一次听说，你们总编还是挺有想法的嘛，听上去挺吸引人的。”

丛小林撇撇嘴：“他的想法是多，我们就可怜了嘛。你说人就这样，遇到没想法的领导，又挺没劲的。算了，别说了，这还只是设想。哎，你这段时间没事，也来试试，你倒挺像公民记者的。”

“这事啊，要是能养家糊口就好了。”

“可以肯定，只要你提供的线索多，一样能养家糊口。你这次爆的料，不仅轰动了，还有结果，就有重奖，今天我给你的，就是按新规则、新标准发的。”

“哎哟，怪不得这么厚一叠。”

“再加上厂家和经销商的两千元，三天时间挣的，比你在哪儿上班都多吧？”

丁零拿了一份协议：“回去跟太太商量一下，她是领导。”

从晚报出门，下台阶的时候，他接到廖伟的电话，声音很急切。

他有什么急事，难道跟许然老师闹别扭了？

第二十九章

丁零一走，廖伟的成绩有下滑

1

丁零一走，廖伟的成绩有下滑。

廖伟跟接任的许然老师原来就有过节。

许然不喜欢他，他也不喜欢许然。许然上课的时候，他举手提出相反意见。这在丁零的课堂是允许的。许然则认为，这是跟老师叫板，是大逆不道。

许然回归，他的情绪一落千丈。

廖母王芳比较认同许然老师。虽然也觉得他的教学是填鸭式的，但是抓得紧，作业多，多学习多做题，比到湖畔谈笑风声要强一百倍。

母子的意见，尖锐地对立。廖伟表明态度的方式就是不回家。

这天王芳给他打电话，他不接，接着又给他发短信说病了，他也不回。再接着，母亲打电话给许然老师，许然转告他，妈妈是真的病了，请他一定回去一下。

不仅妈妈病了，家里还遇到了麻烦。

妈妈是被爸爸气病的。事态如果进一步发展下去，他们会离婚，也会影响他今后幸福和健全的生活。

廖伟当然不希望父母离婚。王芳也不想。

于是，她想到了儿子。

2

事情的缘起，是王芳大哥之子的结婚。

王芳的大哥二十年前就来这个城市打工，不久就将老婆与刚上小学的儿子接来了。儿子王宝强现在是第二代农民工。王宝强收入不高，谈恋爱倒很顺。他与从乡下闯荡出名的明星王宝强同姓同名，长得也像，比明星王宝强要高大，近一米八。就凭这张跟明星相似的脸，加上傲视群雄的身高，他谈的几个女孩子，全是人家主动追他。父母还忙着为他在打工的女孩中物色，他自力更生，在网上挑了个城市姑娘。婚礼确定在这个周末。

王芳将远在鄂东乡下的大姐请来了。

意外就发生在王芳陪大姐去看外甥新房的路上。

王宝强的新房就是他的租房，在孝河路边的争光小区，是20世纪80年代建的单元楼。当时女排连连夺冠为国争光誉满中华，小区跟风取了一个应时的名字。争光小区的单元楼简陋逼仄，留有那个年代的建筑痕迹。王芳的大哥多年就租住在这里。王宝强的新房，跟父亲租的不同楼栋。小区临孝河路的围墙被砸开了一人高的圆洞，王芳与大姐就近钻进圆洞走进小区之后，大姐被从楼上方抛落的半块砖头，砸中了额头。

大姐当即昏迷倒下，有血溅出。送医院急救，缝了十几针。人现在还没醒，医生让住院观察，后面的事情不好说，毕竟六十多岁了，又患有糖尿病。如果没事，治疗一下就可以出院了，如果严重，就不好说了。

眼下最要紧的是医疗费谁出？

进去的医药费是王芳给的。王芳心急如焚，找的是本市最好的医院。如今的好医院，首先意味着费用高昂。王芳眼泪汪汪，情急之下竟说救人要紧钱不是问题。医生一听，大开杀戒，两天就将王芳卡里的九千元用光，接着就催促打款。

王芳望着大哥。大哥为儿子结婚已然举债，他急得跺脚喊道：“叫你别请她来，你非要请，你说怎么搞？”

大哥语含抱怨，像是商量或咨询，又像是提醒或开脱。

喜事是大哥家的，可是请大姐来，却缘于王芳的一意孤行。

王芳回家跟老公商议。老公不同意再出钱了。他认为，冤有头债有主，应该把丢砖头的肇事者找出来，让肇事者付医疗费。

这道理当然很正确。可是找肇事者谈何容易。案是报了，砖头从何处抛下来的，争光小区的摄像头陈旧不堪，一片模糊，形同虚设。派出所还在查，让等消息。

救人不能等，医院用药要钱不能等。王芳与老公因此争执不下。

“谁让你跟医生说钱不是问题，不然九千元也不会这么快搞光了。”

“你们都怨我，都怨我，我说救人要紧，我说错了吗?”

王芳说着，嘴巴瘪了好几下，似要哭的样子。她咬住牙，深吸气，才止住了眼泪。

老公的拒绝也有其道理。廖伟读书每月的开销就不小，若考上大学更要用钱。王芳认为这只是垫付一段时间。老公很清醒地指出，这钱拿出去根本就别想收回。

老公的吵架习惯是摔暖水瓶。那东西便宜，摔起来却很震撼，声音爆响，热水与玻璃碎片一片狼藉。摔完之后，夺门出去，丢下一句话，要是再出钱，我就不回这个家了！

老公做的是建材生意，店铺不大，小本生意，家中积蓄并不多。王芳从国企买断回家以后，炒股挣点小钱。近些年股市风雨飘摇一蹶不振，她连这点小财路也断了。

王宝强看到姑妈的家闹成这样，也急，毕竟一切都因他而起，毕竟他爸都是大姑养大的。他最后想到的办法就是，聚集打工二代，把争光小区的马路给堵了。有一年讨工钱，就是民工把马路堵了才讨到了钱。

可是，王芳不赞成。她觉得不能跟农民工一起上街闹事，便说："这不好吧。"

王宝强又建议，打晚报的扶助热线试试，寻求支持，说不定有热心市民愿意捐助一把。

王芳觉得这办法可以试试。王宝强说要是不行，再去堵路。王芳没吭声。

王芳听廖伟说过，丁零老师和晚报有联系。她就把廖伟给叫回来了。

3

廖伟回家，听说要请丁零老师，当时就叫起来。

"你还有脸说，你到学校去大吵大闹，把丁老师撵走了。现在请人家帮忙，你怎么说得出口，我都不好意思见丁老师，我不找！"

廖伟心中积存的怒火，全爆发了出来。

王芳眼睛红红的，她哀求儿子："我知道，我错了，见了面我向他赔礼道歉行吗？我做了错事，可我是好心好意，我不是为我自己，现在你们都怨我，你大舅怨，你爸怨，你也怨。你看现在，不拿钱，你大姨的命就没救了，拿钱，你爸非跟我离婚不可，我现在想死的心都有了，你忍心看着这个家就这样散了吗？”

王芳眼泪没流下来，脸色苍白，全无平日的鲜活气色。

廖伟望着好管事好自作主张的母亲，心也软了下来。母亲说到死，他意识到事情的严重性。他明白，母亲过去所做的一切，也确实不是为她自己。

王芳自小就没了父母，是大姐供养了她和大哥两人，为此，大姐的婚姻被推迟到二十八岁，嫁了个带孩子的已婚男人。王芳自大学毕业到这个城市落户定居，她一直在用自己的方式报答大姐。这次外甥王宝强的婚事，她就当自家的喜事，大姐的身体不好，大哥反对请她来，可是她执意要请，路费住宿她全包了。没想到出了这样的意外。

丁零把车开到建设大道宝丰路口时，老远就看到廖伟伸着脖子站在路口张望。

廖伟的声音里带着哭腔：“丁老师，我知道，我母亲对不住您，可是现在真的只有靠您帮帮忙了。”

廖伟双眼含泪。

廖伟说：“现在我妈进退两难，大姨的事全由她兜着，医疗费再不交，医院就停药。人命关天，现在大姨家里人还不知道，我妈都快急死了！”

丁零明白，快速查到肇事者并非易事。如果媒体发起救助与捐赠，说不定能应一时之急。

王芳半躺在床上，看到丁零，她很是惭愧与尴尬。

家长会上那个高颊宽面、声音尖利要求换老师的女人，月余没见，脸瘦了一圈，可怜巴巴地望着丁零。

“丁老师啊，我那样对你，你还来帮我，我真的对不住你……”

王芳说着，忍了几天的眼泪，终于夺眶而出。

丁零摆摆手：“你没必要说对不住，你没什么对不住我的。”

王芳怔了一怔，不明白他这是讥讽还是客气。

丁零忙解释说：“没有没有，家长会上，你不同意我的教学，是观念问题，与品质或道德无关。你是公开表达你的意见，你既没搞阴谋，也没做有损人格或不道德的事情，不必说对不住，我是这个意思。”

王芳又怔了一怔，才有点不好意思地笑了一下：“丁老师看问题果然不一般，怪不得廖伟提起你就赞不绝口。”

廖伟说：“不是我赞，别看许然老师对丁老师意见很大，他重新接任以后，讲课也借鉴了丁老师的一些方法，作了不少改进哩。”

这话，丁零听了很受用，很欣慰。他回家特意讲给殷雪红听。殷雪红白了他一眼。

殷雪红说：“你受什么用？欣什么慰？”

丁零认为，素质教育的理念和行为影响了许然的教学改进，证明自己四个多月的努力没有白费。

殷雪红很不屑地“切”了一声说：“什么叫没白费！好的归了别人，成效是别人的，你还自作多情！”

丁零苦笑：“按你的理解，不是我做完的事情，就是白费是吧？”

殷雪红又白了他一眼：“就是，就是，就是，怎么样！”

4

丁零到晚报找了丛小林。

他知道，高空抛物，勉强算个爆料。上次为陈汉生母亲的遭遇，他打电话找过丛小林，丛小林当时就表示，这已经不是新闻了。王芳的大姐被砸，亟需救命钱，能否通过晚报发起捐赠，报上常有这样的扶助呼吁或报道。

丛小林能给他的，只是宽慰与谢绝。

“人还在，就是万幸了，见报真的有点困难。高空抛物，“城市病”嘛。有些人，没了良知，基本的道德底线没了，乱扔乱抛砸到人的，常有发生，早就不是什么新闻了，这事就跟汽车撞人逃逸一样。你知道的，我们要是天天登一样的新闻，报纸还有人看吗？读者会买吗？”

丁零知道她会这么说，就接过她的话茬说：“我知道报高空抛物没戏，我想，换个角度。一个农民工的母亲风尘仆仆地从乡下到我们城市，她是客人，可是她来这个城市参加外甥婚礼被高空抛物砸了，现在肇事者没找到，人在昏迷中亟待救援，媒体发起捐赠。从这个角度来写，你看行不行？”

丛小林伸出红润的小手掌阻止他继续往下说：“这主意是好，可是我们前几天刚发起过捐赠，还是一个见义勇为的市民为救人负了伤没钱治。你让我说完，我知道你要说什么，要我再争取争取，可以，我可以争取。不过，我得先跟你打个预防针，我们的稿件有好几审，我写了稿发到夜班，那里有编辑还有主任还有值班总编，这么多环节，就是全都关照我，一路绿灯畅通无阻，这稿终于发出来了，可能也就是挤在某个版面的旮旯里，还可能只有烟盒大一块儿，恐怕起不了多大的作用，你要有心理准备。”

媒体只对第一次发生的事感兴趣。没有新闻性的爆料，媒体人只会对你摊开两手苦笑。丛小林答应试试，已经很给面子了。

丁零认为，能登烟盒大一块儿总比没有强。他点头表示不介意烟盒大一块儿。

如果发了稿没见报呢？丁零还是不放心，嘴里嘀咕着，在丛小林面前走来走去。

丛小林眼睛忽闪了一下：“你再到电台和电视台试试，再上网试试，很多事，一旦网上风生水起，媒体马上就会跟进，很管用的。”

抱着试试的心态，他随即给电台和电视台的热线都去了电话，接线员很礼貌地把事情的来龙去脉和他的手机号都记下了。可是到夜里也没来电。

晚上给殷雪红做完全套美容之后，丁零在网上也贴了信息，还留了手机号。

第二天，没有任何捐赠的反应。丛小林的稿子写了，因为广告冲了版，很多稿子积压，没发出来。丛小林说她今天把稿子再给总编室传一次。

丁零心里暗暗叫苦。这两天廖伟没来电话，可他知道，母子俩都心急如焚地盼着哩。

下午，丛小林来电话：稿子可以发了！

原来，今天值班的汴副总编，有了相似的遭遇。他女儿在窗口晾衣服，被楼上不知从哪个窗口泼出的面汤给弄脏了。那是价值三千元的刚买的白色套装，原本只想在窗外晾一会儿，就是一会儿也没逃过一劫。

汴副总编正为这事恼火万分又无处发泄之际，看到了这篇积压的稿子，立即拍案而起，不仅要发，还亲自配发了编者按。在按语中，他将亲身经历巧妙地转化为旁观叙述，沉痛地写了进去。最后，还请读者参与讨论，远道而来的客人来这个城市参加亲人婚礼被高空抛物砸伤，你怎么看？这意味着，此报道会重点推出，还要炒作一番。

丛小林在手机另一端高兴地说："这下可好了，告诉你，按常规，凡是在本报一版重点发出的新闻，都会有很及时的反馈。你等好消息吧。"

丁零百感交集。一面为侥幸的翻盘而哭笑不得，一面又因柳暗花明而暗自庆幸。

5

事情发生戏剧性的转变。

一次高空抛物伤人事件，引起了很多市民的关注与热议。

汴副总编并非随心所欲而草率从事，他查了大量资料。高空抛物是世界性的城市公害。日本的高楼林立且人口稠密，从儿童教育到民法规定都非常严格，人们根本不乱扔东西，一旦发生抛物伤人事件，建筑物所有人必须承担赔偿。所以人人都有责任监督。我国香港地区则更严格，任何东西自建筑物坠下，凡人所为，不论有意或无意，即属犯罪，罚款与监禁双管齐下。该地区房屋署自 2003 年成立“侦查高空掷物特别任务队”，利用摄像机、望远镜及夜视望远镜，不分昼夜地监视，搜集证据，共侦破十二宗高空掷物案。这些都亟待借鉴效仿并实行之。因为，中国的城市扩张和高楼兴建，像一帮还未谙世事的愣头青。不赶紧规范，事儿会越来越多，越来越大。

他为这篇深度报道加了链接，将本市近年报道过的多起高空抛物事件也链接上了，再加上亲自配发的编者按，堪称重磅炸弹。

一版中间是张超大照片，照片的背景是被砸的老妇面色苍白地躺在病床上，她外甥王宝强坐在床上，无力地拿着医药缴费单双泪长流。照片下的标题是：望有爱心人伸出援助之手！惊叹号作了特别处理，从上到下拉长，涵括了报道全篇。报道也很煽情，不仅述说了老妇从贫困山村赶来参加外甥婚礼的经过，还催人泪下地描述了老妇年轻时就父母双亡，作为老大，她挑起大梁，含辛茹苦地将弟弟妹妹带大并一直供养他们读书至工作。像苦情剧一样牵动着读者的心。

报纸出来，影响力与冲击力堪称震撼。在有些报摊已经脱销。

报纸上了网，很多网站都在主页粘了这条新闻。

当天下午，本市所有媒体，各类报纸，各类电台和电视台，还有各类网站，像碎屑遇到吸铁石一样，全都扑了上来。

6

从小林在医院给丁零打电话。报道反响大，很多市民自发到医院看望苦情的受害老妇，捐赠的人络绎不绝。

没有想到。

四个字足以形容丁零在医院的所见所闻。

来捐钱的，来慰问的，一个又一个，一拨又一拨，因为太多，需要在病房外等待一会儿，按“出一进一”的原则，依次而入。

电视台的摄像是个壮小伙，扛着机器像扛着正义与历史一样，屏声息气地站在病房的一角，拍下所有的情景。文字记者都是些年轻的女孩，她们不停地向进来的人提问，不停地刷刷地往本子上记。她们抬头的时候是在提问，而低头的时候是在记录。

丁零看着这情景有点儿发愣。

丛小林告诉他，从医生那里得到了好消息，老人家无大碍，全部的检查都有了结果，除了外伤，只是轻微脑震荡，算是万幸。目前的捐赠，可能会有节余，可以肯定，费用已经不是问题。

他和丛小林一起穿过医院走廊，在电梯门口，碰到了林青萍。她右手臂上挽着的，还是那款去年春天失而复得的爱马仕。

丁零很意外："你……你怎么也在这儿?"

林青萍一笑："你能来，我怎么不能来?"

丁零说："新南方怎么样啊？起死回生挣大钱了吧?"

林青萍说："比先前好一点，没大起色。陈汉生把你的一些想法改造后用到品位量贩，把我们的生意抢走不少。你要是不走，现在可能会好些。"

丁零说："我没你说的那么伟大，要是我在或许更糟。你……你怎么知道这里的事?"

电梯进出人多。林青萍把丁零和丛小林从电梯口拉到一楼大厅粗大的廊柱边站定。

林青萍说："晚报上登了，全市人民都知道。我一看丛记者的报道与呼吁，再一问，才知道是您老人家爆的料。有你们两人的面子，我能不来吗？何况这老太从外地到我们市，参加婚礼被砸，我们不热心一点，人家对这个城市怎么看，你说是不是？”

丛小林握住她的手。上次新南方团购，丛小林采访过她，两人见面不多，QQ上常有私聊。再顾事业的女人，见面时都离不开容貌或衣饰的品评。丛小林指着林青萍的一身行头说：“看看林总，还是那么风采照人，这身驼黄的外套配上这栗色的手袋，知性，优雅，很有风度吔。”

林青萍说：“不要叫林总，就叫林姐吧，别夸我，我正要说你这一身牛仔，活力四射。算了，就别互相吹捧了。这包配得好，还得感谢丁零同学的拾金不昧。我也没想到，今天会有这么多人，丁零，你这是善举啊，我要是本市市长，我就要开大会谢谢你。”

丁零一笑：“要谢也别谢我，谢范校长。不是他给我放长假，工资奖金照发，我哪能来做这事，天天备课上课忙得连看报的时间都没有。真的，真是没时间，首先是工作，挣钱吃饭嘛。”

林青萍和丛小林都笑了。

丛小林拿出一个信封递给丁零：“奖金，汴副总特意为你的爆料向总编办公会申请的。你这是重磅新闻，奖金比一般的爆料多哦。”

林青萍笑了：“怪不得这么积极，我说呢，雪红能放你出来满世界撒野，原来有奖金上交啊！”

丁零脸有点儿红，不知说什么好。

7

到医院后，丁零并不平静。望着排队慰问与捐赠的人，他沉思不语，脑子里飞旋着一些感慨。思绪像印刷机滚筒下的文字纸页一样飞速闪动。

他暗自苦笑着摇摇头。

丛小林不解地望着他："你摇头干吗？想什么呢？这么多人来关心，说明什么，说明人的素质提高了，这是好事嘛。"

丁零嘴角抖动了一下，似乎品尝到了苦涩："是好事，可是，好事怎么来的，还是舆论鼓动的结果，很难说是自觉的行为。我在想，媒体引爆的焦点事件，召来了围观，在围观之下，人的作为，会有冲动或作秀的成分，这种状态下的高素质，就像风暴作用下滔天的海浪，不管掀起多高，跌落之后，都会归于平静，你再看，会发现升高的只是海浪，海平面跟过去一样，并没有升高。公民素质的观察，在平常的日子里，我觉得，会看得更清楚一些，平常状态下，人们的言行，才是本色展示。"

丛小林瞪着大眼睛。

丁零接着说："我发现，一旦离开万众关注的公共场所，离开媒体或舆论的呼唤，在平常日子里，人们对公共事务的担当，明显缺乏热情，反差很大。所以，相比由舆论发动的激情奉献，平常生活中的公民意识与作为，可能更重要。因为，没有关注，也就没有表演，也就没有跟随大流的即兴冲动，平平淡淡中的理性表达，才是根深蒂固的本色展示，才是公民素质的自觉呈现。”

从小林惊讶与感慨万端地望着丁零，她的心境，也跟着豁然开朗：“丁老师，你的这番感受，让人耳目一新，作为新闻话题，蛮好的，就是不够正面。现在正是聚焦之际，不太合时宜，等这段时间过了，真可以写出来，绝对是篇观点新颖的有思想深度的好文章，上传到网上，绝对能引起关注和热议。”

丁零说：“你说得对，要过段时间再写。你这么说，证明你很成熟，比我成熟。我以前就很急，后来我知道不能急，可以慢慢来，但是不能站着不动，更不能倒退，你说是不是？”

从小林点头：“正确。”

丁零接着说：“我还想，由媒体报道引发的捐赠，只是选择性的捐赠，并没有根本性地解决问题，用法规来制约高楼坠物，是对所有受害者的长久捐赠。不然，给人的感受就是，只有把事情闹大，闹到媒体上去，闹到社会上去，闹成了焦点或关注点，才有解决的出路，今天的事情，要是给人留下这样的印象或经验，就误导了。”

从小林点头说：“正确。”

丁零接着说：“我读研时就看过一份资料，20 世纪初叶，中国尝试搞过几次民选，各地都有的现象是，一旦意见不合，或者结果不如所愿，就发生打闹，不是砸选举票箱和撕签名簿，就是拳脚相加，打得头破血流，最后就不了了之。如果事实相反，闹了不利于事情的处理，甚至根本不用闹就能顺利了结，人们就没必要去闹了，就跟私车擦碰以后不再动拳头，而是打 120 电话和保险理赔是一样的道理。”

丛小林还是点头：“很正确。”

林青萍笑了：“你今天该不是打算给我们上启蒙课吧？”

丁零也一笑：“我哪敢给你们二位上课。我想，要把这个可能的误导扭转一下，你们愿不愿意跟我一起来做件事？”

林青萍与丛小林一起问：“什么事？”

第三十章

丛小林回到报社，汴副总编兴奋地拍着她的肩

1

丛小林回到报社，汴副总编兴奋地拍着她的肩。

“好哇，好哇，这次是大获成功，这就是媒体的力量，舆论的力量，我们只要一发稿，事情就解决了嘛！”

按习惯套路，再发一个后续的收尾报道，告之读者，这个受伤的外乡母亲经本报（这个提醒非常重要！）报道之后，热

心市民踊跃捐赠，医疗费已经得到解决——这是各个媒体绝不会错过的自我表扬的惯常招数。一个皆大欢喜的双赢结局，既称赞了市民的爱心，又彰显了本报的能量。

汴副总编说："这次报道，应该说是完胜，完胜啊！"

他的兴奋，包含了不能遏制的自得。正是他的慧眼和力主，将一篇原本扔下的烟盒大的稿件进行了放大处理，弄成一篇带编者按的深度报道，一举扭转了局面，让危急中的医疗费有了着落，让吵到近于崩溃的廖伟父母冰释前嫌，让那个上街堵路的闪念被化解。

从小林想起丁零的想法，就说："还是有遗憾哪，抛物的人没找到，媒体越俎代庖了。"

汴副总编说："噫，你没问问派出所？"

从小林问过。这种小事件，派出所一般是不接案的，由于媒体的介入，现在是所长亲自督办。经过踏勘，砖头可能是由争光小区当街的那两栋楼房抛出的。小区是年久失修的旧楼，楼梯狭窄，每套房中间的客厅是个走道，靠墙放个电视柜，再放个小圆桌就满了，从卧室到厨房或卫生间，都得绕着圆桌走。老住户们大多搬走了，房子租给外来打工的家庭。这些打工家庭，男的，有搬家公司扛包的，有装修公司做木工的，有快递公司送货的。女的，有的在街头擦皮鞋，有的在餐馆、车站做勤杂工，很多都在这里成家生子。他们的孩子，上小学、中学、大学的全有。他们除了户口不在这里，不能享受市民待遇，其他的跟这个城市的市民没什么差别。因为房子老旧，物业管理价格低廉，除了有个看门的，基本上没什么服务。住户全是没户口的，登记的全是业主的名字，租户根本就没留名字。

一家一家敲门问，谁都说没有。

汴副总编劝从小林："捐赠的钱够治疗了，找到肇事者不就是为了赔偿嘛，赔偿金还没这多呢，没找到就算了吧。"

从小林觉得丁零的分析是对的，都认为不用找了。连汴副总都这么认为，一般人更不用说了。

她有些生气地说："怎么能说算了，差不多全城人都知道的事情，还是没找到人，扔东西的人没得到教训，人们在观念上也有误导，这能算完胜吗？"

汴副总编有些意外与吃惊地望着她："你……你是什么意思？"

从小林觉得有点唐突，就缓和了语调说："我是说，这事还没完，还可以接着报，让全社会都知道，爱心捐赠不能代替应有的处罚。能享受到捐赠的毕竟是极少数，不要给人的印象是，有舆论关注的事情，闹大的事情，才会有人管，按正常程序来，就无路可走。我们的社会，不会也不应该是这样的，是吧？"

汴副总编说："我没说不找肇事者，能找到当然好。"

从小林说："没找到，也得想办法找。"

汴副总编问："什么办法，说出来我听听。"

从小林说："我想再到争光小区去看看，看看那里的生存状况，将人们的关注，由慰问捐赠引向背后隐藏的问题。我也没想好，先去看看再说吧。”说着，她就走了。

2

城市的冬季，到下午五点就开始暗下来。

路灯还未亮。风凛冽地吹动着，发出金属般的号叫。自行车哆嗦着前行。的士惊慌失措地四处奔跑。大道两边峙立的楼房板着面孔，目光肃杀地望着地面匆匆的人流车流。

林青萍停好车，匆匆迈进市妇联，直奔五楼，找到宋丽处长。

宋丽处长是本市人大代表，因为同样关心农民工的市民身份与待遇问题，与丁零在网上论坛相识。两人虽然没见过面，却经常会为同一个话题讨论很久。

今天很巧，宋丽办公室没其他人，她在等林青萍。

两人见面，握手之后，照例夸奖了对方的衣着打扮，说笑着扯了些无谓的闲话，才慢慢切入正题。

一聊起来，林青萍才知道，宋丽是从乡下到这个城市来的“移民”。在乡下长大，通过高考到城市找了工作，勤勉使她进步，目前是市妇联最年轻的处长。因为年轻，因为是女性，因为是处长，她去年被推举为人大代表。当上人大代表后，她的提案或建议案，都与农民工市民待遇问题相关。

市里的两会马上就要开了。丁零让林青萍来，就是建议她从住房入手，起草一份建议案，让农民工同市民一样，能有享受本市保障房的资格。

开始，林青萍还给她讲自己和晚报丛小林一起去争光小区的见闻。丛小林作了很深入的调查，拟在近日推出争光小区租户生存状况的系列报道。争光小区的租户，全是资深农民工，有些住了二十多年，在这里结婚生子，第二代长大继续打工。现在租房破旧，没维修，要价还高。他们买不起商品房，可是有购买保障房的经济能力。目前保障房的申请条件，必须是本市户口的居民才有资格，农民工被拒之门外。这个城市，从楼房的建筑工地，到车间流水线；从街头擦皮鞋的，到骑电动车送快递的，全是他们的身影。他们创造了城市的物质文明，却无权分享。这样的城市化进程，健康吗？正常吗？跟国际惯例原则、市场原则、公平正义的原则，一致吗？难道……

宋丽打断她说："你就别抒情了，这我懂，我就是从乡下来的，你说的这些干活的，也有我的老乡，就在做你说的这些事。真的，你就直接说事吧。"

林青萍知道不用再抒情说理，直截了当地表明来意："丁零让我来，就是想说服你，以人大代表的名义，提个建议，我市保障房的申请条件，应将两百多万农民工考虑进来。你听我说完，现在是僧多粥少，房子没那么多，可以先设个门槛，比如三金一险交了五年以上的，有稳定收入并且成家有子女的，能否先划个线。要说，这些保障房，还都是他们建的哩。"

宋丽听得很认真，她坐直了身子："全市两百多万农民工，三金一险交了五年以上的，会是一个不小的数字，我市一下子顾得过来吗？”

林青萍说：“可以先弄一个比例，明年全市将开工建设的保障房有十二万套，拿出哪怕是一小部分。僧多粥少是肯定的，可以采用抽签摇号的办法，你说呢？”

宋丽说：“有多少农民工具备购买保障房的经济能力，你调查过没有？”

林青萍说：“有没有能力，和给不给他们资格，是两码事，区别很大，这体现的是一个城市的胸怀和素质。对不起，我有点激动，我不是说你的，你别介意。”

宋丽笑了，很开朗地笑了：“你，你们的建议很好，考虑得很周全，我愿意跟你们一起来做这件事。可是，我是工科出身，写东西很慢，怕赶不上这次两会。”

林青萍说：“我来试试，丁零把这活交给我了。”

宋丽一笑：“你知道建议案怎么写吗？这样，你先把这个带回去看看吧。”

宋丽从墙上的书柜里抽出一本《怎样写人大议案与建议》。

林青萍读研时练就了快速阅读的本事，哗哗哗迅速浏览了一遍，心中大喜。有了这，就不用到网上去搜寻例文，省事。

林青萍将书装进爱马仕，拉上拉链：“保障房是以后的一个趋势，应该惠及城市的各类群体，尤其是应该给外来就业的年轻人，增添留下来打拼的希望。这个理念，我相信有良知的人都会认同。我回去就写，越俎代庖，署上你的名字，行吧？”

宋丽苦笑："署吧，我只能贪天功为己有了。不过，我得说清楚，建议提归提，未必有用。一般，三至六个月才会有答复，是答复，不是解决。一个建议案，往往是反复多次呼吁，条件成熟，达成共识，才有可能通过。看你这么急，别以为一提就大功告成，早着呢，要有思想准备。"

林青萍站起来，拍拍包里的书："实话说吧，我们都知道不是一时半会儿能成，也知道这只是开始的开始。难办的事摆在那儿，如果没人出头，没人吱声，就永远不会改变。所有的改变，都是从一开始的。"

这段话，是丁零动员和怂恿她来时讲的，一字不差地用上了。

3

派出所是个鱼龙混杂的地方。

一条长走道，三三两两地站着一群人。有两个头后翘着鸡毛辫的男青年，低声说着什么，眼睛像贼似的四处看着。有四个穿着羽绒服的女子，互相在指责着什么。还有三个中年男女什么也没说，忧心忡忡地望着窗外。

长走道的一边，是一排铝合金的窗，窗框边的黑橡条有的掉了出来，随风抖动着。走道另一边是办公室，一扇扇敞开的门，里面的民警，似乎都很忙，不是盯着电脑点鼠标，就是在跟人说话。

一个身材矮小的警官，抓着白光闪烁的手铐，从丁零身边悠然走过。

丁零长这么大，第一次到派出所来。丛小林只说了民警的名字，没说在哪间办公室。他问张雄警官在哪，第一间办公室里有几个人，都在忙自己的，没人搭理他。第二间，有人朝前面努了一下。他出来，前面有一排办公室，也不知努的是哪一间，第三间和第四间，门是关着的。

他打电话问丛小林。丛小林正在争光小区采访。她让他就在走道上站着别动。挂机不久，走道前面的一间办公室里出来个胖子警官。他就是张雄。

张雄用双手握住丁零的手，摇了好几下才停住："嗨，丛大记者，不，丛主任，她来电话埋怨我不出来接，我哪知道你已经来了。"

他引丁零到办公室坐下。他要倒水，丁零拦住他，直接说明来意。

张警官一笑："实话跟你说，所长督办，我哪敢马虎。这事，我不知道跑了多少趟。那地方都是些租住户，极少老住户也都是老人或困难户，物业管理没有，就一个看门的，形同虚设，进进出出连问都不问。我一家家问，人家根本就不配合。我也想问你，丛小林说你很有智慧，我该怎么办?"

丁零哪有什么特别的办法。他知道，根据 1987 年就施行的国家《民法通则》第一百二十六条，凡被高空抛物所伤，该楼所有人或管理人，应当承担民事责任；同时刚刚于去年

12 月人大通过的《侵权责任法》，强化了这一条，也就意味着，争光小区两栋楼，靠街的这一面的窗口，有四十六户，都可以是被告，必须承担法律责任。

张雄警官摇头："告是可以，但是，我估计，告下来，至少几个月，或者一年半载，甚至更长时间。有必要吗？听说受伤老太也不差钱了。"

丁零说："有必要。我有次为查抛物，到小区去找过一些住户，跟你遭遇的一样，都认为这是跟自己无关的事情。而且同一小区住户，就是知道，也不愿意得罪人，所以根本不理你。这是一个观念的传递，全市这么大影响的抛物事件，最终的走向和结果，究竟是不了了之，还是伸张了正义，对公众的影响和作用，会很大。"

张雄用一个大罐头瓶子喝茶，泡胀了的茶叶占瓶下方三分之一，以上部分至瓶口，全是深黄的茶垢。他拿起瓶子咕咚咕咚地喝了一半。喝下半瓶茶，他抹了下嘴："告吧，告一下，让这帮人尝尝被告的滋味。我同意你的意见，也许可以警醒世人。"

丁零说："对，我就是这样想的。城市人口近些年突增了几倍，外来人口是主体，他们决定着这个城市的素质，就像一桶水的容积，是被最短的那块板子决定的一样。越草根，越能显示素质的底线。观念的传播，他们才是主流受众。他们有提升，连网络的水准都会跟着提升。"

张雄警官有些意外地看着他，似乎被感染了："对，说得对，怪不得连丛大主任都夸你。"

4

丁零想好了，诉状请崔仁杰帮忙完成。

接通电话，崔仁杰没等他开口就笑着说：“我就知道你要来找我，林青萍打了招呼。你也真有本事，居然请动了她来写人大建议案，这是一写就成的事情吗？你也不想想？”

丁零说：“想过，也知道，不是一下就能通过的。”

崔仁杰说：“林青萍也明白？”

丁零一笑说：“明白。你以为她是无知少女，我能坑蒙拐骗她不成？”

崔仁杰说：“行啊，青萍开了金口，我来吧。租菜市场的事，她很生气，我还她的情，官司打完，我就收个工本费，行吧？”

一切都谈妥了。

丁零将所知的信息，用电子邮件全部传给了崔仁杰。

5

一道条幅，几个大字：重塑城市文明，杜绝高空抛物——普及常识，履行责任。

这一天，全市几条主干道附近的小区，都有这样的条幅。条幅下，是几块图文并茂的展示板。

丁零是发起人。整个行动，不与媒体联系，不摄像不照相。

能发动的，都发动了。

远离主城区的厚湖新城，林青萍按东、南、西、北设了四个点。

郑大滨发动棋校的青少年，在关山最热闹的广场也设了点。青少年做这种事情，最有热情，他们打电话把同学和家长都叫来参与。

曹刚在鞋城拉了条幅。鞋城旁边是一排住宅高楼。两个月前，一个顾客兴冲冲到鞋城购物，还没走到就被凌空而降的啤酒易拉罐吓了一跳，易拉罐没砸着人，但里面黄尿一样的残液洒到西装上，气得人家掉头就走了。

连范校长，也在新天地实验中学附近拉了条幅。

丁零搜集了高空抛物的城市案例，贴在条幅边竖着的图板上，供路人参考。图板显示，小区的物业保安，在巡逻中，一条血糊糊的卫生巾从天而降，“啪”地打在他脸上；穿一步裙的女子，突然被一只花盆击中颈部，高位瘫痪躺在床上痛不欲生，至今未找到责任人。经常坠落的东西有烟头、碎砖石、潲水、破衣架、锈螺钉、拆毁的包装盒等。被伤的有老人、妇女、小伙、儿童。大大小小的此类事故，在大大小小的城市中，几乎每天都有发生。

他展示了高空抛物的危害测算：物体自上而下坠落，力度会放量倍增，所以，一个三十克的蛋从四楼抛下来就会让人起肿包；从八楼抛下来就可以让人头皮破损；从十八楼抛下来就可以砸碎行人的头骨；从二十五楼抛下来可使人立即死亡。一个拇指大的小石块，在四楼抛下时可能会伤人头皮，而在二十五楼抛下时则可能会导致路人当场送命。一个四厘米长的铁钉从十八楼抛下时，力量足以插入行人的脑中。空啤酒瓶从十八楼以上的高度抛下，均可造成致命伤害。图板照录了《民法通则》和《侵权责任法》关于高空抛物肇事的处罚与赔偿法规。

殷雪红看到他在电脑上的制作图，认为他弄得太悬乎，危言耸听。丁零也不跟她争，各个点的条幅下，图文并茂的展示板高大而清晰。

常识普及太重要了。过往的路人，凡看到，都感到了震惊与警觉。

半天时间，城市各个点的情形还不错。不少人，掏出笔，自发在条幅上签名。有的条幅上横横竖竖歪歪斜斜地签满了。

从小林不知从哪里知道了这个消息，她从报社打电话给丁零："这有用吗？听说有人签名嘻嘻哈哈的，就跟造血干细胞配型似的，有些人配了型备了案签了字，到了真配的时候，还有反悔的呢。签这玩意儿，不是契约，也不用负什么责任，能起作用吗？"

丁零说："你想一想我们的普法，经过许多看起来可笑的有奖答题，经过许多幼稚的自上而下的宣传灌输，到现在，百姓们终于知道，政府必须为百姓办事、领导人的公权必须受到制约这样一些法理，并且还能在实践中运用了嘛！现在的领导，凡事也爱问问，合不合法，合不合规矩。观念问题，冰冻三尺非一日之寒，需要一个过程，只要坚持灌输，渐行渐近，就有完善之时。没关系，我不梦想，也不气馁。"

第三十一章

王芳的大姐在作了最后检查之后，医生说可以出院了

1

王芳的大姐在作了最后检查之后，医生说可以出院了。

王芳很感谢丁零。当丁零再次到她家时，她端出水果点心，摆在丁零面前。丁零没吃，她拿出刀，削好苹果，用托盘递到丁零面前。

丁零不是来吃的。他来动员王芳，说服她大姐，起诉那两栋楼四十六户居民。他到医院去找了王芳的大姐和王宝强，他们都不太同意。

王芳说："这事吧，要是缺医疗费，我们是肯定要告的。现在都有了，还有多余，再告，觉得太那个了。"

王芳说："实际上，打官司吧，赔偿医疗费，大概两万元，分摊到四十六户，一户四百多元。为这点小钱，这样子折腾，值吗?"

丁零说："值。钱少依然告，带给人们的观念冲击，要大过官司和钱本身。要让大家知道，乱扔东西会受罚，每个人都不能袖手旁观。"

王芳说："是的是的，我听说争光小区有人知道谁扔的砖头，不肯说，碍着熟人的面子。打官司，要很长时间吧?"

丁零说："走程序，肯定要时间。按程序办事，就把情绪的成分过滤了，不受愤怒或激情的干扰。都说法治社会好，其实大家并没有准备好。"

王芳毕竟受过高等教育，道理一说就懂。她犹犹豫豫地表了态："那就，告——吧。"

2

争光小区的大门内侧是一门房，房间小，靠墙有一张床，占了一半，靠窗这边有一张桌子，中间就剩一块巴掌大的地方。床上的被子是从来不叠的，就和楼道的灰尘从来不扫一样。一个退休老头儿在看门。家里一套房子给儿子结婚了，他把这里当家，连过春节都住在这里。

大门进出自由，没人问。物业管理几乎为零，老头儿每天早上起来把小区主道扫扫，仅此而已。地上很脏，到处可见随意丢弃的垃圾。

门房前有块空地。上午，很多租户围在空地上。

他们听说找不到肇事者，受伤的老太正准备起诉，要告临街两栋楼的全部住户。可能面临的赔偿与共同利益的受损，让他们聚合到一起。他们当然不接受这样的指控。特别是听说，被砸老太获得了捐款，并不差钱。他们的不平与义愤迅速升级。

有人说："她这是干什么，没钱看病你告，有钱你还告什么，想钱想疯了吧！"

有人说的话更难听："妈的，还不是看我们农民工好欺负！"

有人没说话，用脚踩着地上滚动的空易拉罐，踩瘪，飞起一脚，空罐射到门房墙上。墙面水泥斑驳，裸露出里面的红砖。空罐从砖墙上弹了回来，又一脚，空罐似乎精疲力竭，无力弹回，从墙面直落到地上，再也不动了。

一辆的士在争光小区门口停下。王芳和王宝强一起扶着头戴绒帽的大姐下车。绒帽边沿，露出里面缠着的白纱带。医生说过几天去拆线，线一拆，基本上就没事了。真是万幸。

当他们三人欢天喜地从的士上下来时，议论的人都围了上来。

有人认识王芳。她大哥多年租居此地，她常来走动。她不知道这些人为什么围上来。有个长着招风耳的长脸男人，不到三十岁，她有次为收物业费跟他说过话，她朝“长脸男”点点头，可是“长脸男”却横她一眼，一口痰吐在地上。

这是什么意思？她觉得气氛有些不对，又说不上哪里不对。

人们似乎不太情愿地让开一条缝似的通道。王芳和王宝强一左一右地扶着大姐往家里走。

终于有个穿着深灰色夹克的中年男人开口了：“我看没事，几天就出院了，很快嘛。”

大姐不明就里，一边拱手一边说：“没事了，没事了，挺好的。”

“深灰色夹克”的声音突然高了起来：“挺好的告我们干吗？你们要告就告扔砖头的，我们是无辜的！”

王芳没想到这么快就传出来了。

王宝强毕竟年轻气盛，他也高声说：“告状也是按法律来告，是不是无辜由法律说了算，这事交给丁老师了，他帮我们找了律师。”

王芳直朝他使眼色，意思是不该把丁老师给说出来。她抢过话茬：“我大姐是受害者，这次算是死里逃生，告状不是目的，是要给乱扔东西的人一个警示，要是不告，还会有人往下扔东西，就是有人看见也视而不见。”

"长脸男"从后面挤到前面来说："你说你大姐吧，跟我们一样，都是乡下人，这次不有捐赠嘛，那么多钱，还没用完吧？"

王宝强说："用完怎样，没用完怎样，一码归一码！"

"长脸男"冷冷一笑："跟我讲大道理？你是什么人，不也是农民工嘛，有什么了不起！"

"深灰色夹克"说："是不是尝到了甜头，还想打官司再捞一笔，越是穷人，越他妈贪心！"

王宝强年轻火气旺，哪里听得进去，就说："你有话就说，骂人我也会！"

"长脸男"挥着拳头冲上来了："你骂，你骂骂试试！"

王芳吓住了。王宝强是要当新郎的，大姐算是没大碍了，千万不能再生事端，她捂住外甥王宝强张开的嘴，紧贴着他耳朵，用低沉严厉的声音说："人多势众！快走！大姑还没全好呢，快！"

三人匆匆逃出了重围。

3

王芳安顿好大姐，她从窗口往下看了看，发现那些人还聚集在门房那儿。嘴巴都在动，面目狰狞，很激动的样子。王芳给丁零打了电话，告诉他这里发生的事情。

"我一出去，他们肯定还会围着我讨说法，我怎么跟他们说呢?”

从上往下看，小区内脏乱不堪。

剥落的墙面与逼仄的楼道，贴满了五花八门的小广告。地上散落了一些废弃物，污水将地面画出尿布一样的效果图，烂扫帚、烂纸箱、破易拉罐、断裂的衣架、用过的卫生纸，气味怪怪的。

王芳很矛盾。她内心真的不想告状。她此前的困扰，全都迎刃而解。大姐的医疗费足矣，头部拆线后回家休养休养就行了。老公看到那么多热心人的捐助，终于良心发现，内疚于吵架的鲁莽与轻率，主动跟她道歉。花好月圆，温情回归。

可是，丁零帮了她一家和她的大哥大姐。丁零的建议，是有益世道人心的善举，她怎么好意思回绝或推脱呢？儿子廖伟也不会答应，会认为她过河拆桥只顾自己。

她左右为难。

她跟丁零说：“我不是要你来打架，我说服不了他们，我有点心虚，觉得这状告得我不踏实。”

丁零在手机另一端沉吟了一会儿说：“那你就先别下楼，免得出意外，我马上来。”

王芳收起手机。王宝强给两位姑姑倒茶。递茶的时候，他说：“租这小区的，跟我一样，都是农民工，同是天涯沦落人。要是我们能享受保障房，谁住这儿啊?”

王芳杯子端到嘴边停住了：“你刚才，在下面，还很义正词严嘛。”

王宝强“嗨”了一声说：“我不这样说怎么办，我当然不能软弱。”

王芳大姐取下帽子说：“就是，脚弯手弯也得往怀里弯嘛，总得为自己人说话。”

王芳也说：“就是。”

4

丁零将厚厚的信封递给殷雪红。里面是丛小林给的奖金。

殷雪红摸摸厚度，有点意外，抿嘴一笑。丁零没说错，爆料有酬金，爆猛料，奖金翻番。

这笔钱很应急。刘莉约她去逛街，步行街上几个商场都有营销活动。卡上没多少钱了，她正有些犹豫。这笔意外之财，像是从天上掉下的馅饼，弥补了手头的缺口。

她知道丁零这几天跟丛小林在一起忙事，就放他一马：“你不用送我，我自己去。”

奖金换来了大赦。丁零暗自高兴，就说：“今天，可能要跑几个地方，我想……”

殷雪红很洒脱地摆摆手：“去吧去吧，你去。”

丁零昨天就约了崔仁杰，上午去律师所。诉状写了，崔仁杰没传，说有事要面谈。丁零哪有时间陪殷雪红逛街！手足无措之时，摸到口袋里尚未上交的奖金。

崔仁杰是一个守时的人。他自己从不迟到，也极端反感别人迟到。丁零也是一个守时的人。

获得大赦的丁零，在约定的时间赶到了崔仁杰的律师所。

崔仁杰将一切都做好了。诉讼文案用专用的文件夹装好，打开就像在翻阅一本杂志，封面与内文格式合乎规范。

崔仁杰感叹："你近来真够忙的，这世上的问题和纰漏千万个，你一个人忙得过来吗？嗯？"

丁零笑笑："要做的事千千万万，如果因此一件也不去做，那就什么都没有。很早看过鲁迅的一句话，总记得——能做事的做事，能发声的发声。有一分热，发一分光。就令萤火一般，也可以在黑暗里发一点光，不必等候炬火。"

崔仁杰愣了一下，随即像掩饰什么似的摇摇头："我提醒你，这官司打下来，不仅用时长而且一家赔不了多少钱，你这么做，很多人都会认为没必要。"

丁零说："你说得很对，是有很多人这么认为。"

崔仁杰笑了："这么认为很正常，合乎中国人的思维。"

崔仁杰习惯置身事外来谈论中国。留洋归来，他似乎获得了中国之外的身份认证。

丁零一笑："什么叫中国人的思维？你不是中国人，我不是中国人吗？算了，不说了。你明知没必要，还帮忙写诉状，我是真的谢了，后面要是有事，难免还会再找你。"

崔仁杰摆手："莫谢我，我是还林青萍的情。我们全所这段时间都在忙案子，时间紧得很，如果不能再为你效劳，我先向你表示遗憾。"

丁零知道，他比较擅长高谈阔论或指手画脚。林青萍就特反感他这一点。

丁零拍着案卷："好，诉状没事，我就不找你。再说声谢了。"

5

厚湖新城的"岁月如歌"。林青萍已经坐在靠墙的位置了。顶灯在桌上打出一个圆圈似的光晕，昏睡般的格调，梦幻似的境界。

她刚坐下，丁零就到了。他一手握着案卷一手捏着车钥匙匆匆进来。

林青萍说："行啊，拿到啦?"

丁零在她对面坐下了，顺手将案卷放在桌上。

林青萍说："你算有面子了，请崔仁杰出山，给你帮忙，这个可不容易。"

丁零说："他是看你的面子，说是还你的情。"

林青萍说："管他是看哪个的，他亲自动手做了，这就行了，我看看。"

林青萍翻翻内页，又看看最后的签名："这文字，可能是让他助手写的。我说吧，他是不动手的。要是他写，比这有文采，不像这个，干巴巴的。肯定，我敢肯定不是，他写东西有文采，特煽情。我说呢，我打电话给他，我要骂骂他!"

丁零拦住了林青萍："别打，诉讼不是文学，把事实说出来就行，文采反而多余。助手就助手，没关系，能这么快弄出来，不容易，助手也是他的人力资本嘛。算了算了，现在最重要的是把事情做好。"

林青萍放下手机，叹了口气："那就不说他了。我这边，也还顺，建议案给宋丽了。她看了，说写得挺好，她马上就交人大议案处。她还告诉我，市政府最近对人大代表建议案的办理，专门下了文，要确保如期完成，而且纳入政府工作目标绩效管理范围，由一位副市长分管。她说就是不能马上通过，也会引起关注的。"

丁零也翻看了林青萍写的建议案复印件："写得好，你文笔挺好的。"

林青萍说："你说是慢慢来，天天电话问。第一次写这个，砖头厚的书看了好几本，熬了夜才赶出来。写了没过夜，就送到宋丽手上，宋丽说了，早一天送和晚一天送，没多大差别。就你，其实不必这么急。"

丁零表示歉意地拱拱手："这事做了，我心会安一些。"

6

一连几天，丁零都在外面东奔西跑。殷雪红以为他向丛小林爆料挣奖金，他将错就错，蒙混过关。上午十点从"岁月如歌"告辞出来，抽时间到超市买菜，买黄瓜、土豆、西红柿，家里冰箱快空了。什么都可以缺，这三样美容佳品是一样也不能少的，这些要是少了，他就不是丁零了。

他回到家里，刚放好东西，就接到王芳的电话。

丁零开车赶往争光小区。快到时，手机又响了，还是王芳打来的。丁零将车子停稳，再接电话。

王芳说："丁老师，你别来了，这里人多，都是不讲理的。你来了，怕你吃亏。廖伟也说不该叫你来的，你别来了，求求你。"

丁零说："没事，我已经到了，刚停好车。你让王宝强就在房间里，不要出来，就在上面看着。如果发生意外，就赶紧给 110 打电话，记住了。"

他推开车门出来，一辆的士"嗖"地在他车旁停下，耿小壮利索地走下车来，向他招了招手。

丁零说："走吧。"

快进争光小区的门时，丁零说："记住，发生任何事情，你都不要动手。"

耿小壮无声地笑了一下。

丁零带着耿小壮，的确起了作用。围在小区门房空地的人，听王芳轻声说："呶，丁老师来了。"

所有的目光，像突然打开的车灯，狠狠地朝丁零逼视过来。

丁零身边，跟着一个面相冷峻的壮汉。逼视的锋芒，像是射出的子弹被弹了回来。

王芳有点紧张。她下意识地朝楼上扫了一眼，王宝强正站在四楼的一扇窗后。

王芳望一眼长着招风耳的长脸男人，又望一眼穿着深灰色夹克的中年男人，讨好地笑笑说："你们让一个人主讲，这样好些。"

丁零说："没关系，又不是跟政府对话，没那么讲究。随便说说吧，受伤的老太，乡下来的，人生地不熟，我帮忙代理她的法律事务，我没什么见不得人的，我们有话好好讲。"

"长脸男"白白净净的，显得比"深灰色夹克"小一些，性子急，气呼呼地说："有什么好讲的，你以为我们想住在这里吗？商品房我们买不起，保障房我们又没资格买，我们上哪儿讲？我们凭什么只能住在这儿？这是什么地方？你们城市人不住的地方，又臭又脏没人管的地方，你会讲道理，你也帮我们讲讲道理，行不？"

"深灰色夹克"伸手拦住"长脸男"，眯着眼睛问丁零："你……你是什么人，律师？"

王芳赶紧说："人家是大学老师。"

丁零说："现在是私立中学的聘用老师。"

"长脸男"笑了，他笑起来更显年轻："嗬，我还以为哪里来的神人，原来是私立中学的老师，还聘用，我靠，不跟我们一样嘛！"

"深灰色夹克"摆摆手说："不一样。我们是农民工，谁都可以欺，怎么能一样？连一个受聘老师也来欺负我们，我们最好欺负，不欺负我们欺负谁去?”

丁零说：“我跟你们有一样的地方，都没有稳定工作。你们看不起我，就因为我身份地位低，同时你们也在抱怨有身份有地位的人看不起你们，为什么要互相看不起呢?”

丁零说：“道理跟身份是两码事，不是谁的身份地位高，谁就拥有真理，不是这样。”

丁零说：“老太就这么被砸了，警官来查，没人配合，肇事者也不肯站出来，她只有靠法律来帮她，这个有错吗?”

丁零说：“我知道，你们认为她接受了捐赠，可是，有钱依然要告，恰恰说明，这次告状不是为了钱。你们想一想，多想一想，就会明白的。”

王芳有些惊愕地望着丁零。跟许多争辩或争吵不同，丁零的话音，一点都不咄咄逼人，倒像飞机在空中平稳地直行，没有上扬与俯冲。开头和最后的问句，也没有拔高音量，而是始终如一地平稳推进。

他的谈话方式，冲淡了剑拔弩张的攻击情绪，传递或引发的，是互相的平心静气与斟酌掂量。

“长脸男”和“深灰色夹克”愣住了。似乎一时不知道说什么好。

王芳没想到，丁老师说话，这么有分量。她以前竟没注意到。

7

丁零和耿小壮没在争光小区多做停留。出门时，丁零将诉状案卷放在家里餐桌上了，他想回去拿了送给王宝强的大姑。

丁零拉开车门，王宝强从后面追了上来。

到了跟前，王宝强“嘿嘿”地笑笑，欲言又止。

丁零说：“有话快说，没关系的。”

王宝强笑笑说：“谢谢丁老师，我大姑二姑，都要我来谢谢您，帮了我们一家人。”

说完，他站着不走。

丁零上车，王宝强扶住车门。他似乎还有话要说。丁零望着他，一副“你有话就说，没关系”的表情。

王宝强才有点不好意思似的又“嘿嘿”一笑：“今天该说的都说了，他们也听进去了，也知道乱扔东西的后果了，就别再告状了吧？晚报前几天还有个女记者来采访了呢，这几天也在登报道，把争光小区的问题和难处都说了，他们跟我一样，都是农民工，同病相怜嘛，嘿嘿，嘿嘿。”

丁零说：“我一会儿把诉状送来，告不告，你们一家人商量决定吧。还有一样东西，本市有位人大代表，向市人大会议递交了建议案，建议将农民工纳入保障房的分配，对争光小区的租户，也是个好消息。我将建议案的提纲，打一份，一起送来，你看看，也给小区的邻居们看看。”

第三十二章

餐桌的窗外，人来人往

1

餐桌的窗外，人来人往。

这个餐厅设计别具一格，窗玻璃是特制的，外面看不到里面，但里面能清晰地看到外面。

窗边的这个餐桌是三人座。殷雪红和刘莉靠窗各坐一边，另一张椅子上放着大小不一和颜色鲜艳的纸袋，里面是两人上午逛商场的“战果”。

刘莉不仅敢爆粗口，还是话痨。殷雪红听人说，女人结了婚就跟和尚开了戒差不多，没有羞耻和约束了。她觉得这话形容刘莉很合适。

刘莉什么都敢说。看着外面的行人，她专挑年轻的损。一个女孩上穿羽绒短袄，下面裹着紧身裤。

刘莉用手指着那女孩说：“看你这两条象腿，你真不会穿！”

殷雪红要她别用手指着那女孩。刘莉说：“怕什么，她看不到我们！”

墙上的显示屏在播放新闻，又一个贪官落马，情妇有七个，跟《鹿鼎记》里的韦小宝一样。贪官的照片，宽脸颧骨凸出。

刘莉用手上的羊肉串指着照片说：“这种男人床上功夫最好，意大利总理贝卢斯科尼，今年七十三岁，就这脸形，我靠，女友十六个，最小的二十多岁，床上功夫超强，我看过报道，这老家伙走到哪里都要跟小情人搞。我老公要有这野劲，我天天给他吃海参鱼翅。”

殷雪红食指竖在嘴唇前“嘘”了一下，暗示小心被后面桌上的两个女孩听到。

刘莉“嗨哟”一声说：“现在的女孩，网上什么看不到，你别替古人担心。谁像你，男人的什么没见过，还脸红，跟少女似的，装吧，把老公哄得死心塌地，天天给你做牛做马！”

殷雪红撇撇嘴：“女人都像你，男人要死光。”

两人边说笑边斗嘴，度过了愉快的午餐时光。刘莉抹抹嘴："走吧，你怎么搞，坐我的车，还是你老公的？"

殷雪红说："东西多，我打电话让他来接我一下。你不是还要去美容吗？你去吧。"

刘莉拎起她的几个纸袋："那好，把机会留给你老公，拜拜。"

殷雪红不慌不忙地清理好自己的东西，边出门边给丁零打电话。

响了好久，居然没接。奇怪，这是从未有过的。他的手机特设了她的来电铃声，是王菲的《传奇》，只要一响，他是必接的。响到断线也没接。再打，还是这样。奇了怪了。殷雪红有些气恼地站在大路边。

刘莉已经走了。她别无选择，只能打的了。她气愤地想："看我回去你怎么说！"

2

丁零心情大好。这几天，一切还算顺利。

他回家把建议案的提纲打了一份，和案卷一起装进一个袋子。

开车出门。

车子刚发动，王宝强打电话来了。他说，他跟小区的租户说了建议案的事，他们知道了，说不用看了。还有告状的事，他们一家人商量，还是不告了，就不用送来了。

丁零说："没关系，我都带来了，送给你们看看吧。"

丁零接着给丛小林打了电话。丛小林说："没关系，不告也是新闻，我在后面的系列报道中，会写进去的。经过这段时间的关注与反思，读者的视野，包括争光小区租户的视野，会比过去要开阔，会意识到，现代社会里，每个人都要对自己的行为负责。"

他启动车子上路了。

今天的时间比较充裕。中午殷雪红跟刘莉在外面吃，回家会很晚。

冬天下午的阳光，像是来自亲人的抚摸。马路裸露着身子，在阳光下尽情地伸着懒腰。汽车像人来疯似的，在阳光灿烂的大街上一辆追一辆地奔跑。

丁零开车讲规矩，在电子眼没有设定司机不系安全带扣分罚款时，他就开始系安全带。很多人觉得安全带缠人，缠得憋闷，甚至将安全带空置着从身后绕过，貌似系了安全带。有统计：百分之三十的事故伤亡，与不系安全带有关。小小的安全带，让近三分之一的司机幸免于难。为什么不系？

他也从不胡乱穿插或抢道。从买车到现在，他的车没有任何擦刮，也没受过任何处罚。林青萍坐过他的车，夸他守规矩。他得意，任何电子眼都无法找他的碴儿，他至今未有任何不良记录。他说："我也不会碰撞别人的车，就怕别人碰撞我。"

绿灯亮了，他过大华路口，口袋里手机响起王菲的《传奇》。殷雪红打来的。他没理会，只要没带蓝牙，他开车从不接电话。这几天，他想一鼓作气不受任何干扰地把事情做好，故意将蓝牙放在家里。待会儿再打过去。就说蓝牙忘带，开车没敢接。

过了大华路，又遇到一个更大的十字路口。

正是绿灯，前面很顺，一辆辆过去。丁零与前面的车保持着车距，这是他的习惯。追尾事故一天发生几十起，速度太快与车距太近是主因。他开车的习惯，用崔仁杰的评价，跟国际接轨。即使通过路口，他也不会加速去抢。待他接近时，绿灯显示屏开始读秒了。

他匀速驶去。逼近斑马线时，一个戴棒球帽的年轻人从斑马线很快地跑过来。看到丁零的车，他迟疑地望着驾驶窗内的丁零，步子在收放之间徘徊。

丁零下意识地踩了刹车，同时向“棒球帽”挥了挥手。

“棒球帽”迅速以起跑的速度冲过斑马线。

谁也没料到，紧跟在丁零后面的一辆黑色马6，看到读秒的绿灯，正在加速冲刺。见前车停下，黑色马6车并未减速，而是往左迅速变线，从超车道飞驰而来，与冲过斑马线的“棒球帽”撞上了。

“棒球帽”双脚离开地面，像蹦床运动员一样腾空而起，然后像甩出的棍棒将一辆电动车和车上的男子撞倒。

丁零在车内失声大叫。脑子似车轮飞旋，悲悯与懊恼来回冲撞：不让他过斑马线，还不会有车撞到他！这叫什么事啊……

然而，悲剧并未完结。

黑色马6后面还有辆车，以迅雷般的速度驰来。是一辆市价三百多万元的银灰色玛莎拉蒂。年轻气盛的车主很远就看到绿灯读秒，他加大油门紧随黑色马6之后疯狂加速。黑色马6突然闪开拐上左边超车道，猝不及防的银灰色玛莎拉蒂如射出的导弹，笔直地一头撞上停在前面的爱丽舍。

城市的上空，升起爆破似的巨响。

3

玛莎拉蒂飞驰而来的强大撞击力，将三厢爱丽舍撞瘪成两厢。

眼前的情景，令所有看到的人都惊恐万状。

坐在驾驶室内的丁零，腹部抵着方向盘，头部撞在车玻璃上，满头满身都是血。

殷雪红是在交警大队的录像里看到的。

她第一时间赶到医院。

“棒球帽”被撞飞甩到一个骑电动车的年轻人身上，由此大大消解了落地的强度，加上年轻，竟然只是摔伤和轻微脑震荡。倒是骑电动车的年轻人，伤势比他还重一些。

丁零当时就没气了。丁零的一只手在口袋里，医生将手拿出来时，他手上还紧攥着手机。

事后，林青萍还特意问过殷雪红："听说丁零手里抓着手机，是不是有人给他打电话，影响了他开车，你看看手机号。"

殷雪红说："我看了号码，没人给他打电话。"她将手机递给林青萍。林青萍怎么会接，就说："我只是猜测。"

大家一起调看了路口的监控录像。

殷雪红发现丁零的车头贴近斑马线时，绿灯还显示有三秒。若不是让"棒球帽"，丁零通过没问题，紧随后面的黑色马6也没问题，银灰色玛莎拉蒂跑车，则会在绿灯与黄灯转换之际侥幸通过。事后，殷雪红才知道，丁零这趟行程，在她看来，原本就没必要。

看过录像的段交警说，这场事故，丁零的操作不仅无懈可击，而且包含值得倡导的交通理念。尊重生命，行人优先，过路口减速行驶，是基本的也是普世的道路通行规则。

崔仁杰感叹说："我在外面待了六年，很多发达国家都是车让人，十字路口的行人路权高过机动车的路权，司机从不与行人抢道，即使绿灯亮了，也是很有风度地停车让行人先通过。"

林青萍点头称是。

本地一家创刊不久的《新报》登了这起车祸。一份没有影响的小报，用一个整版篇幅，报道了事件的全过程，也写到城市中车与人的紧张关系，特别称赞爱丽舍的开车人，因为礼让行人而付出了生命，配发一篇评论《一次并非多余的礼让》。

林青萍只是听说，没看到报纸。她想买一份看看。去了几个报摊，摊主都摇头："这报纸没影响，不搞时尚，也不搞笑，尽是些大块头文章，谁看啊？"

林青萍想起，丢爱马仕手袋时，就是去摊点买时尚杂志。她望着这个摊点，望着身边高耸的商场大厦，望着街上来来去去的人流车流，发了好一会儿呆。

殷雪红劝她别找没人看的报纸了，殷雪红说："这就是他的命，人家登报出名，他呀，就是出名，也出在没人看的报纸上。"

盈盈的泪珠，在林青萍的眼眶里打转。多么好的一个人，转瞬就没了。

4

网上也有这起车祸的两张照片，一张是三厢爱丽舍撞瘪成两厢，另一张是银灰色玛莎拉蒂跑车，只有前部稍微有点凹陷，其余则可说是毫发无损。随后的跟帖也全是惊叹，惊叹爱丽舍被撞成这样，惊叹玛莎拉蒂居然这样结实。这是什么材料，查查看？谁开的车，"富二代"还是"官二代"，听说上面有个少女，肯定是小情人！

林青萍对丛小林说："你看到《新报》了吗？还有网上，都说了些什么呀，你也写点东西吧？"

丛小林说："我看了，他们当作交通安全事故来报道，就采访了交警和‘棒球帽’，还有部分目击者，浮光掠影。网上的东西，我也看了，全是莫名其妙的猜想与不着边际的众说纷纭。我特别想写写丁零，想写写这个特别的人，我还没想清楚，我想先开个座谈会，理一理思路。”

林青萍也觉得这是个点子。她说：“行啊，会议费用，我埋单。”

丛小林急着解释：“我不是这个意思。”

林青萍果断地摆摆手：“我有，我有这个意思。”

5

丛小林为座谈会下了很大的功夫。

凡她知道的，与丁零有过交往的人，她都请到了。

丛小林找到了丁零的妻子殷雪红，找到了新南方的林青萍和张扬，找到了工商所的肖所长，找到了律师所的崔仁杰，找到了长路鞋业的民工国富，找到了大东方公司的艾总，找到了星星出租车公司的的士司机耿小壮，找到了新星围棋职业学校的校长郑大滨，找到了品位量贩的副总陈汉生，找到了品牌鞋店的曹刚老板，找到了青苹果楼盘的“黄头发”，找到了新天地实验中学的范校长、学生廖伟、老师许然和张秋林，找到了市妇联的宋丽，找到了派出所的张雄警官，找到了已经出院的“棒球帽”，找到了处理大华路车祸的段交警。

她连争光小区的王宝强、“长脸男”和“深灰色夹克”也找了。他们听说丁零是在给他们送东西的路上出的车祸，吓坏了，怎么也不肯来。

还有市委王副秘书长，也找了，他表明只以个人名义参加，因年初公务繁忙，坐一会儿就走，但已经很给面子了。王副秘书长一来，原本没打算来的汴副总编也赶来了。

凡是丛小林知道的，从2009年年初到2010年年初，这一年中，跟丁零的观念或行为，发生过关联或纠缠的各色人等，她用了七天时间，全联系上了，全找来了。

工夫算是没白费。会议开得不算很成功，但发言踊跃，一个接一个。

最先讲的是段交警，他站起来，望着丛小林说："对不起，刚才大队来电话，我有点事，得赶回去，先讲吧？"

见主持人丛小林点头，他接着说："我很简单，长话短说吧。不久前新闻报道上有，就刚刚过去的2009年一年，全国道路交通事故死亡六万七千七百五十九人，中国汽车保有量多少，大家知道吗？约占世界的百分之三，但交通事故死亡人数却占世界的百分之十六！也就是说，我们以世界百分之三的汽车保有量，制造了世界百分之十六的死亡人数！更要命的是，连续十年，中国交通事故率和死亡人数，都是世界第一！中国人喜欢世界第一，可是这个世界第一，让人伤不起啊！中国已经成为世界上开车最危险的地方！很多惨痛的教训，多是主观疏忽或大意导致的。在某些开车人的脚下，汽车就是一颗炸弹，随时可能引爆！今天在座的，有很多是有车并且是自己开车的，我来就是想说一句跟大家、跟这个座谈会相关的话，如果我们开车的人，都像丁零这样守规则，讲礼仪，不知可以挽回多少枉死的生命！我的话完了，先告辞了！”

段交警拿起面前的“农夫山泉”，站着喝了小半瓶，然后向四周摆摆手，推开身后的椅子，转身就走了。

耿小壮曾经在绿黄灯转换时过路口，交警拦住他开罚单，甚至他后面的车都侥幸跑了，交警也不追究。气得他差点没吐血。此后，他遇见交警就没好脸色。他扫了眼匆忙离开的段交警，哼一声说：“丁零这么守规则，不也死了，废话！”

段交警站住，望着耿小壮：“我没说废话，就因为不守规则的人太多，丁零才会死！都像他这样，我们的道路会通畅很多，遇难的生命也会少得多！对不起，我先走了。”

6

从小林觉得，段交警讲得还算切题，就是弄坏了会风。他一先走，好几个人都说有事，都是说了就要走。

这年头，人人都忙，跟疯了似的。

接着讲的是陈汉生。因为品位量贩有事需要处理，讲完了好赶回去。他说：“我跟丁零在一起的时间不长，就说他给我印象最深的两件事吧。一次是在新南方，开中层干部会议，林总要求每个人都发言，讨论是否做会员卡的问题，我的意见跟大家不太一样，就没开口。他是主持会议的副总，他要我讲讲，讲完以后，他说他不同意我的看法，也说了不同意的道理，当时我认为他是在耍我，不同意还让我讲什么嘛，后来慢慢才想明白，让人说话是宽容的表现，听取了不同意见之后，明了不利因素是什么，作出的决策，会更加明智。第二件事，我调到品位量贩，我觉得他在新南方弄的一套没用上的激活零售的方案，挺好的，就找他要文稿，我是试试，以为他不会给，结果他给了，他说一个好的理念或设想，只要被推广，不管是谁在推广，他就很高兴。这两件事，我一直都忘不了。”

从小林带了录音笔，但还是打开了采访本子，手上拿一支笔，下意识地在几个指间转圈圈。听到会心处，她握住笔，赶紧记下触发的感悟或句子。

接着是曹刚，他也是讲完了就要走。他的发言，引起哄堂大笑。

曹刚从办美味面食馆栽了跟头讲起，讲痛定思痛，讲东山再起。他说：“我听从了丁零的劝说，他的话打动了我，我就做了，现在很有成就感。”

王副秘书长赶紧问：“什么话？说说。”

曹刚说：“就一句。”

王副秘书长更惊奇：“哦，这么神奇，一句什么话？”

曹刚说：“我本来就是做鞋店的，专卖水货，穿个十天半月就没了的那种，做不下去了，亲友怂恿我做餐饮，又栽了跟头，工商封了店还罚款，我血本无归，死的心都有了。丁零跟我谈了很长时间，他认为我做鞋有人脉，建议我还是回归老本行，我就回了。”

汴副总编盯着他问：“你还没说是一句什么话？”

曹刚说：“他建议我坚持做品牌，就这一句话，我现在就是按这句话来做的。”

有人笑起来，这么一句话，太平常了。

曹刚板着脸说：“笑什么，你们认为简单，认为平常，可我不这样认为。特别是他要我一定要诚信，一定要坚持，他说诚信是可以通行世界的最大品牌，是长久的红利，对我来说太重要了，改变了我的经营观念。”

王副秘书长问：“那么请问，到现在，你赚钱了吗？”

曹刚说：“还没。”

又有人笑起来。有不少人在笑。只是，有人出声，有人没出声。

曹刚很淡定：“品牌店前期投资大。我是还没赚钱，但是，我的名声和影响已经出来了。有人开车到我们这个鞋城，进来就直奔我的鞋店。我跟假冒伪劣彻底拜拜之后，我的店铺形象、我接触的商品、我接触的人、我的境界，都跟过去完全不同，更重要的是，我很有成就感。”

王副秘书长看看大家，他努力克制不让自己笑出来，脸上却是“没赚钱有什么可说的”那种不屑表情。

会间休息时，崔仁杰走到林青萍跟前问：“你觉得怎么样？”

林青萍说：“前面讲的几个都还行吧，就是曹刚，简单了一点，笑场了。”

崔仁杰不屑地说："嗨，我看是笑的人有问题。为什么笑曹刚，要是曹刚发了大财，他们还会笑吗？中国人就这毛病，历来最讲实用，这是中国传统，不重视抽象思辨，逻辑推理。过去的工匠绝活，没设计也没图纸，靠的是心口相传，全凭个人的悟性和手感，说没就没了。你看看中医，就是气血啊阴阳啊这几个字，一人一方。人家西医，每根血管每个细胞，都解剖得一清二白，有条理有规律可循的。所以中国罕见有真正意义上的科技发明。中国人读书也讲经世致用，凡是没有立竿见影的想法，凡是套到现实中不能迅速生效的理念，他们都不感兴趣，也不认可。中国的语境跟欧美的语境有很大差异，文化心理也迥然不同。所谓宗教情怀，所谓纯精神的追求或探索，那是西方人喜欢的东西，我在国外见过。这种人，在中国人眼里，会被认为是精神病或疯子……"

林青萍过去听他高谈阔论，听惯了，还挺顺的，今天不知怎么有点儿烦，就打断他说："说了半天，你是哪里人，你不在中国，你不是中国人？"

崔仁杰被呛得干瞪眼，过了一会儿才缓过神来，尴尬地一笑："你……你跟我较什么劲？要说丁零到新南方，还是我最早给你的建议吧。我是理解他的，像他这样的人，不太容易被大家理解。那天他到律师所取案卷，还好好的，那是我们第一次见面，没想到竟是永别，可惜了。他虽然没出过国，但他的很多观念，我是认同的，我们有很多一致的地方。"

林青萍白了他一眼："你们有一致的地方，还有不一致的地方。”

崔仁杰不明白意思，问：“哪……哪个地方？”

林青萍有点调皮似的笑了：“你猜。”

崔仁杰觉得不像是坏话，就追问：“别让我猜了，说吧。”

林青萍说：“那好，我就说了。他有行动，你没有，这是最大的不一致。”

崔仁杰面色“刷”地白了：“你这是批评我，还是因为租地的事没消气，发泄情绪报复我？”

林青萍不置可否地笑了笑。

第三十三章

座谈会后，林青萍专门跟丛小林通了电话

1

座谈会后，林青萍专门跟丛小林通了电话。

问她，座谈会能写吗？

丛小林说："能写啊。我想好了，用客观实录的方式，将丁零做的、我采访到的，以及座谈会上大家讲的，写上去，把结论交给读者。"

过了几天，丛小林给林青萍发了短信，告诉她，报道写了，传在邮件的附件里，要她打开看看，提提意见。

林青萍迫不及待地打开了。

丛小林留言：林姐，我也没什么理论水平，原样把他这一年的言行写了出来，没有拔高，没有强求所谓的思想深度，我只是实录，没有掺杂任何主观议论。至于怎么看待，就交给读者了。也许发表后会引起一些讨论。在家的总编看了，同意发稿。因社长出差明天才回，这样重大的稿件，为慎重起见，总编的意思，还是给社长审审稿较稳妥。总编觉得，应该问题不大，预计这两天就可见报。

报道从丁零捡了林青萍的爱马仕又告了她写起，写他如何离开大学教职，写新南方员工买黑心肉包子的来龙去脉，写他看望曹刚的一番进言，写他拒绝赊账遇“黄头发”救火，写他参加市政府的会议建言，写他在新天地实验中学的素质教育经历，写他带领全班同学以不作伪的方式迎接检查团，写他车辆零件被盗不接受便宜维修的事件经过，写他促成人大代表为农民工能享受保障房提建议案，写他最后一天两次开车到争光小区……直到他在路口礼让“棒球帽”而丧生。

报道有个附录，是座谈会的讨论纪要。

读过之后，往事历历在目。

林青萍夜不能寐。她给丛小林回了邮件：很好。

第二天上午，林青萍收到丛小林的短信，社长大人过目了，基本同意，个别地方让改改，应该这两天就可以出笼。

为配合报纸，林青萍觉得应该做点什么。

她灵机一动，想到一个主意，可以与丛小林的报道遥相呼应。

2

丁零没了，家里全乱了套。

殷雪红的生活已经离不开丁零了。

结婚以来，早上，丁零起床后，将水杯接好水，牙刷上挤好牙膏，洗脸水打好，再叫殷雪红起床。一遍是叫不起来的，他叫了第一遍就去准备早餐。早餐做好了，再来叫第二遍。殷雪红眼睛慢慢睁开。他轻轻地在她脸上吻了一下，她拍了他一下说讨厌，这才算是彻底醒了。

每天临睡前，都是丁零给她洗脚，为她贴黄瓜片，敷土豆泥，打西红柿汁。在她沉睡时，再为她悄悄揭下擦净。

三餐饭菜，都是丁零做好后端到桌上。

什么都伺候得好好的。

在家里，她懒惰，她撒谎，她任性，她冷漠，她脾气暴躁，她无事生非……任哪个男人都不可能零容忍。丁零照单全收，从无抱怨。

结婚以来，每天，她就像孩子一样，除了接受呵护，什么事也不做。要喝水，她会叫，老公，我要喝水。丁零说我给你倒去。四下一看，发现杯子就在她手边。她说，看见了，我就是想让你递给我。丁零点头说，明白，马上就递过去了。吃鱼，他会挑出刺来，再让她下筷子。不论什么好吃的，他都让她先吃第一口。她心情不好，他会陪她购物，一直到她喊累为止。夫妻用马桶，若是小解，女的要放下座圈，男的则要掀起座圈。刘莉和她老公，不是她用后没掀起来，就是她老公用后没放下去，有时尿滴在座圈上，脏得她没法坐，就为这事，她大骂老公的生殖器，也没能斩草除根。殷雪红家的马桶，座圈从来都平铺着。任何时候用，殷雪红根本不看，直接坐上去，绝对没错。

这么一个任她懒惰、任她撒谎、任她使性子、任她享受的老公，突然没了，她无法习惯。

她想到一句外国名言，真爱一个人，就应该接受对方的一切，包括缺点和劣行。

这话说说容易，真正能做到的有几人？除了丁零，谁做得到？

她认为，没有。

她坐在家里，会突然泪流满面。

早上起来照镜子，才发现几天没美容的脸，皮肤变得松弛。

她下意识地站在窗前发呆。一只黑鹰，从空中劈面直向她的脸扑来。她吓得大叫，用手臂挡了一下。黑鹰“啪嗒”一声，打在窗框上，黏住不动了。

原来是只被风吹得狂飞乱舞的黑色垃圾袋。

殷雪红关严窗子。她想出去走走。

3

霓虹闪烁的城市，充盈着灯红酒绿的张狂气息。

手机响了。殷雪红一看，是短信：我给你打过电话，想好了吗？我们李老板明天在香格里拉116房间，你要是想好了，回个信儿，一百万元可以先打给你。

这个李老板究竟是个什么人？如此了解她的近况。

等到真正靠近了她，发现她是一个懒惰和爱撒谎的冷漠女人，然后，他会大失所望，拂袖而去。

我能这么傻吗？她自嘲地笑笑。

去年夏天，她经营多年的一个大客户流失了，新的拓展也不顺，业绩像坠落的飞机一样从前三名迅速跌至最后一名。经理在大会上批评了她。她心烦意乱。晚上无论丁零怎样安慰她，都不能让她快乐。丁零急得没办法，就说，你要是不解恨就打我的屁股吧。他褪下裤子，要她打。她说好，要我打我就打。

她就坐起来，两只手扬起来死命地往下打。他笑着说好痒好痒。她下手一下比一下重。不管多么重，他都只叫好痒。直到她甩着手叫了声“哎哟”，才停下来。再看他的屁股，有的红肿，有的青紫。

她问：“痛吗？”

他说："你先说你解恨了没有。"

她说："我没什么了。"

他说："你要是没什么了，那我就告诉你我不痛，一点儿都不痛，看见你的气消了，我感到很舒畅，真的。"

她说给刘莉听，刘莉连连感叹："不得了，不得了，你这老公真是天下无双啊！"

丁零去世后，刘莉来过，翻来覆去就一句话："他在的时候，你不在意，如今他没了，你就知道他才是你最可口的菜。"

殷雪红一声长叹："别说了，他对我太好太好，我的一生，都被他套牢了。"

殷雪红茫然地看看手机里的短信，再看看车来车往的大街与临街的店铺。

丁零无与伦比的呵护与容忍，像滴水不漏的安检，阻断了其他男人插足的通道。

街边立着熊猫造型的垃圾桶。

她踌躇了一会儿，打开手机后盖，悄悄地把手机卡扔进熊猫嘴里。

4

林青萍精心设计并组织了一个别出心裁的纪念仪式。她要给丁零一个隆重的纪念。

她选择了一栋矗立在丁字路口的面朝大道的高楼。

选中这栋楼后，她让张扬想办法找到物业。张扬听说是为了纪念丁零，打了很多电话，通过一个铁哥们儿，找到了物业。物业跟楼上的几个公司都沟通好了，由张扬现场指挥灯光控制。

到了晚上，她一个人静坐在长江边的思念咖啡屋里，坐在紧靠大马路的落地窗前，望着远处闪烁的灯光发呆。

5

城市楼群的上空，昂首腾飞的客机，轰鸣着划出一道深深的弧线，宣泄着高科技与钢铁不可一世的霸气。

城市的下方，楼群夹峙中的长江，绸缎一般温顺，低眉顺眼地忍受着两岸高楼的胯下之辱，悄无声息地匍匐着前行。

有风的时候，可以听见它发出不满的低吼和压抑的嘶鸣。

城市的夜晚，炫目的灯光统治了一切。

丁字路口，高楼上丁字形闪烁的灯光，引起路人的驻足围观与纷纷议论。

这个别出心裁的设计，是对丁零的最好纪念。

她被这个创意所感染。

6

大约闪了半个小时，张扬打来电话通报，大街上围观的人增多，有人不知道发生了什么事，打了110。110找到大楼物业，物业又找到张扬。

张扬说："110建议我们收了，不要弄了，这样会影响交通，你说怎么办?"

她想起崔仁杰说过，他跟市公安局治安处很熟，想让他出面斡旋一下。

她发现手机没电了。吧台上有电话。她到吧台跟女服务生打了个招呼，说手机没电了借电话用用。女服务生点头同意。

一打就通了。

可是声音不太清晰。崔仁杰那边像是接听了，可是没声音，连"喂"也没有。她有点儿意外，还没反应过来是怎么回事，手机那头崔仁杰粗暴地吼叫起来："说话啊！有什么屁快放啊！你是——"

声音从林青萍下巴处的听筒迸出，连站在一边的女服务生都听到了。

她轻轻地挂断服务台的电话，然后轻声对目瞪口呆的女服务生说："对不起。"

她给张扬打电话说："灯光停了吧。"

她从包里取出充电器，刚插上，手机铃就响了。

丛小林打来的，急切地问：“林姐，你在哪儿？你怎么一直不开手机啊？”

她说：“什么事？”

丛小林声音里充满焦虑：“那个高楼灯光纪念，是你搞的吧？怎么事先不跟我说说呢？刚才很多人围观，堵路了，还去了警察，才将围观的人群疏散。市里还以为出了什么群体事件，很紧张，跟媒体打了招呼，一律不许见报。社长召开了会议，为防意外，临时决定撤了我的稿，都要付排了，一下子全完了。你……你们怎么没事先跟我说说呢，要跟我说说就好了……”

丛小林都要哭了。

林青萍愕然。

过了好一会儿，林青萍才猛醒似的叹口气说：“怪我，都怪我，回来，我再跟你道歉。”

丛小林说：“林姐，这稿出来了，肯定会有反响的，就这么毙了，可惜啊，真的可惜了。”

林青萍说：“你也别可惜。其实，不见报也没关系。我们又是在高楼上闪灯光，又是在媒体上做报道，弄得太闹，这种广场式的，大呼隆式的，不是丁零想要的。没弄成，也许，正合了他的意思哩。”

林青萍放松似的长呼一口气，接着说：“丁零从不在乎一时的得失。他跟我说过，观念的传播，是必需的一步，种子撒下了，总会冒头，在一个我们不能确定的时间，会铺天盖地、不可遏止地生发出来。”

没听到丛小林的回应，林青萍连声说：“喂，你听得见吗？我的意思是说，稿子没出来，你别太伤感，我们也不要在乎一时的得失。你想想，你多想一想，就会明白的。喂，你听见了吗？喂喂——”

手机另一端，丛小林泣不成声地说：

“嗯。”

2003 年 6 月起陆续写下

2013 年定稿于汉口